中國語言文字研究輯刊

五 編

許錟輝 主編

第 21 冊

何萱《韻史》音韻研究（第二冊）

韓禕 著

花木蘭文化出版社

國家圖書館出版品預行編目資料

何萱《韻史》音韻研究（第二冊）／韓禕 著 — 初版 — 新北市：
花木蘭文化出版社，2013〔民 102〕
目 8+214 面；21×29.7 公分
（中國語言文字研究輯刊 五編；第 21 冊）
ISBN：978-986-322-527-0（精裝）
1. 古音 1. 聲韻學

802.08　　　　　　　　　　　　　　　　　102017939

ISBN-978-986-322-527-0

9 789863 225270

中國語言文字研究輯刊
五 編　第二一冊　　　　　ISBN：978-986-322-527-0

何萱《韻史》音韻研究（第二冊）

作 者　韓禕
主 編　許錟輝
總 編 輯　杜潔祥
出 版　花木蘭文化出版社
發 行 所　花木蘭文化出版社
發 行 人　高小娟
聯絡地址　235 新北市中和區中安街七二號十三樓
　　　　　電話：02-2923-1455／傳眞：02-2923-1452
網 址　http://www.huamulan.tw 信箱 sut81518@gmil.com
印 刷　普羅文化出版廣告事業
初 版　2013 年 9 月
定 價　五編 25 冊（精裝）新台幣 58,000 元

何萱《韻史》音韻研究（第二冊）

韓禕 著

目次

表目次

7）甘　部

甘部主要來自中古的咸攝。

中古咸攝舒聲覃、談、鹽、添、咸、銜、嚴、凡八個韻類在《韻史》中按照洪細的不同出現合併爲三組的趨勢，具體本韻、他韻相注情況見下表：

表 3-50　咸攝舒聲韻相注統計表

次　數		開									合
		覃	談	咸	銜	鹽	鹽B	鹽A	添	嚴	凡
開	覃	116	29	2						1	
	談	84	79	2	2	1	2			2	3
	咸	8		43	12						14
	銜			34	28						10
	鹽	9	2		1	57	34		20	2	
	鹽B					36	15	8	5	12	
	鹽A										
	添			1		56	10	2	50	7	5
	嚴		1	1		12	1	1		7	
合	凡		1	6	13	1			1		

從表中可以看出，《廣韻》咸攝在《韻史》中除凡韻外，基本上是洪音一二等合併，細音三四等合併，洪細之間也有相注現象。中古咸攝諸韻在《韻史》中主要元音已經變得很接近，但還有一定區別。

①鹽、嚴、添不分

《廣韻》咸攝三、四等韻在《韻史》中有下面幾項音變：鹽韻的重紐特徵消失，純四等韻添韻與鹽韻相同，同時純三等的嚴韻也與鹽韻合一。

鹽韻舌齒音自注 57 例，鹽B 自注 15 例。鹽A 與鹽B 互注 8 例，鹽B 與其舌齒音互注 70 例。互注數比自注數還要多，我們認爲鹽韻重紐韻的對立在《韻史》中是不存在的。

鹽A、鹽B 相注 8：

8987	奄	影上開鹽咸重四	於琰：漾	以開3	餘亮	檢	見上開鹽咸重三	居奄
8994	厭	影上開鹽咸重四	於琰：漾	以開3	餘亮	檢	見上開鹽咸重三	居奄
8997	黶	影上開鹽咸重四	於琰：漾	以開3	餘亮	檢	見上開鹽咸重三	居奄

8998	黶	影上開鹽咸重四	於琰：漾	以開3	餘亮	檢	見上開鹽咸重三	居奄
9685	脥	溪上開鹽咸重四	謙琰：舊	群開3	巨救	檢	見上開鹽咸重三	居奄
9687	黡	影上開鹽咸重四	於琰：漾	以開3	餘亮	檢	見上開鹽咸重三	居奄
9689	曆	影上開鹽咸重四	於琰：漾	以開3	餘亮	檢	見上開鹽咸重三	居奄
9688	黶**	影上開鹽咸重四	於琰：漾	以開3	餘亮	檢	見上開鹽咸重三	居奄

鹽 B 與其舌齒音相注 70 次，擇要舉例如下：

10282	諂	徹上開鹽咸三	丑琰：齒	昌開3	昌里	掩	影上開鹽咸重三	衣儉
10614	帘	來平開鹽咸三	力鹽：亮	來開3	力讓	拑	群平開鹽咸重三	巨淹
10192	炎	云平開鹽咸三	于廉：漾	以開3	餘亮	拑	群平開鹽咸重三	巨淹
8999	險	曉上開鹽咸重三	虛檢：向	曉開3	許亮	冄	日上開鹽咸三	而琰
8981	檢	見上開鹽咸重三	居奄：几	見開重3	居履	冄	日上開鹽咸三	而琰
10615	䄶	澄平開鹽咸三	直廉：齒	昌開3	昌里	拑	群平開鹽咸重三	巨淹
10296	灊	從上開鹽咸三	慈染：此	清開3	雌氏	掩	影上開鹽咸重三	衣儉
10697	饗	精上開鹽咸三	子冉：紫	精開3	將此	掩	影上開鹽咸重三	衣儉
9697	獫	來上開鹽咸三	良冉：向	曉開3	許亮	檢	見上開鹽咸重三	居奄
9716	苒	日上開鹽咸三	而琰：攘	日開3	人漾	檢	見上開鹽咸重三	居奄
10286	睒	書上開鹽咸三	失冉：始	書開3	詩止	掩	影上開鹽咸重三	衣儉
10613	鶼	以平開鹽咸三	余廉：漾	以開3	餘亮	拑	群平開鹽咸重三	巨淹
9691	掩	影上開鹽咸三	衣儉：漾	以開3	餘亮	檢	見上開鹽咸重三	居奄
10177	詹	章平開鹽咸三	職廉：掌	章開3	諸兩	淹	影平開鹽咸重三	央炎
10619	砭	幫平開鹽咸重三	府廉：缶	非開3	方久	鹽	以平開鹽咸三	余廉
10187	箝	群平開鹽咸重三	巨淹：舊	群開3	巨救	鹽	以平開鹽咸三	余廉
9000	獫	曉上開鹽咸重三	虛檢：向	曉開3	許亮	冄	日上開鹽咸三	而琰
8845	黚	疑平開鹽咸重三	語廉：仰	疑開3	魚兩	廉	來平開鹽咸三	力鹽
10174	淹	影平開鹽咸重三	央炎：漾	以開3	餘亮	瞻	章平開鹽咸三	職廉
10688	旛*	影上開鹽咸重三	衣檢：漾	以開3	餘亮	諂	徹上開鹽咸三	丑琰

雖然鹽 A 沒有與其舌齒音相注的情況，但 A、B 類相注以及鹽 B 大量與其舌齒音相注的現象說明鹽韻的重紐特徵已經消失了。

鹽、嚴相注 28

10199	嚴	疑平開嚴咸三	語轆：仰	疑開3	魚兩	拑	群平開鹽咸重三	巨淹
10599	菼	曉平開嚴咸三	虛嚴：向	曉開3	許亮	瞻	章平開鹽咸三	職廉
10344	豔	以去開鹽咸三	以贍：漾	以開3	餘亮	劍	見去開嚴咸三	居欠
10348	爛	以去開鹽咸三	以贍：漾	以開3	餘亮	劍	見去開嚴咸三	居欠
10766	灩	以去開鹽咸三	以贍：漾	以開3	餘亮	劍	見去開嚴咸三	居欠
10767	撤	以去開鹽咸三	以贍：漾	以開3	餘亮	劍	見去開嚴咸三	居欠
10773	贍	禪去開鹽咸三	時艷：始	書開3	詩止	劍	見去開嚴咸三	居欠
10769	壛	昌去開鹽咸三	昌艷：齒	昌開3	昌里	欠	溪去開嚴咸三	去劍
10770	蹹	昌去開鹽咸三	昌艷：齒	昌開3	昌里	欠	溪去開嚴咸三	去劍
10771	韂	昌去開鹽咸三	昌艷：齒	昌開3	昌里	欠	溪去開嚴咸三	去劍
10354	壍	清去開鹽咸三	七艷：此	清開3	雌氏	劍	見去開嚴咸三	居欠
10774	婪	清去開鹽咸三	七艷：此	清開3	雌氏	劍	見去開嚴咸三	居欠
10772	掞	書去開鹽咸三	舒贍：始	書開3	詩止	劍	見去開嚴咸三	居欠
10768	瞻*	以去開鹽咸三	以贍：漾	以開3	餘亮	劍	見去開嚴咸三	居欠
10689	旃**	影上開嚴咸三	於儼：漾	以開3	餘亮	諂	徹上開鹽咸三	丑琰
10683	笑	溪上開嚴咸三	丘广：舊	群開3	巨救	掩	影上開鹽咸重三	衣儉
10200	讔	疑平開嚴咸三	語轆：仰	疑開3	魚兩	拑	群平開鹽咸重三	巨淹
10702	广	疑上開嚴咸三	魚埯：仰	疑開3	魚兩	掩	影上開鹽咸重三	衣儉
10704	庌	疑上開嚴咸三	魚埯：仰	疑開3	魚兩	掩	影上開鹽咸重三	衣儉
10297	儼	疑上開嚴咸三	魚埯：仰	疑開3	魚兩	掩	影上開鹽咸重三	衣儉
10698	曮	疑上開嚴咸三	魚埯：仰	疑開3	魚兩	掩	影上開鹽咸重三	衣儉
10616	灔*	疑平開嚴咸三	魚枕：仰	疑開3	魚兩	拑	群平開鹽咸重三	巨淹
10700	孅*	疑上開嚴咸三	魚檢：仰	疑開3	魚兩	掩	影上開鹽咸重三	衣儉
10701	旷*	疑上開嚴咸三	魚檢：仰	疑開3	魚兩	掩	影上開鹽咸重三	衣儉
10612	剣*	影平開嚴咸三	於嚴：漾	以開3	餘亮	拑	群平開鹽咸重三	巨淹
9692	旃**	影上開嚴咸三	於儼：漾	以開3	餘亮	檢	見上開鹽咸重三	居奄
10776	鱺*	疑去開鹽咸重三	魚窆：仰	疑開3	魚兩	欠	溪去開嚴咸三	去劍
10763	俺	影平開鹽咸重四	一鹽：漾	以開3	餘亮	劍	見去開嚴咸三	居欠

　　鹽和嚴同為三等韻，主元音也十分接近，《廣韻》中鹽為[æ]，嚴為[ɐ]。這兩韻在《韻史》中出現了混同。在嚴與鹽的相注中，鹽韻多為重紐三等而鮮有重紐四等，主要因為嚴韻是純三等韻。近代漢語語音史上，中古的純三等韻與重紐三等韻合流，嚴和鹽 B 多次相注充分反映了這項音變。嚴自注 7 例，與鹽互注 28 次，鹽、嚴二韻合流。

　　添韻自注 50 次，但與鹽韻相注多達 93 次，無疑已經合併。

　　添、鹽相注 93 次，擇要舉例如下：

9004	點	端上開添咸四	多忝：邸	端開4	都禮	异	日上開鹽咸三	而琰
8751	占	章平開鹽咸三	職廉：掌	章開3	諸兩	謙	溪平開添咸四	苦兼
8985	歉	溪上開添咸四	苦簟：舊	群開3	巨救	檢	見上開鹽咸重三	居奄
9701	弤	定上開添咸四	徒玷：朓	透開4	他弔	异	日上開鹽咸三	而琰
9709	瓡	來上開添咸四	力忝：利	來開3	力至	异	日上開鹽咸三	而琰
8804	拈	泥平開添咸四	奴兼：紐	娘開3	女久	嫌	來平開鹽咸三	力鹽
10600	舚	透平開添咸四	他兼：朓	透開4	他弔	瞻	章平開鹽咸三	職廉
9475	覘*	昌平開鹽咸三	處占：齒	昌開3	昌里	兼	見平開添咸四	古甜
8754	覘	徹平開鹽咸三	丑廉：齒	昌開3	昌里	兼	見平開添咸四	古甜
9481	瀸	精平開鹽咸三	子廉：紫	精開3	將此	謙	溪平開添咸四	苦兼
9833	殮	來去開鹽咸三	力驗：利	來開3	力至	坫	端去開添咸四	都念
9502	黏*	娘平開鹽咸三	尼占：紐	娘開3	女久	嫌	匣平開添咸四	戶兼
8777	僉	清平開鹽咸三	七廉：此	清開3	雌氏	兼	見平開添咸四	古甜
8753	詀	日平開鹽咸三	汝鹽：掌	章開3	諸兩	謙	溪平開添咸四	苦兼
8760	痁	書平開鹽咸三	失廉：始	書開3	詩止	兼	見平開添咸四	古甜
8774	銛*	心平開鹽咸三	思廉：紫	精開3	將此	兼	見平開添咸四	古甜
8752	霑	知平開鹽咸三	張廉：掌	章開3	諸兩	謙	溪平開添咸四	苦兼
10176	馦	曉平開添咸四	許兼：向	曉開3	許亮	瞻	章平開鹽咸三	職廉
10705	厃	明上開添咸四	明忝：仰	疑開3	魚兩	掩	影上開鹽咸重三	衣儉
9704	淰	泥上開添咸四	乃玷：紐	娘開3	女久	檢	見上開鹽咸重三	居奄
8986	鼸	匣上開添咸四	胡忝：舊	群開3	巨救	檢	見上開鹽咸重三	居奄

9119	窆	幫去開鹽咸重三	方驗：丙	幫開3	兵永	念	泥去開添咸四	奴店
9458	鍼	溪平開鹽咸重三	丘廉：舊	群開3	巨救	兼	見平開添咸四	古甜
9821	鐱*	曉上開鹽咸重三	虛檢：向	曉開3	許亮	念	泥去開添咸四	奴店
8782	顩	疑上開鹽咸重三	魚檢：小	心開3	私兆	謙	溪平開添咸四	苦兼
8736	猒	影平開鹽咸重四	一鹽：漾	以開3	餘亮	謙	溪平開添咸四	苦兼
9683	鰜*	見上開添咸四	兼乑：几	見開重3	居履	冄	日上開鹽咸三	而琰

添韻與鹽 A、鹽 B 和鹽的舌齒音字都有相注的情況，與重紐 A 類的相注爲 30 次，與鹽 B 類爲 7 次。添韻是純四等，純四等韻由於[i]介音的產生而與重紐韻的 A 類合併，是近代漢語語音史上的重要音變之一。同時，添又分別與鹽 B 和鹽韻舌齒音相注，再一次說明鹽韻重紐差異的消失。

添、嚴相注 7

9460	癝	曉平開嚴咸三	虛嚴：向	曉開3	許亮	兼	見平開添咸四	古甜
9461	轗	曉平開嚴咸二	虛嚴：向	曉開3	許亮	兼	見平開添咸四	古甜
9463	燫*	曉平開嚴咸三	虛嚴：向	曉開3	許亮	兼	見平開添咸四	古甜
8759	痔*	書去開嚴咸三	式劍：齒	昌開3	昌里	兼	見平開添咸四	古甜
9836	溓*	來去開嚴咸三	力驗：利	來開3	力至	坫	端去開添咸四	都念
9841	嶮**	疑去開嚴咸三	魚欠：仰	疑開3	魚兩	念	泥去開添咸四	奴店
9817	劒	見去開嚴咸三	居欠：几	見開重3	居履	念	泥去開添咸四	奴店

添嚴相注雖然只 7 次，但上文已證明了添與鹽混同，此處可以作爲咸攝三四等合流的補充例證。凡韻比較特殊，詳後。

中古咸攝鹽、嚴、添已經合併爲一。重紐韻鹽韻已失去重紐區別且與嚴混同，純四等添韻產生 i 介音，與三等韻合流。以上例字都在何氏上古韻部第八部談部中，但我們從反切注音來看，帶有近代音的色彩。

　②覃、談不分；咸、銜不分

　中古咸攝一等重韻、二等重韻在《韻史》中分別合併，但一等與二等之間還存在分組的趨勢。《廣韻》覃[ɒm]、談[ɑm]、銜[am]、咸[ɐm]四韻在舌位圖上，[ɑ]和[ɒ]都是後低元音，二者的區別在於前後不同；[a]是前低元音，[ɐ]是央低略高元音，音色上都有差別，但都是一個[a]音位的不同變體。在《韻史》中這

四個韻母表現出兩兩合併的特點，覃談不分、咸銜不分，我們分別討論。

　　一等重韻覃自注 116 次，談自注 79 次，覃、談互注 113 次，互注總數遠遠高於談自注，也與覃自注相近，覃、談二韻合併。

　　覃、談相注 113 次，擇要舉例如下：

8885	堪	溪平開覃咸一	口含：口	溪開1	苦后	三	心平開談咸一	蘇甘
10249	肬	透上開覃咸一	他感：代	定開1	徒耐	膽	端上開談咸一	都敢
8903	欲	匣上開覃咸一	胡感：海	曉開1	呼改	膽	端上開談咸一	都敢
9580	欽	曉平開覃咸一	火含：海	曉開1	呼改	三	心平開談咸一	蘇甘
10521	壤	曉平開覃咸一	火含：海	曉開1	呼改	甘	見平開談咸一	古三
10656	榙	定上開覃咸一	徒感：代	定開1	徒耐	膽	端上開談咸一	都敢
8897	覘	端平開覃咸一	丁含：帶	端開1	當蓋	三	心平開談咸一	蘇甘
10715	灨	見去開覃咸一	古暗：艮	見開1	古恨	濫	來去開談咸一	盧瞰
10253	寁	精上開覃咸一	子感：宰	精開1	作亥	膽	端上開談咸一	都敢
8889	諳	影平開覃咸一	烏含：挨	影開1	於改	三	心平開談咸一	蘇甘
10556	狘**	徹平開覃咸一	恥南：茝	昌開1	昌紿	談	定平開談咸一	徒甘
10546	舟亢**	定平開覃咸一	徒含：代	定開1	徒耐	藍	來平開談咸一	魯甘
8905	謬g*	清平開覃咸一	倉含：采	清開1	倉宰	三	心平開談咸一	蘇甘

　　二等重韻咸韻自注 43 次，銜韻自注 28 次，咸、銜互注 46 次，均超過各自的自注次數，所以我們認為二等韻咸、銜合併。

咸、銜相注 46

9533	衫	生平開銜咸二	所銜：始	書開3	詩止	緘	見平開咸咸二	古咸
8873	銜	匣平開銜咸二	戶監：向	曉開3	許亮	嵒	疑平開咸咸二	五咸
10332	陷	匣去開咸咸二	戶囓：向	曉開3	許亮	鑑	見去開銜咸二	格懺
10147	監	見去開銜咸二	格懺：几	見開重3	居履	陷	匣去開咸咸二	戶囓
8862	彡	生平開銜咸二	所銜：始	書開3	詩止	緘	見平開咸咸二	古咸
8863	縿	生平開銜咸二	所銜：始	書開3	詩止	緘	見平開咸咸二	古咸
9550	瓶	匣平開銜咸二	戶監：向	曉開3	許亮	嵒	疑平開咸咸二	五咸

10679	儲	徹上開咸咸二	丑減：齒	昌開3	昌里	檻	匣上開銜咸二	胡黤
10681	臿	徹上開咸咸二	丑減：齒	昌開3	昌里	檻	匣上開銜咸二	胡黤
10159	儳	崇平開咸咸二	士咸：齒	昌開3	昌里	巖	疑平開銜咸二	五銜
10168	鄿	崇平開咸咸二	士咸：齒	昌開3	昌里	巖	疑平開銜咸二	五銜
10576	饞	崇平開咸咸二	士咸：齒	昌開3	昌里	巖	疑平開銜咸二	五銜
10580	饞	崇平開咸咸二	士咸：齒	昌開3	昌里	巖	疑平開銜咸二	五銜
10582	獑	崇平開咸咸二	士咸：齒	昌開3	昌里	巖	疑平開銜咸二	五銜
10583	攙	崇平開咸咸二	士咸：齒	昌開3	昌里	巖	疑平開銜咸二	五銜
10585	欃	崇平開咸咸二	士咸：齒	昌開3	昌里	巖	疑平開銜咸二	五銜
10758	韂	崇去開咸咸二	仕陷：齒	昌開3	昌里	鑑	見去開銜咸二	格懺
10760	隵	崇去開咸咸二	仕陷：齒	昌開3	昌里	鑑	見去開銜咸二	格懺
10677	瀺	崇上開咸咸二	士減：齒	昌開3	昌里	檻	匣上開銜咸二	胡黤
10755	覱	精去開咸咸二	子鑑：掌	章開3	諸兩	鑑	見去開銜咸二	格懺
10330	臽	匣去開咸咸二	戶韽：向	曉開3	許亮	鑑	見去開銜咸二	格懺
10333	脂	匣去開咸咸二	戶韽：向	曉開3	許亮	鑑	見去開銜咸二	格懺
10338	餡	匣去開咸咸二	戶韽：向	曉開3	許亮	鑑	見去開銜咸二	格懺
10753	甒	匣上開咸咸二	下斬：向	曉開3	許亮	鑑	見去開銜咸二	格懺
10575	鵮	知平開咸咸二	竹咸：掌	章開3	諸兩	芟	生平開銜咸二	所銜
10756	蘸	莊去開咸咸二	莊陷：掌	章開3	諸兩	鑑	見去開銜咸二	格懺
9548	蓹*	匣平開銜咸二	乎監：向	曉開3	許亮	喦	疑平開咸咸二	五咸
10577	儳*	崇平開咸咸二	鋤咸：齒	昌開3	昌里	巖	疑平開銜咸二	五銜
10578	歁*	崇平開咸咸二	鋤咸：齒	昌開3	昌里	巖	疑平開銜咸二	五銜
10678	壥*	崇上開咸咸二	士減：齒	昌開3	昌里	檻	匣上開銜咸二	胡黤
10337	鎌*	匣去開咸咸二	乎韽：向	曉開3	許亮	鑑	見去開銜咸二	格懺
9532	閚**	莊平開銜咸二	側銜：掌	章開3	諸兩	緘	見平開咸咸二	古咸
10579	矚**	崇平開咸咸二	助咸：齒	昌開3	昌里	巖	疑平開銜咸二	五銜
10761	鰤**	初去開咸咸二	初陷：齒	昌開3	昌里	鑑	見去開銜咸二	格懺
10570	皺**	溪平開咸咸二	口咸：舊	群開3	巨救	芟	生平開銜咸二	所銜
10573	鷉**	匣平開咸咸二	胡讒：向	曉開3	許亮	毚	崇平開銜咸二	鋤銜

10151	楈 g*生平開咸咸二	師咸：始	書開3	詩止	瞯	見平開銜咸二	古銜
9558	漣 並去開銜咸二	蒲鑑：避	並開重4	毗義	咸	匣平開咸咸二	胡讒
10328	鑑 見去開銜咸二	格懺：几	見開重3	居履	陷	匣去開咸咸二	戶韽
10744	劉 見去開銜咸二	格懺：几	見開重3	居履	陷	匣去開咸咸二	戶韽
9557	踮* 並平開銜咸二	皮咸：避	並開重4	毗義	咸	匣平開咸咸二	胡讒
8857	傔* 見平開咸咸二	居咸：几	見開重3	居履	彡	生平開銜咸二	所銜
8850	緘 見平開咸咸二	古咸：几	見開重3	居履	彡	生平開銜咸二	所銜
8856	驖 見平開咸咸二	古咸：几	見開重3	居履	彡	生平開銜咸二	所銜
8851	械 匣平開咸咸二	胡讒：几	見開重3	居履	彡	生平開銜咸二	所銜
8854	鹹g* 見平開咸咸二	居咸：几	見開重3	居履	彡	生平開銜咸二	所銜

咸銜相注的聲母條件為並、莊、徹、崇、生、見、匣，初母鰦字、精母覽字、溪母皴字、知母鴿字。

③一二等和三四等之間相注

一等重韻、二等重韻分別合併是很明顯的，三、四等業已合流，但在這三個大類別之間還有交集。

一二等韻中覃、談與咸、銜都存在相注現象。

覃、咸相注 10

8918	覃 定平開覃咸一	徒含：代	定開1	徒耐	廞	溪平開咸咸二	苦咸
8926	潭 定平開覃咸一	徒含：代	定開1	徒耐	廞	溪平開咸咸二	苦咸
9556	㟏 匣上開覃咸一	胡感：仰	疑開3	魚兩	咸	匣平開咸咸二	胡讒
9773	霠 生平開咸咸二	所咸：稍	生開2	所教	禫	定上開覃咸一	徒感
8922	鄆 定平開覃咸一	徒含：代	定開1	徒耐	廞	溪平開咸咸二	苦咸
8923	鐔 定平開覃咸一	徒含：代	定開1	徒耐	廞	溪平開咸咸二	苦咸
8928	薚 定平開覃咸一	徒含：代	定開1	徒耐	廞	溪平開咸咸二	苦咸
9738	噡* 定上開覃咸一	徒感：齒	昌開3	昌里	減	見上開咸咸二	古斬
9875	霭* 娘去開咸咸二	尼賺：曩	泥開1	奴朗	撢	透去開覃咸一	他紺
8921	醰 g*定平開覃咸一	徒南：代	定開1	徒耐	廞	溪平開咸咸二	苦咸

霠在《集韻》中的注音與《韻史》注音相同。

談、咸相注 2

| 10710 | 醓 | 見去開咸咸二 | 公陷： | 艮 | 見開1 | 古恨 | 濫 | 來去開談咸一 | 盧瞰 |
| 10659 | 竷** | 莊上開咸咸二 | 側減： | 酌 | 章開3 | 之若 | 膽 | 端上開談咸一 | 都敢 |

　　醓字聲母爲見母，在《集韻》中已收見母談韻，古暫切一讀。

談、銜相注 2

| 10255 | 摻 | 生上開銜咸二 | 山檻： | 采 | 清開1 | 倉宰 | 膽 | 端上開談咸一 | 都敢 |
| 10540 | 嵌* | 匣平開銜咸二 | 乎監： | 海 | 曉開1 | 呼改 | 藍 | 來平開談咸一 | 魯甘 |

　　在一、二等韻相注的幾例中，有些爲咸韻的開口喉牙音字。與一等韻的相混，說明何氏是在注古音。

　　一等重韻的自注次數爲 308 次，二等重韻的自注次數爲 117 次，一二等韻之間相注共計 14 次，本韻和他韻相注的比例分別爲 4.5% 和 12%。雖然有一項指標超過了 10%，但我們認爲中古一等韻和二等韻在《韻史》中還是各自獨立的，因爲相混例中涉及到的聲母範圍有限，爲牙音的見溪母，喉音匣母和莊、生、娘母，我們認爲這是刻意爲之，以注古音，而在實際語音上不足以混淆咸攝一、二等之間的區別。

　　一等韻覃、談與三等韻鹽、嚴之間也有多次相注。

覃、鹽相注 9

9615	馦	定平開覃咸一	徒含：	代	定開1	徒耐	匳	來平開鹽咸三	力鹽
9618	壜	定平開覃咸一	徒含：	代	定開1	徒耐	匳	來平開鹽咸三	力鹽
9619	曇	定平開覃咸一	徒含：	代	定開1	徒耐	匳	來平開鹽咸三	力鹽
9620	醰	定平開覃咸一	徒含：	代	定開1	徒耐	匳	來平開鹽咸三	力鹽
9621	驔	定平開覃咸一	徒含：	代	定開1	徒耐	匳	來平開鹽咸三	力鹽
9622	蕈	定平開覃咸一	徒含：	代	定開1	徒耐	匳	來平開鹽咸三	力鹽
9623	薝	定平開覃咸一	徒含：	代	定開1	徒耐	匳	來平開鹽咸三	力鹽
9624	曇	定平開覃咸一	徒含：	代	定開1	徒耐	匳	來平開鹽咸三	力鹽
9625	壜	定平開覃咸一	徒含：	代	定開1	徒耐	匳	來平開鹽咸三	力鹽

覃、嚴相注 1

| 8915 | 瞼 | 溪去開嚴咸三 | 丘釅： | 海 | 曉開1 | 呼改 | 覃 | 定平開覃咸一 | 徒含 |

談、鹽相注 5

10180	箶	定平開談咸一	徒甘：齒	昌開 3	昌里	瞻	章平開鹽咸三	職廉
10285	燦	見平開談咸一	古三：攘	日開 3	人漾	詔	徹上開鹽咸三	丑琰
10320	梭	以上開鹽咸三	以冉：代	定開 1	徒耐	濫	來去開談咸一	盧瞰
10635	晻g*	影上開鹽咸重三	衣檢：挨	影開 1	於改	膽	端上開談咸一	都敢
10637	確*	影上開鹽咸重三	衣檢：挨	影開 1	於改	膽	端上開談咸一	都敢

　　箶字除了韻部方面的不一致外，還有聲母上的區別。它的《集韻》音有徹母鹽韻，癡廉切一讀，與《韻史》音義均合。燦字在《集韻》可讀為日母鹽韻，與《韻史》注音是相同的。

談、嚴相注 3

10350	餤	透去開談咸一	吐濫：眺	透開 4	他弔	劍	見去開嚴咸三	居欠
9577	釗*	影平開嚴咸三	於嚴：挨	影開 1	於改	三	心平開談咸一	蘇甘
10633	欣*	曉平開嚴咸三	虛嚴：口	溪開 1	苦后	膽	端上開談咸一	都敢

　　一等重韻的自注次數為 308 次，三四等合流後總數為 335 次，一三等韻之間的相注共計 15 次，本韻和他韻相注的比例分別為 4.9% 和 4.5%。三等與一等相注的聲母條件為來、溪、昌、日、以、影、見、曉。在這些條件下，三等介音丟失，主元音趨同，最終與一等合流。但他韻相注的比例不高，我們認為這是個別現象，並不是所有一三等韻字的主元音都相同。

　　二等咸韻與三等鹽韻、四等添韻各有一次相注：

咸、添相注 1；咸、鹽相注 1

9506	謙	澄去開咸咸二	忓陷：利	來開 3	力至	嫌	匣平開添咸四	戶兼
9681	臉	來上開咸咸二	力減：几	見開重 3	居履	冉	日上開鹽咸三	而琰

　　謙字的《廣韻》音是將謙字看作詀字的俗字來注的，《集韻》注音為來母鹽韻，離鹽切。何氏的反切注音與《集韻》相同。臉字的注音也與《集韻》相同。

　　④凡　韻

　　《廣韻》中咸攝嚴、凡兩韻系的關係，邵榮芬先生認為不存在對立，嚴韻系和凡韻系的不同是「在一定聲母條件下的異調異讀」，「現代方言韻母因聲調而異讀的極其常見」，「可以把嚴韻系併入凡韻系」（邵榮芬 1982：83）。《韻史》

中凡韻字沒有自注的情況，都是與其他韻相注。相注的方向與嚴韻正好相反。嚴韻主要與同攝中的三等韻鹽和四等韻添相注，此三韻在《韻史》中合流；凡韻主要與同攝中的一二等韻相注，次數爲 47 次。與三四等的相注只有 7 次。具體相注例見下：

凡韻與一二等韻的相注 47 次，擇要舉例如下：

10267	犯	奉上合凡咸三	防錢：	缶	非開3	方久	檻	匣上開銜咸二	胡黤
10264	斬	莊上開咸咸二	側減：	掌	章開3	諸兩	範	奉上合凡咸三	防錢
10595	溫	敷去合凡咸三	孚梵：	缶	非開3	方久	毚	崇平開銜咸二	鋤銜
10340	氾	敷去合凡咸三	孚梵：	缶	非開3	方久	鑑	見去開銜咸二	格懺
9848	懺	初去開銜咸二	楚鑒：	齒	昌開3	昌里	泛	敷去合凡咸三	孚梵
9850	彡	生去開銜咸二	所鑑：	始	書開3	詩止	泛	敷去合凡咸三	孚梵
10260	檻	匣上開銜咸二	胡黤：	向	曉開3	許亮	範	奉上合凡咸三	防錢
10261	歛	曉上開銜咸二	荒檻：	向	曉開3	許亮	範	奉上合凡咸三	防錢
10257	黤	影上開銜咸二	於檻：	漾	以開3	餘亮	範	奉上合凡咸三	防錢
10682	朡	非上合凡咸三	府犯：	缶	非開3	方久	檻	匣上開銜咸二	胡黤
9849	賺	澄去開咸咸二	佇陷：	齒	昌開3	昌里	泛	敷去合凡咸三	孚梵
10662	撖	溪上開咸咸二	苦減：	舊	群開3	巨救	範	奉上合凡咸三	防錢
9042	軓	奉上合凡咸三	防錢：	缶	非開3	方久	減	見上開咸咸二	古斬
9743	釩	敷上合凡咸三	峯犯：	缶	非開3	方久	減	見上開咸咸二	古斬
8865	芝	敷平合凡咸三	匹凡：	缶	非開3	方久	緘	見平開咸咸二	古咸
10222	凵	溪上合凡咸三	丘犯：	口	溪開1	苦后	膽	端上開談咸一	都敢
10667	顑	曉上開談咸一	呼覽：	向	曉開3	許亮	範	奉上合凡咸三	防錢
9609	浭*	非平合凡咸三	甫凡：	抱	並開1	薄浩	三	心平開談咸一	蘇甘
9542	訒*	非平合凡咸三	甫凡：	缶	非開3	方久	緘	見平開咸咸二	古咸
9845	黏*	知去開咸咸二	陟陷：	掌	章開3	諸兩	泛	敷去合凡咸三	孚梵
8881	驅g*	奉平合凡咸三	符咸：	缶	非開3	方久	咸	匣平開咸咸二	胡讒
10594	舼g*	奉平合凡咸三	符咸：	缶	非開3	方久	毚	崇平開銜咸二	鋤銜
9844	鰽**	影去開咸咸二	於陷：	漾	以開3	餘亮	泛	敷去合凡咸三	孚梵

10680	躙**	徹上合凡咸三	丑犯：	齒	昌開3	昌里	檻	匣上開銜咸二	胡黤
10266	夒	微上合凡咸三	亡范：	美	明開重3	無鄙	檻	匣上開銜咸二	胡黤
9742	劔	微上合凡咸三	亡范：	美	明開重3	無鄙	減	見上開咸咸二	古斬

在輕唇音和聲母爲知、澄、昌、書、莊、溪、曉、以時，部分凡韻字混入一二等韻。

凡韻與三四等韻的相注 7

| 9125 | 泛 | 敷去合凡咸三 | 孚梵： | 缶 | 非開3 | 方久 | 嗛 | 溪上開添咸四 | 苦簟 |
| 9853 | 梵 | 奉去合凡咸三 | 扶泛： | 缶 | 非開3 | 方久 | 嗛 | 溪上開添咸四 | 苦簟 |

9124	汎	敷去合凡咸三	孚梵：	缶	非開3	方久	嗛	溪上開添咸四	苦簟
9123	嗛	溪上開添咸四	苦簟：	向	曉開3	許亮	泛	敷去合凡咸三	孚梵
9854	瓬*	奉去合凡咸三	扶泛：	缶	非開3	方久	嗛	溪上開添咸四	苦簟
9855	岎*	敷去合凡咸三	孚梵：	缶	非開3	方久	嗛	溪上開添咸四	苦簟
9847	瀸*	精平開鹽咸三	將廉：	掌	章開3	諸兩	泛	敷去合凡咸三	孚梵

在與三四等的相注中，敷、奉母的凡韻字與四等添韻相混，章母瀸字混入三等鹽韻。

⑤深攝與他攝相注

深、咸相注 13

8728	凡	奉平合凡咸三	符咸：	缶	非開3	方久	林	來平開侵深三	力尋
8621	鈆	群平開鹽咸重三	巨淹：	掌	章開3	諸兩	音	影平開侵深重三	於金
8605	黿	溪平開覃咸一	口含：	舊	群開3	巨救	金	見平開侵深重三	居吟

8619	玪	見平開咸咸二	古咸：	掌	章開3	諸兩	音	影平開侵深重三	於金
10621	瓵	端上開覃咸一	都感：	齒	昌開3	昌里	忱	禪平開侵深三	氏任
8710	蠶	從平開覃咸一	昨含：	此	清開3	雌氏	林	來平開侵深三	力尋
8764	葠*	生平開侵深三	疏簪：	始	書開3	詩止	兼	見平開添咸四	古甜
8929	蕁*	邪平開侵深三	徐心：	代	定開1	徒耐	廥	溪平開咸咸二	苦咸
8679	驔 g*	定平開覃咸一	徒南：	漾	以開3	餘亮	林	來平開侵深三	力尋

8658	鐕	精平開覃咸一	祖合：紫	精開3	將此	音	影平開侵深重三	於金
8620	欃	生平開咸咸二	所咸：掌	章開3	諸兩	音	影平開侵深重三	於金
9371	㰍*	曉平開覃咸一	呼合：向	曉開3	許亮	音	影平開侵深重三	於金
8611	懕	影平開鹽咸重四	一鹽：漾	以開3	餘亮	金	見平開侵深重三	居吟

深咸兩攝在《廣韻》中韻尾相同，但主要元音差別明顯，不混同。現代方言中，-m 韻尾已經消變，《韻史》中還有獨立的金部和甘部，表現出古音性質。上古的談部分化出談、銜、嚴、凡、鹽、東、添、咸諸韻，上古的侵部分化出覃、添、咸、侵、東三諸韻，相同韻部合流後分列中古的深、咸攝而不相混。《韻史》中侵韻與覃、添、咸的相混，是何萱在強調此四韻古音同部。

小　結

中古咸攝八韻在《韻史》中發生了合流，一等重韻和二等重韻分別合併，一二等之間也偶有相注。三等鹽韻沒有重紐特徵，且與嚴韻合併。四等添韻產生[i]介音與三等合併。凡韻多混入二等咸韻，個別敷、奉、章母字混入三四等。深咸兩攝存在相注的現象，與古韻分部一致，說明何萱的意識中是在注古音，但他無意中表現出了時音特色。所以，中古咸攝在《韻史》中合併爲有三個主元音的甘部，包含三個韻母，分別爲：[ɑm]（覃、談、部分凡）、[am]（咸、銜、部分凡）、[iɛm]（鹽、添、嚴）

（2）異尾陽聲韻

中古十六攝的九個陽聲韻部中，以-m 結尾的韻攝爲深攝和咸攝，以-n 結尾的韻攝爲臻攝和山攝，以-ŋ 結尾的韻攝爲通攝、江攝、宕攝、梗攝和曾攝。《韻史》中的七個陽聲韻部也主要是中古的同尾陽聲韻合併而成的。上文我們討論了中古九個陽聲韻攝內部諸韻的變化和異攝同尾陽聲韻之間的相注情況，它們之間的合流與分化，除去很明顯的存古，也零星表現出主要元音和介音的變化，沒有涉及輔音韻尾。下文我們對中古的異尾陽聲韻攝展開討論，觀察中古不同輔音韻尾在《韻史》中的存在狀況。這一部分討論，實際上就是他攝注的討論。

1）-m 尾韻與-n 尾韻相注

-m 尾和-n 尾的變化體現在深、咸、臻、山四攝的相注上。從對應關係上來看，主要是咸山攝的相注和深臻攝的相注。具體例證如下：

咸攝韻、山攝韻相注 5

15157　忝　透上開添咸四　他玷：體　透開 4　他禮　演　以上開仙山三　以淺

8931　彤 g*端平開寒山一　多寒：代　定開 1　徒耐　廞　溪平開咸咸二　苦咸

15819　舚** 透上開添咸四　他點：體　透開 4　他禮　演　以上開仙山三　以淺

15821　菾 g*透去開添咸四　他念：體　透開 4　他禮　演　以上開仙山三　以淺

9852　闍** 滂上開山山二　匹限：避　並開重 4　毗義　泛　敷去合凡咸三　孚梵

深攝韻、臻攝韻相注 2

8720　釸 g*疑平開眞臻重三　魚巾：仰　疑開 3　魚兩　林　來平開侵深三　力尋

17125　㕮** 邪平開侵深三　寺林：武　微合 3　文甫　雲　云平合文臻三　王分

中古的-n 尾韻母和-m 尾韻母是相當整齊地配對的，覃談配寒山，銜咸配刪山，嚴凡配元，鹽配仙，添配先，侵配眞（王力 1980：181），雖然發展到《韻史》中，咸、山、深、臻攝中各韻發生了變化，但這種對立的格局未被打破，見下表：

表 3-51　《韻史》反切韻母系統-m、-n 尾韻配合表

	開口一等	開口二等	開口三四等	合口一等	合口二等	合口三四等
覃鹽部	ɑm 覃談	am 咸銜凡	iɛm 鹽嚴添凡			
寒山部	ɑn 寒	an 刪山	iɛn 仙先元	uon 桓		yɛn 仙先元
侵尋部			iᵊm 侵			
眞文部	ən 痕		iᵊn 眞臻文欣	uᵊn 魂		yᵊn 諄

相配的各韻主要元音相同，只有韻尾的差別。

咸、臻相注 1

17024　欿** 徹平開覃咸一　恥南：寵　徹合 3　丑隴　巾　見平開眞臻重三　居銀

欿這個字在《韻史》中出現了兩次，一次注為寵巾切，一次注苫談切，並且釋義幾乎一樣。一般來說，如果是異讀字，何萱往往會在釋義開頭注出來有幾讀，在哪幾部，聲調是什麼，但是在這個字下卻沒有任何說明。何萱自己主要是依從聲符注音的，我們注意到，欿字若依先取音，可注為寵巾切；若依欠取音，可注為苫談切，何氏的兩收說明他對這個字聲符的認識搖擺不定。

深、山相注 1

17907 變** 來平開侵深重三 力金：呂 來合 3 力舉 煩 奉平合元山三 附袁

變這個字我們不做爲-m、-n 相混的證據使用。在此條下，何氏注云「說文段注此與手部攣音義皆同」，攣中古爲山攝字，何氏反切注爲呂煩切，變的注音與攣相同，是按段玉裁的說法注的古音，並不代表何氏的語音。

以上幾例他攝注反映出了-m 尾向-n 尾的轉變。雖然在《韻史》中有-m 尾向-n 尾轉變的例子，但-m 尾並沒有消失，《韻史》中依然獨立存在金和甘部。關於-m 尾的消變時間問題，前人已做了深入研究。王力先生認爲：「在北方話裏，-m 的全部消失，不能晚於十六世紀，因爲十七世紀初葉（1626）的《西儒耳目資》裏已經不再有-m 尾的韻了。」「到了十六世紀，-m 尾變了-n 尾」（王力 1980：135）。楊耐思先生認爲：「-m 的部分轉化不晚於十四世紀，全部轉化不晚於十六世紀初葉」（楊耐思 1997：60）。麥耘先生（1995b：225）認爲，在近代漢語共同語中，-m 尾的消變南北是不同的。如果把《青郊雜著》看作反映共同語北支的作品，那麼就可以把共同語音的北支中-m 韻尾消變的時限，定在《青郊雜著》與《正音捃言》、《書文音義便考私編》之際，即 16 世紀的晚期；而在共同語的南支中，依《類音》，-m 尾消變的上限就要到 18 世紀初葉。同時，麥耘先生強調，在共同語南支流行的地區，那裏的方言——吳方言、贛方言、徽方言、江淮方言等，都是沒有-m 尾韻的。（麥耘 1995b：223）《韻史》成書於 19 世紀 30 年代末期，作者何萱爲泰興人。泰興處於通泰方言區域內，通泰方言與江淮方言有很多相似之處，那么在何萱的語音中應該是沒有-m 尾韻的。不過《韻史》中卻又是明確地存在著-m 尾韻韻部，就這一點來說，《韻史》沒有體現出方言特點，因爲方言在當時已不帶-m 尾了；也不是反映當時通語的作品，因爲雖然麥先生沒有說-m 尾消失的下限，但《韻史》成書距離 18 世紀初葉的上限已經過去了 100 多年，通語中應當已經丟掉-m 尾了。《韻史》還存在-m 尾韻韻部，與作者何萱的著書旨趣有關，說明他在標注古音。

2）-m 尾韻與-ŋ 尾韻相注

《韻史》中-m 尾韻攝與-ŋ 尾韻攝有 31 次相注，主要發生在通攝與深攝之間。

通攝韻、侵相注 17；通攝韻、咸攝韻相注 2

8662	風	非平合東通三	方戎：	缶	非開3	方久	金	見平開侵深重三	居吟
8663	楓	非平合東通三	方戎：	缶	非開3	方久	金	見平開侵深重三	居吟
9094	鳳	奉去合東通三	馮貢：	缶	非開3	方久	蔭	影去開侵深重三	於禁
9095	諷	非去合東通三	方鳳：	缶	非開3	方久	蔭	影去開侵深重三	於禁
8729	芃	並平合東通一	薄紅：	缶	非開3	方久	林	來平開侵深三	力尋

9397	蠭	非平合東通三	方戎：	缶	非開3	方久	金	見平開侵深重三	居吟
9401	猦	非平合東通三	方戎：	缶	非開3	方久	金	見平開侵深重三	居吟
9402	䫻	非平合東通三	方戎：	缶	非開3	方久	金	見平開侵深重三	居吟
9399	偑	非平合東通三	方戎：	缶	非開3	方久	金	見平開侵深重三	居吟
9398	瘋*	非平合東通三	方馮：	缶	非開3	方久	金	見平開侵深重三	居吟
9814	颯**	非去合東通三	非鳳：	缶	非開3	方久	禁	見去開侵深重三	居蔭
9400	䬟*	非平合東通三	方馮：	缶	非開3	方久	金	見平開侵深重三	居吟
9563	颿	並平合東通一	薄紅：	缶	非開3	方久	咸	匣平開咸咸二	胡讒
9126	㱯	非上合鍾通三	方勇：	缶	非開3	方久	嗛	溪上開添咸四	苦簟
9446	渢*	奉平合東通三	符風：	缶	非開3	方久	林	來平開侵深三	力尋
9447	淜*	奉平合東通三	符風：	缶	非開3	方久	林	來平開侵深三	力尋
8368	寢*	清上開侵深三	七稔：	布	幫合1	博故	夢	明去合東通三	莫鳳
9452	肌*	奉平合東通三	符風：	缶	非開3	方久	林	來平開侵深三	力尋
9450	蝒**	奉平合東通三	房中：	缶	非開3	方久	林	來平開侵深三	力尋

　　芃《集韻》另有東三的讀音。以上幾例相注除寢外，聲母都是唇音，這些唇音字在上古屬侵部。上古侵部到中古分化出覃、添、咸、侵、冬、江、東，東和侵、咸、添來源相同。所以，此處的相注體現出古音讀音，不是時音體現。這些字在何萱的古韻分部中也都歸為第七部侵部，我們單純從反切上來看的話，通攝諸韻和深攝諸韻、咸攝諸韻之間的差別還是很明顯的，不適合將這幾攝合在一起。

江、咸相注 1

10740	戇	知去開江江二	陟降：	酌	章開3	之若	紺	見去開覃咸一	古暗

戀字從反切注音來看，理由同上。

宕、咸相注 1

| 10703 | 圹 | 溪去合唐宕一 | 苦謗：仰 | 疑開 3 | 魚兩 掩 | 影上開鹽咸重三 | 衣儉 |

這個字有點問題。《韻史》的字形是圹，與壙是不同的字。我們認為圹即是壙，因為緊挨其上的庀字的正體就是儼。壙字的《集韻》音為魚衒切，與《韻史》所注反切同音。

曾、深相注 6

8358	朕	澄上開侵深三	直稔：寵	徹合 3	丑隴 拯	章上開蒸曾三	蒸上
8357	剩	澄上開侵深三	直稔：寵	徹合 3	丑隴 拯	章上開蒸曾三	蒸上
8359	栚	澄上開侵深三	直稔：寵	徹合 3	丑隴 拯	章上開蒸曾三	蒸上
10779	欨**	溪去開蒸曾三	口孕：舊	群開 3	巨救 鼽	從平開侵深三	昨淫
9812	砏**	幫去開蒸曾三	彼孕：丙	幫開 3	兵永 蔭	影去開侵深重三	於禁
9813	淜**	滂去開蒸曾三	匹孕：避	並開重 4	毗義 蔭	影去開侵深重三	於禁

中古的曾攝和深攝相混，是因為它們各自所屬的上古韻部有關聯。侵韻上古屬侵部，蒸登上古屬蒸部。侵部和蒸部的主要元音相同（əm：əŋ），所以《詩經》中有時候合韻（王力 1980：93）。此處的相注也是因為侵蒸上古同源，並不體現韻尾的演變。

曾、咸相注 1

| 9575 | 漺** | 澄平開蒸曾三 | 直陵：口 | 溪開 1 | 苦后 三 | 心平開談咸一 | 蘇甘 |

梗、咸相注 3

14660	穎	溪上開鹽咸重三	丘檢：舊	群開 3	巨救 警	見上開庚梗三	居影
9515	徎*	透平開青梗四	湯丁：攘	日開 3	人漾 廉	來平開鹽咸三	力鹽
10589	黁**	清平開耕梗二	七萌：齒	昌開 3	昌里 嚴	疑平開銜咸二	五銜

以上三字都不常見，何氏按照他心目中的諧聲偏旁來取聲的。分別讀成了平、夒和丹。徎字的中古音聲母方面與《韻史》反切注音不合，而丹字正相符。

-m 尾與-ŋ 相混，基本上是何氏的有意存古造成的，我們不把這種現象看成語音演變。

3）-n 尾韻與-ŋ 尾韻相注

-n 尾和-ŋ 尾在《韻史》中的相注次數相當多，主要集中在臻山攝與梗攝上。通攝與臻攝、江攝與山攝分別相注一次。

東一、魂相注 1

16921 灙** 匣平合東通一　　戶工：戶　匣合 1　侯古　坤　溪平合魂臻一　苦昆

灙字應是何氏按照聲旁注的反切。鯀的中古音爲見母魂韻，與何氏音注韻母相同，聲母上見母與匣母在《韻史》中也多次相混。

江、刪相注 1

18483 鏦　初平開江江二　　楚江：措　清合 1　倉故　宦　匣去合刪山二　胡慣

鏦字書中兩見，此處收在何萱的第十四部。他自注「此詳九部」，並加按語說「從聲不得在十四部尤象聲不得在九部」。此處眞正的被注字是附於鏦下的鋒字。鋒的中古音爲清母鍾韻，七恭切，與措宦切的注音也不一致，何氏是按照聲符象來注音的。象的中古音爲透母桓韻，通貫切，與何注在韻類方面一致。

以上兩例注音都是何氏所標注的古音。

梗、曾與臻、山共相注 156 次，反映出了-ŋ 和-n 尾的混併現象。梗攝韻、臻攝韻相注 120 次，曾攝韻、臻攝韻相注 7 次，例子較多，我們選取部分列舉如下：

14836	申	書平開眞臻三	失人：稍	生開 2	所教	鏗	溪平開耕梗二	口莖
14827	吞	透平開痕臻一	吐根：代	定開 1	徒耐	鏗	溪平開耕梗二	口莖
16636	忍	日上開眞臻三	而軫：攘	日開 3	人漾	景	見上開庚梗三	居影
15186	冷	來上開庚梗二	魯打：亮	來開 3	力讓	引	以上開眞臻三	余忍
15044	形	匣平開青梗四	戶經：向	曉開 3	許亮	鄰	來平開眞臻三	力珍
8364	送	心去合諄臻一	蘇困：巽	心合 1	蘇困	玼	幫去開登曾一	方隥
8354	拯	章上開蒸曾三	蒸上：掌	章開 3	諸兩	薹	見上開欣臻三	居隱
15308	命	明去開庚梗三	眉病：美	明開重 3	無鄙	進	精去開眞臻三	即刃
15253	佞	泥去開青梗四	乃定：紐	娘開 3	女久	進	精去開眞臻三	即刃
14830	苵	禪平開眞臻三	植鄰：酌	章開 3	之若	鏗	溪平開耕梗二	口莖
14832	瞋	昌平開眞臻三	昌眞：苵	昌開 1	昌紿	鏗	溪平開耕梗二	口莖

15184	蠙	以平開眞臻三	翼眞：漾	以開3	餘亮	領	來上開清梗三	良郢
14824	鏗	溪平開耕梗二	口莖：侃	溪開1	空旱	吞	透平開痕臻一	吐根
15121	趜	群平合清梗三	渠營：去	溪合3	丘倨	匀	以平合諄臻三	羊倫
8239	濷	莊平開眞臻三	側詵：贊	精開1	則旰	登	端平開登曾一	都縢
8355	鼚	章上開蒸曾三	蒸上：掌	章開3	諸兩	薑	見上開欣臻三	居隱
15558	獭*	徹平開眞臻三	癡鄰：茝	昌開1	昌紿	鏗	溪平開耕梗二	口莖
15557	箕*	章平開眞臻三	之人：酌	章開3	之若	鏗	溪平開耕梗二	口莖
15178	僜*	澄去開眞臻三	直刃：漾	以開3	餘亮	領	來上開清梗三	良郢
8530	瘲*	章上開蒸曾三	蒸拯：掌	章開3	諸兩	薑	見上開欣臻三	居隱
15579	揈	曉平合耕梗二	呼宏：戶	匣合1	侯古	齋	影平合諄臻重三	於倫
15736	苓	來上開青梗四	力鼎：亮	來開3	力讓	民	明平開眞臻重四	彌鄰
15732	狑	來平開青梗四	郎丁：亮	來開3	力讓	民	明平開眞臻重四	彌鄰
17029	殑	生平開蒸曾三	山矜：紫	精開3	將此	巾	見平開眞臻重三	居銀
15727	蹊*	來平開清梗三	離身：亮	來開3	力讓	民	明平開眞臻重四	彌鄰
15669	䡅**	心平合清梗三	息營：小	心開3	私兆	因	影平開眞臻重四	於眞
17064	萌	明平開耕梗二	莫耕：美	明開重3	無鄙	勤	群平開欣臻三	巨斤
8353	薑	見上開欣臻三	居隱：几	見開重3	居履	拯	章上開蒸曾三	蒸上
15577	齋	影平合諄臻重三	於倫：罋	影合1	烏貢	轟	曉平開耕梗二	呼宏

《廣韻》中的梗、曾、臻三攝不混，在晚唐五代的《爾雅音圖》音系中，梗曾二攝舒聲合流爲庚部；臻攝則與深攝合流爲一部（馮蒸 1996）。到了宋代，在宋代詩詞用韻中舒聲臻攝合爲一部，梗曾二攝合爲一部（魯國堯 2003b：393）。《韻史》中梗曾兩攝與臻攝的相注，反映出了在何萱的語音中-ŋ尾與-n尾的混同。方言中這種前後鼻音不分的現象比較常見，讀前鼻音還是後鼻音不定。現代泰興方言據顧黔先生的調查，是讀成後鼻音的。方環海先生認爲清末江淮方言也是前鼻音尾併入後鼻音尾。前、後鼻音不分，主要元音要相同。中古臻攝諸韻在《韻史》中合流後主要元音爲 ə，中古梗曾二攝在《韻史》中合流，主要元音也是 ə，這是-ŋ 尾與-n 尾相混的必要條件。雖然曾梗臻山四攝相混的次數比較多，而且涉及的聲母範圍也比較廣，但與臻攝內部自注和梗曾攝內部自注相比，仍然是非主流。在《韻史》中還存在著-ŋ 尾與

-n 尾的對立。

梗曾二攝除了與臻攝相注較多外，與山攝也有多次相混：

梗攝韻、山攝韻相混 28，曾攝韻、山攝韻相混 1

14792	淀	定去開先山四	堂練：眺	透開4	他弔	敬	見去開庚梗三	居慶
17508	亘	見去開登曾一	古鄧：戶	匣合1	侯古	蠻	明平合刪山二	莫還
14290	蜑	徹上開仙山三	丑善：寵	徹合3	丑隴	挺	定上開青梗四	徒鼎
14592	精	清去開先山四	倉甸：淺	清開3	七演	亭	定平開青梗四	特丁
14377	綪	清去開先山四	倉甸：淺	清開3	七演	敬	見去開庚梗三	居慶
14808	裻	清去開先山四	倉甸：淺	清開3	七演	敬	見去開庚梗三	居慶
14809	輤	清去開先山四	倉甸：淺	清開3	七演	敬	見去開庚梗三	居慶
14810	䗲	清去開先山四	倉甸：淺	清開3	七演	敬	見去開庚梗三	居慶
14812	篟	清去開先山四	倉甸：淺	清開3	七演	敬	見去開庚梗三	居慶
17877	睘	群平合清梗三	渠營：去	溪合3	丘倨	煩	奉平合元山三	附袁
17878	瓊	群平合清梗三	渠營：去	溪合3	丘倨	煩	奉平合元山三	附袁
17879	藑	群平合清梗三	渠營：去	溪合3	丘倨	煩	奉平合元山三	附袁
19702	瞏	曉去合清梗三	休正：許	曉合3	虛呂	萬	微去合元山三	無販
15183	戭	以上開仙山三	以淺：漾	以開3	餘亮	領	來上開清梗三	良郢
14711	錪	徹上開仙山三	丑善：寵	徹合3	丑隴	挺	定上開青梗四	徒鼎
14710	邅*	徹上開仙山三	丑展：寵	徹合3	丑隴	挺	定上開青梗四	徒鼎
14712	饘*	徹上開仙山三	丑展：寵	徹合3	丑隴	挺	定上開青梗四	徒鼎
14713	儃*	徹上開仙山三	丑展：寵	徹合3	丑隴	挺	定上開青梗四	徒鼎
14714	搌*	徹上開仙山三	丑展：寵	徹合3	丑隴	挺	定上開青梗四	徒鼎
14715	驙*	徹上開仙山三	丑展：寵	徹合3	丑隴	挺	定上開青梗四	徒鼎
15578	棩*	影平合先山四	縈玄：饔	影合1	烏貢	轟	曉平開耕梗二	呼宏
14176	骿	並平開先山四	部田：避	並開重4	毗義	亭	定平開青梗四	特丁
14182	騈	並平開先山四	部田：避	並開重4	毗義	亭	定平開青梗四	特丁
14600	胼	並平開先山四	部田：避	並開重4	毗義	亭	定平開青梗四	特丁
14602	跰	並平開先山四	部田：避	並開重4	毗義	亭	定平開青梗四	特丁

14613	瞑	明平開先山四	莫賢：	面	明開重4	彌箭	亭	定平開青梗四	特丁
14746	摵	明上開先山四	彌殄：	面	明開重4	彌箭	挺	定上開青梗四	徒鼎
14817	䬼	明去開先山四	莫甸：	面	明開重4	彌箭	敬	見去開庚梗三	居慶
14205	鼏 g*	見平合先山四	圭玄：	眷	見合重3	居倦	縈	影平合清梗三	於營

亘的注音需作說明。其《廣韻》音爲見母登韻，釋義爲「通也、遍也」，與《韻史》的聲、韻、調和釋義均不合，不能直接拿來作比較。《集韻》中有心母平聲仙韻，荀緣切一讀，意思是「回旋」，與《韻史》注音、釋義相通。亘字的注音當取荀緣切。仙與刪同來自上古的寒部，上文在臻山相注的條目中已說明。

《韻史》中-m、-n、-ŋ 三種韻尾之間的相注，反映出不同韻尾的演變情況。從-m 消失的時間和範圍來看，何氏的語音中-m 尾韻應當已經併入-n 尾韻了，《韻史》中保留中古的深攝和咸攝，雖然攝內諸韻已經發生了合併或分化，但這兩個-m 尾韻的韻部是獨立存在的。我們稱作金部和甘部，並把他保有這兩部的做法看作是復古。-m 尾與-ŋ 尾相混主要發生在通攝東韻、曾攝蒸韻和深攝侵韻之間，東韻與侵韻有相同的上古來源，同源於侵部；蒸韻雖然不與侵韻同源，但蒸韻來源於蒸部，蒸部與侵部主要元音相同。所以這類相注是由古音同源造成的。-n 尾和-ŋ 尾的相注主要發生在臻攝與梗攝之間，說明何氏語音中有前後鼻音不分的現象。

王力先生在《漢語史稿》（王力 1980：187）中曾分析了中古山、咸、深、臻四攝韻母韻尾的現代類型，他說：「中古的山咸臻深四攝，在現代方言裏有九種不同的類型。第一個類型是完整地保存中古的-n 和-m，並且不和-ŋ 尾相混，如粵方言、閩南方言；第二個類型也是完整地保存中古的-n 和-m，但是臻攝和梗曾兩攝相混，如客家方言；第三個類型是-m 變了-n，但是不和-ŋ 尾相混，如北方話；第四個類型是除-m 變-n 之外，臻攝還和梗曾兩攝相混，如西南官話；第五個類型是-m、-n、-ŋ 合流爲-ŋ，如閩北方言；第六個類型是-m、-n、-ŋ 合流爲-n，如湖北和湖南某些方言；第七個類型是-m、-n、-ŋ 韻尾失落而變爲鼻化元音，如西北方音；第八個類型是韻尾失落而變爲單純的開口音節，如西南某些方言；第九個類型是山鹹兩攝韻尾失落，和江宕兩攝不混，臻深兩攝念-n 和-ŋ 隨意，和梗曾兩攝相混。這是吳方言的一般情況。」通泰方言的情形是，咸山兩攝相混，韻尾失落變爲鼻化元音；深臻曾梗四攝

合流，韻尾爲-ŋ。與吳方言的情況比較接近。而據顧黔先生的研究，通泰方言與吳方言的相似之處不止這一點。如果就《韻史》來說，完整保留了-m、-n、-ŋ 三種韻尾，雖然其間有相互爲注的情形，但不足以打破三者之間的對立。書中所記錄的現象並不一定代表眞正的語音，更何況《韻史》本身又是一部存古作品，所以我們要對這種他攝注具體分析。即：-m 尾與-n 尾、-m 尾與-ŋ 尾相注是何萱爲了注古音刻意爲之，-n 尾與-ŋ 尾一定程度上反映出方音前後鼻音不分的現象。

（3）陰聲韻

中古果、假、遇、蟹、止、效、流七攝爲陰聲韻攝。從十六攝注音統計表來看，不同陰聲韻之間的相注非常多。所以我們需要說明的問題就是合併的韻攝，誰併入誰的問題。馮蒸先生在《中古果假二攝合流性質考略》中說：「需要特別說明的是：這些歷史押韻資料中的果假合流現象，如何確定果攝讀如假攝還是假攝讀如果攝，是一個很重要的問題。我們認爲雖然這有時還不易看清，但大致還是可以確定的。我們確立的標準是：如果兩個韻攝 A、B 之間有通押關係，就要先分別看一下這兩攝各自的押韻情況，如果 A 攝基本獨立自押，B 攝卻很少獨立自押而大部分是與他攝特別是與 A 攝通押，則認爲是 B 攝併入 A 攝，反之，則認爲 A 攝併入 B 攝。」（馮蒸 1989：63）馮蒸先生針對押韻資料所立的標準，對《韻史》的反切注音同樣適用。A、B 兩韻攝之間有相注，先看一下兩攝內部各自的自注情況。如果 A 攝基本獨立自注，B 攝卻很少獨立自注而大部分是與他攝特別是與 A 攝相注，則認爲是 B 攝併入 A 攝，反之，則認爲 A 攝併入 B 攝。

1）幾　部

幾部主要來自中古止攝和蟹攝開合口的三四等和灰韻。按照開合的不同分爲兩類韻母。

從「十六攝自注相注統計表」來看，蟹止兩攝無法全然分開，我們將這兩攝合在一起討論。蟹止兩攝本攝、他攝注音情況見下表：

表 3-52　蟹攝、止攝韻相注統計表

次數		開								合								開				合		
		哈	泰	佳	皆	夬	祭	廢	齊	灰	泰	佳	皆	夬	祭	廢	齊	支	脂	之	微	支	脂	微
開	哈	192		7	20	1				27			1					1	1	3				
開	泰	26	71	1	2		1		1	1	1								1					
開	佳	7		72	6				2			5		4										
開	皆		1	1	61	8																		
開	夬						1				1	3	4											
開	廢																							
開	齊			5		13			201				1					224	103	8	20	10	1	
合	灰			2	1	1				111	1		4				15	1	15			46	48	64
合	泰																							
合	佳											2	4				1							
合	皆									4		1	17											
合	夬		2	8	4	7				2	44		7	13	1								1	
合	廢															15								
合	齊								1	1							12					12		
開	支		3			1			37	2	1						1	149				15		
開	脂			1	95	6			124	2								10	122	1	23	2		
開	之	1		1						4								4	39	376	1	1	3	1
開	微								53									18	51	1	32			
合	支									3	3	2			1		18	21	1			25	26	
合	脂									7				18	28							10	68	1
合	微									102		2		15	3		1		1			9	36	106

　　從表中我們可以看出，止蟹兩攝的相注主要發生在止攝的支、脂、微韻與蟹攝的灰、齊、祭韻之間。關於止蟹二攝的分合，王力先生說：「支脂微祭廢屬三等，齊屬四等，但是在合口呼上，它們完全和灰韻合流了。以等呼而論，應該說是三四等跑到了一等；但是以韻攝而論，倒反應該說是蟹攝一部分字跑到了止攝裏來，因爲蟹攝的主要元音是 ai 及其類似音，止攝的主要元音是 i 及其類似音（ei）。有三件事值得注意：第一，蟹攝二等合口字（「懷」「淮」「怪」「快」）並沒有跑到止攝裏來；第二，泰韻合口字一部分跑到了止攝，另一部分停留在蟹攝（「檜」「儈」「劊」「外」）；第三，支脂兩韻系莊系合口字起了特殊的變化，跑到蟹攝裏去了（『揣』tʂuai『衰』『帥』『率』ʂuai）。上面所述的音變，早在十四世紀以前已經完成了。」（王力 1980：160）　王

力先生所說的這「三件事」，前兩件在《韻史》中有所體現，但第三件沒有體現。出於對古音的保存，「揣」字還在止攝，「衰」字轉入果攝，「帥」和「率」爲入聲字。

由於止蟹兩攝的相注比較繁雜，我們先分析止攝內部諸韻的變化，再看止攝與蟹攝相注的情況。

《廣韻》止攝包括支、脂、之、微四韻，均爲三等韻，除了之韻有開無合外，其餘三韻各分開合。中古止攝各韻在《韻史》中的自注互注情況見下表：

表 3-53　止攝韻相注統計表

次　數		開								合						
		支	支B	支A	脂	脂B	脂A	之	微	支B	支	支A	脂	脂B	脂A	微
開	支	46	42	14		35				1	1	2				
	支B	12	2							10	1					
	支A	26	2	5												
	脂	7	1		11	16	13		4							
	脂B	2			66	12	4	1	19	2						
	脂A															
	之	3	1		4			376	1	1			2	1		1
	微	16	1	1	41	6	4	1	32							
合	支									10	1	1		1		
	支B		15		1					5			6			
	支A	3	3							1	3	5	18			
	脂									1	4	2	42		25	1
	脂B													1		
	脂A											3				
	微					1		1		5	4		28	7	1	106

開口呼中，止攝他韻相注明顯，呈現出合流的現象。

①支、脂、之、微不分

止攝中的重紐韻有兩個，支和脂。這兩韻的重三、重四和舌齒音之間出現了明顯的混同，已經打破了重紐的界線。

支A、支B相注 2

24528 㿩　幫上開支止重三　并弭：丙　幫開3　兵永　弭　明上開支止重四　綿婢

24531 㿩　幫上開支止重三　并弭：丙　幫開3　兵永　弭　明上開支止重四　綿婢

支 A、支的舌齒音相注 40 次，擇要舉例如下：

23917	弭	明上開支止重四	綿俾：面	明開重4	彌箭	徙	心上開支止三	斯氏
23882	諟	禪上開支止三	承紙：哂	書開3	式忍	弭	明上開支止重四	綿婢
23879	舓	澄上開支止三	池爾：寵	徹合3	丑隴	弭	明上開支止重四	綿婢
23878	狧	船上開支止三	神舐：寵	徹合3	丑隴	弭	明上開支止重四	綿婢
23892	籭	生上開支止三	所綺：哂	書開3	式忍	弭	明上開支止重四	綿婢
23893	弛	書上開支止三	施是：哂	書開3	式忍	弭	明上開支止重四	綿婢
23901	傂	心上開支止三	斯氏：想	心開3	息兩	弭	明上開支止重四	綿婢
23842	㣚	以上開支止三	移爾：隱	影開3	於謹	弭	明上開支止重四	綿婢
24503	躲	章上開支止三	諸氏：竟	見開3	居慶	弭	明上開支止重四	綿婢
23916	庳	並上開支止重四	便俾：品	滂開重3	丕飲	徙	心上開支止三	斯氏
24532	諀	滂上開支止重四	匹婢：品	滂開重3	丕飲	徙	心上開支止三	斯氏

聲母涉及滂、並、明、澄、心、章、船、書、禪、生、以等母。

支 B、支的舌齒音相注 54 次，擇要舉例如下：

25105	皮	並平開支止重三	符羈：品	滂開重3	丕飲	趍	澄平開支止三	直離
23838	技	群上開支止重三	渠綺：俺	群開重3	巨險	徙	心上開支止三	斯氏
25272	誃	昌上開支止三	尺氏：寵	徹合3	丑隴	掎	見上開支止重三	居綺
25276	扡	徹上開支止三	敕多：寵	徹合3	丑隴	掎	見上開支止重三	居綺
25277	阤	澄上開支止三	池爾：寵	徹合3	丑隴	掎	見上開支止重三	居綺
25898	扡	以上開支止三	移爾：寵	徹合3	丑隴	掎	見上開支止重三	居綺
25899	狋	禪上開支止三	承紙：哂	書開3	式忍	掎	見上開支止重三	居綺
25981	𥄂	見去開支止重三	居義：竟	見開3	居慶	翅	昌去開支止三	充豉
23898	螘	疑上開支止重三	魚倚：仰	疑開3	魚兩	徙	心上開支止三	斯氏
25260	倚	影上開支止重三	於綺：漾	以開3	餘亮	姼	昌上開支止三	尺氏
25110	羆	幫平開支止重三	彼為：品	滂開重3	丕飲	趍	澄平開支止三	直離
23921	靡	明上開支止重三	文彼：面	明開重4	彌箭	徙	心上開支止三	斯氏
25887	綺	溪上開支止重三	墟彼：俺	群開重3	巨險	姼	昌上開支止三	尺氏

支 B 與舌齒音相注時的聲母條件為幫、並、明、徹、澄、昌、禪、見、

溪、群、疑、影、以。支 A 和支 B 可以與支韻相同的齒音聲母相注，比如禪母，也說明支 A、支 B 的差別消失了。

　　脂韻的情況與支韻類似。

脂 A、脂 B 相注 1

20772	寐	明去開脂止重四	彌二：面	明開重4	彌箭	器	溪去開脂止重三	去冀

脂 A、脂的舌齒音相注 13

20758	鼻	並去開脂止重四	毗至：品	滂開重3	丕飲	利	來去開脂止三	力至
20765	比	並去開脂止重四	毗至：品	滂開重3	丕飲	利	來去開脂止三	力至
20741	痹	幫去開脂止重四	必至：丙	幫開3	兵永	利	來去開脂止三	力至
20744	庇	幫去開脂止重四	必至：丙	幫開3	兵永	利	來去開脂止三	力至
20740	畀	幫去開脂止重四	必至：丙	幫開3	兵永	利	來去開脂止三	力至
20742	箅	幫去開脂止重四	必至：丙	幫開3	兵永	利	來去開脂止三	力至
20768	坒	並去開脂止重四	毗至：品	滂開重3	丕飲	利	來去開脂止三	力至
22610	褙	並去開脂止重四	毗至：品	滂開重3	丕飲	利	來去開脂止三	力至
22618	纊	滂去開脂止重四	匹寐：品	滂開重3	丕飲	利	來去開脂止三	力至
20518	丘	溪去開脂止重四	詰利：儉	群開重3	巨險	利	來去開脂止三	力至
20519	棄	溪去開脂止重四	詰利：儉	群開重3	巨險	利	來去開脂止三	力至
22617	枇*	並上開脂止重四	並履：品	滂開重3	丕飲	利	來去開脂止三	力至
22613	溰**	並去開脂止重四	毗至：品	滂開重3	丕飲	利	來去開脂止三	力至

　　脂 B、脂的舌齒音相注 85 次，擇要舉例如下：

20632	示	船去開脂止三	神至：寵	徹合3	丑隴	器	溪去開脂止重三	去冀
22101	瓷	從平開脂止三	疾資：寵	徹合3	丑隴	祁	群平開脂止重三	渠脂
20677	恣	精去開脂止三	資四：甑	精開3	子孕	器	溪去開脂止重三	去冀
20647	二	日去開脂止三	而至：攘	日開3	人漾	器	溪去開脂止重三	去冀
20496	器	溪去開脂止重三	去冀：儉	群開重3	巨險	利	來去開脂止三	力至
22571	誺	徹去開脂止三	丑利：寵	徹合3	丑隴	器	溪去開脂止重三	去冀
22569	縋	澄去開脂止三	直利：寵	徹合3	丑隴	器	溪去開脂止重三	去冀

22517	痢	來去開脂止三	力至：亮	來開3	力讓	器	溪去開脂止重三	去冀
22079	坭	娘平開脂止三	女夷：念	泥開4	奴店	祁	群平開脂止重三	渠脂
20734	𥻳	心去開脂止三	息利：想	心開3	息兩	器	溪去開脂止重三	去冀
22474	庚	以去開脂止三	羊至：隱	影開3	於謹	器	溪去開脂止重三	去冀
19936	茋	章平開脂止三	旨夷：寵	徹合3	丑隴	祁	群平開脂止重三	渠脂
22554	躓	知去開脂止三	陟利：掌	章開3	諸兩	器	溪去開脂止重三	去冀
22604	妣	幫去開脂止重三	兵媚：丙	幫開3	兵永	利	來去開脂止三	力至
20759	濞	滂去開脂止重三	匹備：品	滂開重3	丕飲	利	來去開脂止三	力至
22462	鼻	群去開脂止重三	具冀：儉	群開重3	巨險	利	來去開脂止三	力至

與支 B 相混的脂韻舌齒音聲母爲徹、澄、船、從、精、來、娘、日、心、以、章、知諸母，並且脂 A 和脂 B 都可以用脂韻來母字來注音，說明脂的重紐特徵已消失。

止攝開口支、脂、之、微四韻有多次互注，其中脂微相注最爲突出。

支韻開口自注 149 次，脂韻自注 122 次，支與脂相注 10 次，本韻、他韻注音比分別爲 6.7%和 8.2%，具體例證見下文。

支、微相注 18

19864	雌	清平開支止三	此移：淺	清開3	七演	稀	曉平開微止三	香衣
22023	柂	從平開支止三	疾移：淺	清開3	七演	稀	曉平開微止三	香衣
22024	餈	從平開支止三	疾移：淺	清開3	七演	稀	曉平開微止三	香衣
19842	姕	精平開支止三	即移：甄	精開3	子孕	衣	影平開微止三	於希
19844	訾	精平開支止三	即移：甄	精開3	子孕	衣	影平開微止三	於希
19845	鴜	精平開支止三	即移：甄	精開3	子孕	衣	影平開微止三	於希
19847	頿	精平開支止三	即移：甄	精開3	子孕	衣	影平開微止三	於希
19849	鳷	精平開支止三	即移：甄	精開3	子孕	衣	影平開微止三	於希
22019	觜	精平開支止三	即移：甄	精開3	子孕	衣	影平開微止三	於希
22020	郪	精平開支止三	即移：甄	精開3	子孕	衣	影平開微止三	於希
22021	蠀	精平開支止三	即移：甄	精開3	子孕	衣	影平開微止三	於希
22022	贅	精平開支止三	即移：甄	精開3	子孕	衣	影平開微止三	於希

19865	埀	清平開支止三	此移：淺	清開3	七演	稀	曉平開微止三	香衣
19825	鼃	書平開支止三	式支：哂	書開3	式忍	衣	影平開微止三	於希
19840	髭*	精平開支止三	將支：甑	精開3	子孕	衣	影平開微止三	於希
19817	楮	章平開支止三	章移：掌	章開3	諸兩	稀	曉平開微止三	香衣
19879	紕	滂平開支止重四	匹夷：品	滂開重3	丕飲	衣	影平開微止三	於希
21984	禕	影平開支止重三	於離：隱	影開3	於謹	稀	曉平開微止三	香衣

支微相混出現的聲母條件爲精、清、從、章、書諸母，另有滂母紕字和影母禕字。微韻自注 32 次，與支相注 18 次，他韻相注占到本韻自注的二分之一強，支與微在何萱看來主要元音相同。

脂、微相注 74 次，擇要舉例如下：

20544	氣	曉去開微止三	許既：向	曉開3	許亮	器	溪去開脂止重三	去冀
19812	祗	章平開脂止三	旨夷：掌	章開3	諸兩	稀	曉平開微止三	香衣
22006	胝	昌平開脂止三	處脂：寵	徹合3	丑隴	稀	曉平開微止三	香衣
19818	絺	徹平開脂止三	丑飢：寵	徹合3	丑隴	稀	曉平開微止三	香衣
19829	積	從平開脂止三	疾資：甑	精開3	子孕	衣	影平開微止三	於希
19839	齎	精平開脂止三	即夷：甑	精開3	子孕	衣	影平開微止三	於希
22027	蠀	清平開脂止三	取私：淺	清開3	七演	稀	曉平開微止三	香衣
19821	師	生平開脂止三	疏夷：哂	書開3	式忍	衣	影平開微止三	於希
22013	鳲	書平開脂止三	式脂：哂	書開3	式忍	衣	影平開微止三	於希
19866	ㄙ	心平開脂止三	息夷：想	心開3	息兩	稀	曉平開微止三	香衣
19813	胝	知平開脂止三	丁尼：掌	章開3	諸兩	稀	曉平開微止三	香衣
20484	臮	見去開微止三	居豙：竟	見開3	居慶	器	溪去開脂止重三	去冀
22599	顡	疑去開微止三	魚既：仰	疑開3	魚兩	器	溪去開脂止重三	去冀
19771	飢	見平開脂止重三	居夷：竟	見開3	居慶	稀	曉平開微止三	香衣
22032	諀	滂平開脂止重四	匹夷：丙	幫開3	兵永	衣	影平開微止三	於希
19816	鮨	群平開脂止重三	渠脂：掌	章開3	諸兩	稀	曉平開微止三	香衣
19783	蚚*	影平開脂止重四	於脂：隱	影開3	於謹	稀	曉平開微止三	香衣
22458	齂	群去開微止三	其既：儉	群開重3	巨險	利	來去開脂止三	力至

22464 晲* 溪去開微止三　　丘既：俵　群開重3 巨險 利　來去開脂止三　　力至

　　脂微相注的範圍很大，在脣音滂，舌音知、徹，齒音精、清、從、心、章、昌、書、生，牙音見、溪、群、疑，喉音影、曉聲母條件都有相注的情況發生。脂微相注74次，超過了微自注的次數，我們認爲脂微在《韻史》中已經不分。

脂、之相注40次

429	鄙	幫上開脂止重三	方美：貶	幫開重3 方斂	喜	曉上開之止三	虛里
432	否	並上開脂止重三	符鄙：品	滂開重3 丕飲	起	溪上開之止三	墟里
435	痞	並上開脂止重三	符鄙：品	滂開重3 丕飲	起	溪上開之止三	墟里
175	㔻	滂平開脂止重三	敷悲：品	滂開重3 丕飲	熙	曉平開之止三	許其
616	備	並去開脂止重三	平祕：品	滂開重3 丕飲	異	以去開之止三	羊吏

428	啚	幫上開脂止重三	方美：貶	幫開重3 方斂	喜	曉上開之止三	虛里
430	娝	幫上開脂止重三	方美：貶	幫開重3 方斂	喜	曉上開之止三	虛里
1031	豾	滂平開脂止重三	敷悲：品	滂開重3 丕飲	怡	以平開之止三	與之
341	跽	群上開脂止重三	暨几：俵	群開重3 巨險	喜	曉上開之止三	虛里
970	鈝	滂平開脂止重三	敷悲：品	滂開重3 丕飲	熙	曉平開之止三	許其
185	魾	滂平開脂止重三	敷悲：品	滂開重3 丕飲	熙	曉平開之止三	許其
186	髬	滂平開脂止重三	敷悲：品	滂開重3 丕飲	熙	曉平開之止三	許其
437	嚭	滂上開脂止重三	匹鄙：品	滂開重3 丕飲	起	溪上開之止三	墟里
967	怌	滂平開脂止重三	敷悲：品	滂開重3 丕飲	熙	曉平開之止三	許其
1032	鵄	並平開脂止重三	符悲：品	滂開重3 丕飲	怡	以平開之止三	與之
1245	彌	並去開脂止重三	平祕：品	滂開重3 丕飲	異	以去開之止三	羊吏
1246	𤱶	並去開脂止重三	平祕：品	滂開重3 丕飲	異	以去開之止三	羊吏
1247	㮰	並去開脂止重三	平祕：品	滂開重3 丕飲	異	以去開之止三	羊吏
1142	㸖	明上開脂止重三	無鄙：面	明開重4 彌箭	起	溪上開之止三	墟里
176	伾	滂平開脂止重三	敷悲：品	滂開重3 丕飲	熙	曉平開之止三	許其
178	秠	滂平開脂止重三	敷悲：品	滂開重3 丕飲	熙	曉平開之止三	許其
177	邳	並平開脂止重三	符悲：品	滂開重3 丕飲	熙	曉平開之止三	許其
431	圮	並上開脂止重三	符鄙：品	滂開重3 丕飲	起	溪上開之止三	墟里

615	蒩	並去開脂止重三	平祕：品	滂開重3 丕飲	異	以去開之止三	羊吏
617	糒	並去開脂止重三	平祕：品	滂開重3 丕飲	異	以去開之止三	羊吏
618	紕	並去開脂止重三	平祕：品	滂開重3 丕飲	異	以去開之止三	羊吏
620	羵	並去開脂止重三	平祕：品	滂開重3 丕飲	異	以去開之止三	羊吏
182	駓*	滂平開脂止重三	攀悲：品	滂開重3 丕飲	熙	曉平開之止三	許其
968	抷*	滂平開脂止重三	攀悲：品	滂開重3 丕飲	熙	曉平開之止三	許其
971	苤*	滂平開脂止重三	攀悲：品	滂開重3 丕飲	熙	曉平開之止三	許其
1135	鄙**	幫上開脂止重三	博美：貶	幫開重3 方斂	喜	曉上開之止三	虛里
1030	軝**	並平開脂止重三	符悲：品	滂開重3 丕飲	怡	以平開之止三	與之
370	黹	知上開脂止三	豬几：軫	章開3 章忍	起	溪上開之止三	墟里
1130	膍	心去開脂止三	息利：想	心開3 息兩	起	溪上開之止三	墟里
383	滍	澄上開脂止三	直几：寵	徹合3 丑隴	起	溪上開之止三	墟里
1212	鮨**	章去開脂止三	之利：軫	章開3 章忍	記	見去開之止三	居吏
22495	黰	影上開之止三	於己：隱	影開3 於謹	器	溪去開脂止重三	去冀

脂之相注主要發生在聲母為幫、滂、並、知、心、章、見、群的時候，尤以唇音為主。從比率上來看，脂之互注的次數與脂自注、之自注相比，分別為32.8%和10.6%，脂之也已無別。

通過支微、脂微和脂之的大範圍相注，我們認為，在《韻史》中，中古止攝開口呼的四韻主要元音是相同的。下面是支脂、支之、之微間的互注，雖然這幾類他韻相注的比例沒有達到10%，但以上例證已可以說明四韻的混同，此處作為支、脂、之、微不分的補充證據已足夠。

支、脂相注 10

20704	摰	從去開支止三	疾智：淺	清開3 七演	利	來去開脂止三	力至
20707	眥	從去開支止三	疾智：淺	清開3 七演	利	來去開脂止三	力至
22590	髊	從去開支止三	疾智：淺	清開3 七演	利	來去開脂止三	力至
22591	庛	清去開支止三	七賜：淺	清開3 七演	利	來去開脂止三	力至
22588	訾*	精上開支止三	蔣氏：淺	清開3 七演	利	來去開脂止三	力至
20685	覰*	清去開支止三	七賜：淺	清開3 七演	利	來去開脂止三	力至
20700	嘰g*	從去開支止三	疾智：淺	清開3 七演	利	來去開脂止三	力至

22080	狔	娘上開支止三	女氏：念	泥開4	奴店	祁	群平開脂止重三	渠脂
22081	旎	娘上開支止三	女氏：念	泥開4	奴店	祁	群平開脂止重三	渠脂
20746	賁	幫去開支止重三	彼義：丙	幫開3	兵永	利	來去開脂止三	力至

脂、支相注出現在精、清、從、娘、幫母中。

支、之相注4

995	縭**	來平開支止三	力支：亮	來開3	力讓	怡	以平開之止三	與之
1244	杝	心去開支止三	斯義：想	心開3	息兩	記	見去開之止三	居吏
995	縭**	來平開支止三	力支：亮	來開3	力讓	怡	以平開之止三	與之
1244	杝	心去開支止三	斯義：想	心開3	息兩	記	見去開之止三	居吏
244	峕g*	澄平開支止三	陳知：寵	徹合3	丑隴	怡	以平開之止三	與之
1033	蚾**	並平開支止重三	薄碑：品	滂開重3	丕飲	怡	以平開之止三	與之

之韻自注376次，與支相注4次，這四次相注的聲母條件爲澄、來、心、並諸母。

之、微相注2

| 19791 | 醫 | 影平開之止三 | 於其：隱 | 影開3 | 於謹 | 稀 | 曉平開微止三 | 香衣 |
| 1126 | 迻** | 疑上開微止三 | 魚幾：仰 | 疑開3 | 魚兩 | 起 | 溪上開之止三 | 墟里 |

之微的相注雖然僅有兩次，但脂與微、脂與之合併，通過脂的中介作用也可證明之微主元音無別。

合口呼的情況與開口呼大體一致。合口呼中的重紐韻支與脂也失去了重紐差別，從支A、支B之間，以及支A、支B各自與支的舌齒音相注可以證明。脂A與脂的舌齒音字相注多次，但脂B只有一次自注例。我們認爲脂的重紐特徵在《韻史》中也不存在，至於脂B類既沒有與脂A相混，又沒有與脂的舌齒音相混的情況，是例證太少的緣故。支自注25次，脂自注68次，支脂相互爲注36次，已經超過了支韻自注數；微韻自注106次，與脂韻互注37次，脂微他韻與本韻相注的比率分別爲54.5%和34.9%，脂微合流。這樣的話，合口呼中支、脂、微三韻的主元音也沒有差別了，另外還有支微相注9次作爲補充。

同時，止攝也存在一些開合互注現象，主要出現在支韻中。

支韻開合相注 36

23543	倭	影平合支止重三	於為：	罋	影合1	烏貢	碑	幫平開支止重三	彼為
23551	碑	幫平開支止重三	彼為：	布	幫合1	博故	巍	影平合支止重三	於為
25380	戲	曉去開支止重三	香義：	許	曉合3	虛呂	醀	曉平合支止重四	許規
23545	逶	影平合支止重三	於為：	罋	影合1	烏貢	碑	幫平開支止重三	彼為
25112	嬀	見平合支止重三	居為：	睊	見合重3	居倦	羲	曉平開支止重三	許羈

24637	夊**	心去開支止三	息累：	選	心合3	蘇管	恚	影去合支止重四	於避
25378	肔	以去開支止三	以豉：	永	云合3	于憬	醀	曉平合支止重四	許規
25992	髊	從去開支止三	疾智：	翠	清合3	七醉	醀	曉平合支止重四	許規
24513	縈	來上合支止三	力委：	亮	來開3	力讓	徙	心上開支止三	斯氏
25102	犪	疑平合支止重三	魚為：	仰	疑開3	魚兩	趍	澄平開支止三	直離
25382	醀	曉平合支止重四	許規：	選	心合3	蘇管	肔	以去開支止三	以豉
23542	巍	影平合支止重三	於為：	罋	影合1	烏貢	碑	幫平開支止重三	彼為
23547	矮	影平合支止重三	於為：	罋	影合1	烏貢	碑	幫平開支止重三	彼為
24310	腇	影平合支止重三	於為：	罋	影合1	烏貢	碑	幫平開支止重三	彼為
24311	蜲	影平合支止重三	於為：	罋	影合1	烏貢	碑	幫平開支止重三	彼為
25718	歑	曉平開支止重三	許羈：	許	曉合3	虛呂	嬀	見平合支止重三	居為
25719	壚	曉平開支止重三	許羈：	許	曉合3	虛呂	嬀	見平合支止重三	居為
25720	巇	曉平開支止重三	許羈：	許	曉合3	虛呂	嬀	見平合支止重三	居為
25721	瀻	曉平開支止重三	許羈：	許	曉合3	虛呂	嬀	見平合支止重三	居為
25722	獩	曉平開支止重三	許羈：	許	曉合3	虛呂	嬀	見平合支止重三	居為
25990	攭	曉平開支止重三	許羈：	去	溪合3	丘倨	醀	曉平合支止重四	許規
25991	戯	曉去開支止重三	香義：	許	曉合3	虛呂	醀	曉平合支止重四	許規
25117	羲	曉平開支止重三	許羈：	許	曉合3	虛呂	嬀	見平合支止重三	居為
25118	犧	曉平開支止重三	許羈：	許	曉合3	虛呂	嬀	見平合支止重三	居為
25709	咥	曉平開支止重三	許羈：	許	曉合3	虛呂	嬀	見平合支止重三	居為
24307	矮*	影平合支止重三	邕危：	罋	影合1	烏貢	碑	幫平開支止重三	彼為
25712	曦*	曉平開支止重三	虛宜：	許	曉合3	虛呂	嬀	見平合支止重三	居為
25714	爔*	曉平開支止重三	虛宜：	許	曉合3	虛呂	嬀	見平合支止重三	居為

25716	戱*	曉平開支止重三	虛宜：許	曉合3	虛呂	嬀	見平合支止重三	居爲
25717	欐*	曉平開支止重三	虛宜：許	曉合3	虛呂	嬀	見平合支止重三	居爲
25713	犧*	疑平開支止重三	魚羈：許	曉合3	虛呂	嬀	見平合支止重三	居爲
25715	羲**	曉平開支止重三	許宜：許	曉合3	虛呂	嬀	見平合支止重三	居爲
23550	䴇g*	影平合支止重三	邕危：甕	影合1	烏貢	碑	幫平開支止重三	彼爲
23837	頠	溪上合支止重四	丘弭：儉	群開重3	巨險	徙	心上開支止三	斯氏
25113	鄔	云平合支止三	蓬支：眷	見合重3	居倦	羲	曉平開支止重三	許羈
25699	潙	見平合支止重三	居爲：眷	見合重3	居倦	羲	曉平開支止重三	許羈

支韻的開合相注多發生在影母和曉母中，另外，幫母碑，見母嬀潙，來母篆，溪母頠，疑母羲騰，云母鄔，以母䪉，從母髒，心母夊在《韻史》中已爲合口。

何萱在他的古韻分部中是脂支之三分的，但是我們從他的注音上來看，卻是脂支之不分的。在這一點他與段玉裁相同，知其然不知其所以然。從對止攝的分析來看，支脂之微的主要元音已經趨同，但依然存在著開合口的對立。從蟹攝與止攝的相注上也可以印證上述結論，詳下文。

②止攝與蟹攝相注

止蟹兩攝相注主要集中在灰韻與齊韻上。我們先分析蟹攝三四等與止攝的相互爲注的情況。

從「蟹攝、止攝統計表」中來看，蟹攝的三四等韻已併入止攝。我們先分析蟹攝三四等之間的關係。純四等齊韻自注214次，開合口分別自注213次，開合口互注1次，齊韻也保持著開合分立。這1次開合相注情況見下：

24471	痊g*	疑平開齊蟹四	研奚：馭	疑合3	牛倨	攜	匣平合齊蟹四	戶圭

痊字爲疑母字，大概在何氏語音中已有合口齊韻的讀音。

齊韻與止攝支、脂、之、微的音注共計647次，除去17次開合相注，余下630次相注開合不混。所以，蟹攝齊韻已按照開合不同分別併入止攝開合口中，具體例證見下文。

齊、支相注305次，擇要舉例如下：

23877	此	清上開齊蟹四	乃禮：軫	章開3	章忍	徙	心上開支止三	斯氏
23580	支	章平開支止三	章移：軫	章開3	章忍	雞	見平開齊蟹四	古奚

23674	兒	日平開支止三	汝移：攘	日開3	人漾	奚	匣平開齊蟹四	胡雞
20297	豕	書上開支止三	施是：哂	書開3	式忍	禮	來上開齊蟹四	盧啟
23574	知	知平開支止三	陟離：軫	章開3	章忍	雞	見平開齊蟹四	古奚
24007	系	匣去開齊蟹四	胡計：向	曉開3	許亮	企	溪去開支止重四	去智
24008	係	見去開齊蟹四	古詣：向	曉開3	許亮	企	溪去開支止重四	去智
23733	奎	溪平合齊蟹四	苦圭：郡	群合3	渠運	規	見平合支止重四	居隋
25287	跜	溪上開齊蟹四	康禮：去	溪合3	丘倨	蘬	以上合支止三	羊捶
25908	蕍	禪上合支止三	時髓：永	云合3	于憬	跜	溪上開齊蟹四	康禮
25711	他	曉平開齊蟹四	呼雞：許	曉合3	虛呂	嬀	見平合支止重三	居爲
24342	袟	見上合支止重三	過委：軫	章開3	章忍	雞	見平開齊蟹四	古奚

袟字音注與《集韻》音相同。

25063	厜	精平合支止三	姊規：甀	精開3	子孕	黟	影平開齊蟹四	烏奚
25910	瀡	心去合支止三	思累：選	心合3	蘇管	跜	溪上開齊蟹四	康禮
25290	橢	以上合支止三	羊捶：永	云合3	于憬	跜	溪上開齊蟹四	康禮
24511	盠	來上開齊蟹四	盧啟：亮	來開3	力讓	徙	心上開支止三	斯氏
23856	墅	泥上開齊蟹四	乃禮：念	泥開4	奴店	徙	心上開支止三	斯氏
23895	敧	疑上開齊蟹四	研啟：仰	疑開3	魚兩	徙	心上開支止三	斯氏
23671	縭	昌平開支止三	叱支：寵	徹合3	丑隴	提	定平開齊蟹四	杜奚
24358	䄳	徹平開支止三	丑知：寵	徹合3	丑隴	谿	溪平開齊蟹四	苦奚
23668	鯔	澄平開支止三	直離：寵	徹合3	丑隴	提	定平開齊蟹四	杜奚
24618	殨	從去開支止三	疾智：淺	清開3	七演	係	見去開齊蟹四	古詣
24420	鑶*	生上開支止三	所綺：亮	來開3	力讓	奚	匣平開齊蟹四	胡雞
24509	題	定上開齊蟹四	徒禮：眺	透開4	他弔	弭	明上開支止重四	綿婢
24508	腣	透上開齊蟹四	他禮：眺	透開4	他弔	弭	明上開支止重四	綿婢
24054	墑	心去開齊蟹四	蘇計：想	心開3	息兩	企	溪去開支止重四	去智
24504	誖	影上開齊蟹四	烏弟：隱	影開3	於謹	弭	明上開支止重四	綿婢
24629	鵸	見去合齊蟹四	古惠：舉	見合3	居許	恚	影去合支止重四	於避
24635	僡	匣去合齊蟹四	胡桂：許	曉合3	虛呂	恚	影去合支止重四	於避

24459	睳	曉平合齊蟹四	呼攜	許	曉合3	盧呂	規	見平合支止重四	居隋
24458	鼜*	影平合齊蟹四	淵畦	永	云合3	于憬	規	見平合支止重四	居隋
23914	軞	幫上開齊蟹四	補米	品	滂開重3	丕飲	徙	心上開支止三	斯氏
23913	頧	滂上開齊蟹四	匹米	品	滂開重3	丕飲	徙	心上開支止三	斯氏
23992	魕	群去開支止重三	奇寄	儉	群開重3	巨險	係	見去開齊蟹四	古詣
22331	眯*	明上開支止重四	母婢	面	明開重4	彌箭	禮	來上開齊蟹四	盧啟

齊韻同時與支、支A和支B相注，聲母涉及唇音幫、滂、明，舌音透、定、泥、知、徹、澄、來，齒音精、清、從、心、章、昌、書、禪、生、日，牙音見、溪、群、疑，喉音影、曉、匣、以諸母，範圍非常廣。齊韻與支韻的開合相注出現於精母、心母、禪母、見母、溪母、曉母和以母中。

齊、脂相注261次，擇要舉例如下：

20486	計	見去開齊蟹四	古詣	竟	見開3	居慶	器	溪去開脂止重三	去冀
20737	閉	幫去開齊蟹四	博計	丙	幫開3	兵永	利	來去開脂止三	力至
20556	橞	匣去合齊蟹四	胡桂	向	曉開3	許亮	器	溪去開脂止重三	去冀
20558	潓	匣去合齊蟹四	胡桂	向	曉開3	許亮	器	溪去開脂止重三	去冀
19900	鮧	定平開齊蟹四	杜奚	眺	透開4	他弔	祁	群平開脂止重三	渠脂
22505	甌	端去開齊蟹四	都計	典	端開4	多殄	器	溪去開脂止重三	去冀
22578	霽	精去開齊蟹四	子計	甎	精開3	子孕	器	溪去開脂止重三	去冀
19914	鼇	來平開齊蟹四	郎奚	亮	來開3	力讓	祁	群平開脂止重三	渠脂
20735	細	心去開齊蟹四	蘇計	想	心開3	息兩	器	溪去開脂止重三	去冀
22598	棤	疑去開齊蟹四	五計	仰	疑開3	魚兩	器	溪去開脂止重三	去冀
22465	瞖	影去開齊蟹四	於計	隱	影開3	於謹	器	溪去開脂止重三	去冀
25905	揣	以上合脂止三	以水	永	云合3	于憬	夥	溪上開齊蟹四	康禮
22605	櫚	並去開齊蟹四	蒲計	丙	幫開3	兵永	利	來去開脂止三	力至
22585	醨	從去開齊蟹四	在詣	淺	清開3	七演	利	來去開脂止三	力至
20832	嘒	曉去合齊蟹四	呼惠	許	曉合3	盧呂	萃	從去合脂止三	秦醉
23776	蕤	日平合脂止三	儒佳	汝	日合3	人渚	攜	匣平合齊蟹四	戶圭

齊、脂的相注在唇音、舌音、牙音、齒音、喉音中都有體現而且範圍廣大，

除了喉音云母和齒音初、崇、生、俟幾母之外，其他各母都有涉及，齊脂之間呈現自由相混狀態。開合相注出現在匣母和以母中。

齊、之相注 8

20352	紕	昌上開之止三	昌里：丙	幫開3	兵永	禮	來上開齊蟹四	盧啟
20287	柿	崇上開之止三	鉏里：寵	徹合3	丑隴	啓	溪上開齊蟹四	康禮
22286	你	娘上開之止三	乃里：念	泥開4	奴店	啓	溪上開齊蟹四	康禮
22301	甤	生上開之止三	踈士：哂	書開3	式忍	禮	來上開齊蟹四	盧啟
20298	弔	莊上開之止三	阻史：甑	精開3	子孕	禮	來上開齊蟹四	盧啟
19956	兒*	疑平開之止三	魚其：仰	疑開3	魚兩	黎	來平開齊蟹四	郎奚
22264	狋*	以上開之止三	養里：隱	影開3	於謹	禮	來上開齊蟹四	盧啟
20281	疿*	莊上開之止三	壯士：掌	章開3	諸兩	啓	溪上開齊蟹四	康禮

紕字音注與《集韻》音同。齊韻個別娘、莊、崇、生、昌、疑、以母字與之韻混同。

齊、微相注 73 次，擇要舉例如下：

19806	氐	端平開齊蟹四	都奚：典	端開4	多殄	稀	曉平開微止三	香衣
19811	梯	透平開齊蟹四	土雞：眺	透開4	他弔	稀	曉平開微止三	香衣
20199	蟣	見上開微止三	居狶：竟	見開3	居慶	禮	來上開齊蟹四	盧啟
20219	唏	曉上開微止三	虛豈：向	曉開3	許亮	禮	來上開齊蟹四	盧啟
20323	顗	疑上開微止三	魚豈：仰	疑開3	魚兩	啓	溪上開齊蟹四	康禮
22262	扆	影上開微止三	於豈：隱	影開3	於謹	禮	來上開齊蟹四	盧啟
22035	鎞	幫平開齊蟹四	邊兮：丙	幫開3	兵永	衣	影平開微止三	於希
22017	妻	精平開齊蟹四	祖稽：甑	精開3	子孕	衣	影平開微止三	於希
22030	鸝	清平開齊蟹四	七稽：淺	清開3	七演	稀	曉平開微止三	香衣
22031	副	心平開齊蟹四	先稽：想	心開3	息兩	稀	曉平開微止三	香衣
19883	鬿	群平開微止三	渠希：儉	群開重3	巨險	黎	來平開齊蟹四	郎奚
20209	䒢	溪上開微止三	袪狶：儉	群開重3	巨險	禮	來上開齊蟹四	盧啟
22037	笓	並平開齊蟹四	部迷：品	滂開重3	丕飲	衣	影平開微止三	於希
22039	躄	滂去開齊蟹四	匹詣：品	滂開重3	丕飲	衣	影平開微止三	於希

　　齊微相注出現在唇音幫、滂、並，舌音端、透，牙音，齒音精、清、心，喉音曉、影諸母中。

　　祭韻是蟹攝中的重紐韻，雖然沒有祭韻 A、B 類的相注，但開口祭 B 和祭的舌齒音字都能與齊韻相注，合口祭 B 和祭的舌齒音字都能與灰相注，說明祭的重紐特征也已經消失，並且與齊韻合流了。

齊、祭相注 13

20532	曳	以去開祭蟹三	餘制：隱	影開 3	於謹	契	溪去開齊蟹四	苦計
20528	泄	以去開祭蟹三	餘制：隱	影開 3	於謹	契	溪去開齊蟹四	苦計
20527	勩	以去開祭蟹三	餘制：隱	影開 3	於謹	契	溪去開齊蟹四	苦計
20529	詍	以去開祭蟹三	餘制：隱	影開 3	於謹	契	溪去開齊蟹四	苦計
20530	呭	以去開祭蟹三	餘制：隱	影開 3	於謹	契	溪去開齊蟹四	苦計
20531	栧	以去開祭蟹三	餘制：隱	影開 3	於謹	契	溪去開齊蟹四	苦計
20533	䄼	以去開祭蟹三	餘制：隱	影開 3	於謹	契	溪去開齊蟹四	苦計
20543	裔	以去開祭蟹三	餘制：隱	影開 3	於謹	契	溪去開齊蟹四	苦計
23998	厂	以去開祭蟹三	餘制：隱	影開 3	於謹	係	見去開齊蟹四	古詣
24597	䅨	以去開祭蟹三	餘制：隱	影開 3	於謹	係	見去開齊蟹四	古詣
20521	瘞	影去開祭蟹重三	於罽：隱	影開 3	於謹	契	溪去開齊蟹四	苦計
22263	膉	影去開祭蟹重三	於罽：隱	影開 3	於謹	禮	來上開齊蟹四	盧啟
20538	褐*	影去開祭蟹重三	於例：隱	影開 3	於謹	契	溪去開齊蟹四	苦計

　　瘞字的音注讀音與《集韻》相同。祭齊相注出現在以母和影母中。

灰、祭相注 16

21160	稅	書去合祭蟹三	舒芮：爽	生開 3	疏兩	對	端去合灰蟹一	都隊
21149	芮	日去合祭蟹三	而銳：閏	日合 3	如順	對	端去合灰蟹一	都隊
21148	汭	日去合祭蟹三	而銳：閏	日合 3	如順	對	端去合灰蟹一	都隊
21150	蜹	日去合祭蟹三	而銳：閏	日合 3	如順	對	端去合灰蟹一	都隊
22868	枘	日去合祭蟹三	而銳：閏	日合 3	如順	對	端去合灰蟹一	都隊
21156	帨	書去合祭蟹三	舒芮：爽	生開 3	疏兩	對	端去合灰蟹一	都隊

21157	祱	書去合祭蟹三	舒芮：爽	生開3	疏兩	對	端去合灰蟹一	都隊
21161	鏾	書去合祭蟹三	舒芮：爽	生開3	疏兩	對	端去合灰蟹一	都隊
21163	涗	書去合祭蟹三	舒芮：爽	生開3	疏兩	對	端去合灰蟹一	都隊
21164	蛻	書去合祭蟹三	舒芮：爽	生開3	疏兩	對	端去合灰蟹一	都隊
21116	刈	以去開祭蟹三	餘制：洞	定合1	徒弄	對	端去合灰蟹一	都隊
21154	蕳*	日去合祭蟹三	儒稅：閏	日合3	如順	對	端去合灰蟹一	都隊
22865	鋭*	日去合祭蟹三	儒稅：閏	日合3	如順	對	端去合灰蟹一	都隊
21047	鱖	見去合祭蟹重三	居衛：古	見合1	公戶	對	端去合灰蟹一	都隊
21049	劂	見去合祭蟹重三	居衛：古	見合1	公戶	對	端去合灰蟹一	都隊
22810	蹶	見去合祭蟹重三	居衛：古	見合1	公戶	對	端去合灰蟹一	都隊

祭與灰的相注出現在日母、見母、書母和以母。以母條件下出現開合相注。

單從材料來看，祭韻的開合口呈現出了不同的合併趨勢。開口與齊韻相混後併入止攝，合口與灰韻相混後併入止攝。祭韻與蟹攝韻的相注共 31 次，與止攝韻的相注共 130 次，祭韻也與止攝合流。具體例證擇要列舉如下：

祭、支相注 2

24636	帨**	清去合祭蟹三	此芮：綫	清合3	七絹	恚	影去合支止重四	於避
25892	拽**	以去開祭蟹三	弋勢：漾	以開3	餘亮	姼	昌上開支止三	尺氏

祭、支相注的兩次分別出現於清母和以母。

祭、脂相注 113 次，擇要舉例如下：

20591	例	來去開祭蟹三	力制：亮	來開3	力讓	器	溪去開脂止重三	去冀
20650	世	書去開祭蟹三	舒制：哂	書開3	式忍	利	來去開脂止三	力至
20770	袂	明去開祭蟹重四	彌弊：面	明開重4	彌箭	器	溪去開脂止重三	去冀
20640	掣	禪去開祭蟹三	時制：寵	徹合3	丑隴	器	溪去開脂止重三	去冀
20636	瘛	昌去開祭蟹三	尺制：寵	徹合3	丑隴	器	溪去開脂止重三	去冀
22574	偰	徹去開祭蟹三	丑例：寵	徹合3	丑隴	器	溪去開脂止重三	去冀
22568	鱲	澄去開祭蟹三	直例：寵	徹合3	丑隴	器	溪去開脂止重三	去冀
22581	鱭	精去開祭蟹三	子例：甑	精開3	子孕	器	溪去開脂止重三	去冀
20557	轊	清去合祭蟹三	此芮：向	曉開3	許亮	器	溪去開脂止重三	去冀

22561	餐	章去開祭蟹三	征例：掌	章開3	諸兩	器	溪去開脂止重三	去冀
20751	汭	並去開祭蟹重四	毗祭：品	滂開重3	丕飲	利	來去開脂止三	力至
20756	澈	滂去開祭蟹重四	匹蔽：品	滂開重3	丕飲	利	來去開脂止三	力至
20506	愒	溪去開祭蟹重三	去例：儉	群開重3	巨險	利	來去開脂止三	力至
20487	罽	見去開祭蟹重三	居例：竟	見開3	居慶	器	溪去開脂止重三	去冀
22602	甈	疑去開祭蟹重四	魚祭：仰	疑開3	魚兩	器	溪去開脂止重三	去冀
22553	瘵**	知去開祭蟹三	豬例：掌	章開3	諸兩	器	溪去開脂止重三	去冀
20739	蔽	幫去開祭蟹重四	必袂：丙	幫開3	兵永	利	來去開脂止三	力至
22675	幨*	邪去合祭蟹三	旋芮：綫	清合3	七絹	遂	邪去合脂止三	徐醉
20659	㡪	生去開祭蟹三	所例：哂	書開3	式忍	利	來去開脂止三	力至
20861	歲	心去合祭蟹三	相銳：選	心合3	蘇管	萃	從去合脂止三	秦醉
20824	叡	以去合祭蟹三	以芮：羽	云合3	王矩	遂	邪去合脂止三	徐醉

祭脂相注出現於脣音、舌音知、徹、澄、來，齒音精、清、心、邪、生、章、昌、書、禪，牙音見、溪、疑和喉音以母。

祭、微相注 15

21092	鑄	邪去合祭蟹三	祥歲：罋	影合1	烏貢	貴	見去合微止三	居胃
21080	衛	云去合祭蟹三	于歲：罋	影合1	烏貢	貴	見去合微止三	居胃
21082	蔧	云去合祭蟹三	于歲：罋	影合1	烏貢	貴	見去合微止三	居胃
21085	韓	云去合祭蟹三	于歲：罋	影合1	烏貢	貴	見去合微止三	居胃
21087	䡺	云去合祭蟹三	于歲：罋	影合1	烏貢	貴	見去合微止三	居胃
21090	㙔	云去合祭蟹三	于歲：罋	影合1	烏貢	貴	見去合微止三	居胃
21093	暳	云去合祭蟹三	于歲：罋	影合1	烏貢	貴	見去合微止三	居胃
22825	籞	云去合祭蟹三	于歲：罋	影合1	烏貢	貴	見去合微止三	居胃
21133	贄	章去合祭蟹三	之芮：壯	莊開3	側亮	貴	見去合微止三	居胃
21140	毅	章去合祭蟹三	之芮：壯	莊開3	側亮	貴	見去合微止三	居胃
21134	綴	知去合祭蟹三	陟衛：壯	莊開3	側亮	貴	見去合微止三	居胃
21136	餟	知去合祭蟹三	陟衛：壯	莊開3	側亮	貴	見去合微止三	居胃

| 21142 | 輟 | 知去合祭蟹三 | 陟衛：壯 | 莊開3 | 側亮 | 貴 | 見去合微止三 | 居胃 |

| 21141 | 笍 | 知去合祭蟹三 | 陟衛：壯 | 莊開3 | 側亮 | 貴 | 見去合微止三 | 居胃 |
| 22863 | 褹 | 知去合祭蟹三 | 陟衛：壯 | 莊開3 | 側亮 | 貴 | 見去合微止三 | 居胃 |

祭、微的相注主要發生在知母、章母、邪母和云母中。

廢韻共出現 24 次，自注 15 次，其餘 9 次全部是與止攝韻相注，所以蟹攝的廢韻也與齊、祭相似，併入止攝。

廢、脂相注 6

| 20723 | 乂 | 疑去開廢蟹三 | 魚肺：仰 | 疑開3 | 魚兩 | 器 | 溪去開脂止重三 | 去冀 |

20724	𡟎	疑去開廢蟹三	魚肺：仰	疑開3	魚兩	器	溪去開脂止重三	去冀
20725	忢	疑去開廢蟹三	魚肺：仰	疑開3	魚兩	器	溪去開脂止重三	去冀
20726	䖸	疑去開廢蟹三	魚肺：仰	疑開3	魚兩	器	溪去開脂止重三	去冀
22600	汊	疑去開廢蟹三	魚肺：仰	疑開3	魚兩	器	溪去開脂止重三	去冀
22601	疫	疑去開廢蟹三	魚刈：仰	疑開3	魚兩	器	溪去開脂止重三	去冀

廢、脂相注發生在疑母中。

廢、微相注 3

21088	饐	影去合廢蟹三	於廢：甕	影合1	烏貢	貴	見去合微止三	居胃
21089	薉	影去合廢蟹三	於廢：甕	影合1	烏貢	貴	見去合微止三	居胃
22826	驨	影去合廢蟹三	於廢：甕	影合1	烏貢	貴	見去合微止三	居胃

廢、微相注出現在影母中。

從材料來看，廢韻開口與脂韻開口相混，合口與微韻合口相混。即廢韻也是按開合的不同分別與止攝合併的。

蟹攝灰韻共出現 462 次，自注 111 次，與蟹攝其他韻相注 58 次，與止攝相注 293 次，可見灰韻大部分已併入止攝。

灰、支相注 52 次，絕大多數灰韻與合口支韻相注，有 3 次與開口相混，擇要舉例如下：

| 21155 | 瑞 | 禪去合支止三 | 是偽：爽 | 生開3 | 疏兩 | 對 | 端去合灰蟹一 | 都隊 |
| 23827 | 磊 | 來上合灰蟹一 | 落猥：路 | 來合1 | 洛故 | 詭 | 見上合支止重三 | 過委 |

23554	危	疑平合支止重三	魚爲：	臥	疑合1	吾貨	醅	泥平合灰蟹一	乃回
23807	詭	見上合支止重三	過委：	廣	見合1	古晃	磊	來上合灰蟹一	落猥
21143	槌	澄去合支止三	馳僞：	狀	崇開3	鋤亮	對	端去合灰蟹一	都隊
24587	䰆	心去合支止三	思累：	巽	心合1	蘇困	傫	來上合灰蟹一	魯猥
22874	祝*	書去合支止三	式瑞：	爽	生開3	疏兩	對	端去合灰蟹一	都隊
24308	䰠	影平合灰蟹一	烏恢：	甕	影合1	烏貢	碑	幫平開支止重三	彼爲
24313	醅	泥平合灰蟹一	乃回：	煨	泥合1	乃管	危	疑平開支止重三	魚爲
22869	枘	日去開支止重四	而瑞：	閏	日合3	如順	對	端去合灰蟹一	都隊
23823	毇	曉上合支止重三	許委：	戶	匣合1	侯古	磊	來上合灰蟹一	落猥
23818	跪	溪上合支止重三	去委：	苦	溪合1	康杜	磊	來上合灰蟹一	落猥
23822	頠	影上合支止重三	於詭：	甕	影合1	烏貢	磊	來上合灰蟹一	落猥
1080	㸷**	初上合支止重三	初委：	狀	崇開3	鋤亮	悔	曉上合灰蟹一	呼罪
24556	桵**	娘上合支止重三	女委：	煨	泥合1	乃管	磊	來上合灰蟹	落猥

　　灰、支相注發生在來、泥、娘、澄、心、初、書、禪、日、見、溪、疑、曉、影諸母中，其中影母、泥母和日母中出現了灰與開口支韻相混。

　　灰、脂爲注 70 次，15 次與開口相注，55 次與合口脂韻相注，擇要舉例如下：

| 20155 | 眉 | 明平開脂止重三 | 武悲： | 慢 | 明開2 | 謨晏 | 回 | 匣平合灰蟹一 | 戶恢 |

　　15 次灰與脂韻開口的相注聲母全部爲明母字。

322	悔	曉上合灰蟹一	呼罪：	戶	匣合1	侯古	洧	云上合脂止三	榮美
20124	帷	云平合脂止三	洧悲：	甕	影合1	烏貢	回	匣平合灰蟹一	戶恢
22236	誰	禪平合脂止三	視佳：	爽	生開3	疏兩	回	匣平合灰蟹一	戶恢
20147	頧	澄平合脂止三	直追：	狀	崇開3	鋤亮	回	匣平合灰蟹一	戶恢
20142	纍	來平合脂止三	力追：	路	來合1	洛故	回	匣平合灰蟹一	戶恢
22870	帥	書去合脂止三	釋類：	爽	生開3	疏兩	對	端去合灰蟹一	都隊
22124	崔	精平合灰蟹一	臧回：	俊	精合3	子峻	雖	心平合脂止三	息遺
20864	䜽	心去合灰蟹一	蘇內：	選	心合3	蘇管	萃	從去合脂止三	秦醉

22424	皠	清上合灰蟹一	七罪：措	清合1	倉故	唯	以上合脂止三	以水
1078	詯*	匣上合灰蟹一	戶賄：戶	匣合1	侯古	洧	云上合脂止三	榮美
21046	騩	見去合脂止重三	俱位：古	見合1	公戶	對	端去合灰蟹一	都隊
24549	𡰪	溪去合脂止重三	丘愧：苦	溪合1	康杜	磊	來上合灰蟹一	落猥
22808	嫢*	群去合脂止重四	其季：古	見合1	公戶	對	端去合灰蟹一	都隊
22131	䜌*	透平合灰蟹一	通回：羽	云合3	王矩	葵	群平合脂止重四	渠隹

灰、脂的相注發生在舌齒音透、澄、來、精、清、心、書、禪，牙喉音見、溪、群、曉、匣、云諸母中，另外唇音明母條件下灰與脂韻開口相混。

灰、之相注 4

| 1037 | 煤 | 明平合灰蟹一 | 莫杯：面 | 明開重4 | 彌箭 | 怡 | 以平開之止三 | 與之 |
| 443 | 每 | 明上合灰蟹一 | 武罪：面 | 明開重4 | 彌箭 | 起 | 溪上開之止三 | 墟里 |

| 1038 | 禖 | 明平合灰蟹一 | 莫杯：面 | 明開重4 | 彌箭 | 怡 | 以平開之止三 | 與之 |
| 1039 | 梅 | 明平合灰蟹一 | 莫杯：面 | 明開重4 | 彌箭 | 怡 | 以平開之止三 | 與之 |

灰、之相注的 4 次也全部出現在明母。

灰、微相注 166 次，全部與合口相混，擇要舉例如下：

22396	膲	透上合灰蟹一	吐猥：洞	定合1	徒弄	偉	云上合微止三	于鬼
20046	恢	溪平合灰蟹一	苦回：苦	溪合1	康杜	歸	見平合微止三	舉韋
20092	崔	從平合灰蟹一	昨回：措	清合1	倉故	歸	見平合微止三	舉韋
20093	催	清平合灰蟹一	倉回：措	清合1	倉故	歸	見平合微止三	舉韋

22429	琲	並上合灰蟹一	蒲罪：普	滂合1	滂古	偉	云上合微止三	于鬼
20075	自	端平合灰蟹一	都回：董	端合1	多動	歸	見平合微止三	舉韋
22158	瓌	見平合灰蟹一	公回：古	見合1	公戶	徽	曉平合微止三	許歸
22421	摧	精上合灰蟹一	子罪：纂	精合1	作管	偉	云上合微止三	于鬼
22430	㟪	明上合灰蟹一	武罪：慢	明開2	謨晏	偉	云上合微止三	于鬼
22399	瓃	泥上合灰蟹一	奴罪：煥	泥合1	乃管	卉	曉上合微止三	許偉
22388	䡇	匣上合灰蟹一	胡罪：戶	匣合1	侯古	偉	云上合微止三	于鬼
22173	𨺔	曉平合灰蟹一	呼恢：戶	匣合1	侯古	歸	見平合微止三	舉韋

22198	灘	心平合灰蟹一	素回：巽	心合1	蘇困	歸	見平合微止三	舉韋
20056	桹	影平合灰蟹一	烏恢：甕	影合1	烏貢	歸	見平合微止三	舉韋
22397	濆*	定上合灰蟹一	杜罪：洞	定合1	徒弄	偉	云上合微止三	于鬼
22405	瓶*	來上合灰蟹一	魯猥：路	來合1	洛故	偉	云上合微止三	于鬼
22426	魏**	疑上合灰蟹一	五罪：臥	疑合1	吾貨	偉	云上合微止三	于鬼

蟹攝灰韻與止攝四韻讀音無別，同時我們也發現灰韻與哈韻和蟹攝二等韻也有相注的情況，這部分內容我們放在該部中討論。

蟹攝除三四等和灰韻與止攝合流外，一二等韻也存在與止攝相注的情況。

一等韻哈、泰韻與止攝韻相注

哈、支相注 1

| 20026 | 齜 | 莊平開支止三 | 側宜：秩 | 澄開3 | 直一 | 皚 | 疑平開哈蟹一 | 五來 |

哈、脂相注 1

| 874 | 碩 | 滂平開脂止重三 | 敷悲：抱 | 並開1 | 薄浩 | 哉 | 精平開哈蟹一 | 祖才 |

哈、之相注 4

519	誣	疑去開之止三	魚記：傲	疑開1	五到	岱	定去開哈蟹一	徒耐
1174	傺	書去開之止三	式吏：散	心開1	蘇旱	岱	定去開哈蟹一	徒耐
313	莘	莊上開之止三	阻史：贊	精開1	則旰	乃	泥上開哈蟹一	奴亥
131	毒	影平開哈蟹一	烏開：向	曉開3	許亮	基	見平開之止三	居之

傺莘二字音注與《集韻》相同

泰、脂相注 1

| 22715 | 蓍** | 匣去開脂止三 | 胡利：漢 | 曉開1 | 呼旰 | 帶 | 端去開泰蟹一 | 當蓋 |

以上幾例何氏是按照他的「同聲同部」原則來爲被注字歸類的。「齒、丕、疑、塞、宰、毒」都是他歸爲第一部的諧聲偏旁，所以將以這些偏旁得聲的「齜、碩、誣、傺、莘、毒、蓍」等字一起歸入第一部，體現的是被注字的古音，不作爲語音變化看待。

二等韻佳皆夬與止攝相注

佳、支相注 6

| 23539 | 鼃 | 影平合佳蟹二 | 烏媧：甕 | 影合1 | 烏貢 | 碑 | 幫平開支止重三 | 彼爲 |

24072	繣	匣去合佳蟹二	胡卦：	許	曉合3	虛呂	恚	影去合支止重四	於避
24454	婎*	溪平合佳蟹二	空媧：	郡	群合3	渠運	規	見平合支止重四	居隋
25888	嶲	影上開佳蟹二	烏蟹：	儉	群開重3	巨險	姼	昌上開支止三	尺氏
25115	鑼	並上開佳蟹二	薄蟹：	睠	見合重3	居倦	義	曉平開支止重三	許羈
25904	灑*	並上開佳蟹二	部買：	品	滂開重3	丕飲	掎	見上開支止重三	居綺

鑼字音注與《集韻》同音。佳皆相注出現在並母、溪母、影母和匣母中。上古支部分化出齊、佳、支韻，佳支相注說明何氏認為它們古音同部。

佳、之相注1

| 426 | 諰 | 生平開佳蟹二 | 山佳： | 想 | 心開3 | 息兩 | 起 | 溪上開之止三 | 墟里 |

諰字以思取音，思在何氏的第一部中，他按照諧聲偏旁為諰注音，也是在注古音。

皆、脂相注1

| 20551 | 睸 | 曉去開皆蟹二 | 許介： | 向 | 曉開3 | 許亮 | 器 | 溪去開脂止重三 | 去冀 |

諰睸二字音注與《集韻》相同。

皆、微相注2

| 22143 | 擓* | 溪平合皆蟹二 | 枯懷： | 苦 | 溪合1 | 康杜 | 葳 | 影平合微止三 | 於非 |
| 21084 | 甝 | 曉去合皆蟹二 | 火怪： | 甕 | 影合1 | 烏貢 | 貴 | 見去合微止三 | 居胃 |

甝字《集韻》另有云母祭韻一讀。《韻史》中云影合併，祭也與止攝合併，此條音注與《集韻》音相同。上古的微部分化出咍、齊、灰、皆、微、脂等韻，何萱從注古音的角度將皆脂、皆微互注，說明它們古音相同。但是在何萱的上古韻系中是沒有微部的，微部合併在他的脂部中。

夬、微相注1

| 21029 | 頮 | 疑去開微止三 | 魚既： | 臥 | 疑合1 | 吾貨 | 快 | 溪去合夬蟹二 | 苦夬 |

綜上，蟹攝開口三等齊祭廢三韻合流，這三韻除昌母獬字，透母戾字，溪母畫、嫛二字和影母綮字與蟹攝韻相混外，其餘併入止攝開口。蟹攝合口祭韻在日母、書母、見母、以母條件下與灰韻相混，並與灰韻、合口齊祭廢韻一起入止攝合口。

小　結

　　中古止攝諸韻都是三等韻，但主要元音各不同，並且還有兩個重紐韻支和脂。從《韻史》古韻分部體例來看，他是分支脂之三部的，但从《韻史》反切注音來看，支脂之微四韻沒有區別。支和脂沒有重紐區別，並且支、脂、之、微四韻相混，主元音相同。同時中古蟹攝的部分開口三四等韻字與止攝開口相混，蟹攝部分合口三四等韻字、部分灰韻字與止攝合口相混。所以，我們將由上述諸韻合併而成的這一部稱爲幾部，包含兩個韻母，[i]（支脂之微開口，部分齊祭廢開口），[ui]（支脂微合口，部分齊祭廢合口，大部分灰）。

　　2）該　部

　　該部主要來自中古蟹攝。蟹攝包括齊、佳、皆、灰、哈、祭、泰、夬、廢九韻，除了哈、灰兩韻一開一合外，其餘七韻各分開合。這九韻在《韻史》中的具體存在情況見下表：

表 3-54　蟹攝韻相注統計表

次數		開								合								
		哈	泰	佳	皆	夬	祭	祭B	齊	灰	泰	佳	皆	夬	祭	祭B	廢	齊
開	哈	192		7	20	1				27			1					
	泰	26	71	1	2		1		1	1	1							
	佳	7		72	6				2			5		4				
	皆		1	1	61	8												
	夬						1						1	3	4			
	齊				5		10	3	201	1								
合	灰			2	1	1				111	1		4			12	3	
	佳											2	4					1
	皆									4		1	17					
	夬		2	8	4	7				2	44		7	13	1			
	廢																15	
	齊						1					1						12

　　除了灰哈有幾次是開合口相注外，其餘幾韻基本上是開合口分立的。

　　①哈、泰不分

　　蟹攝開口中的一等韻爲哈和泰。哈自注192次，泰自注71次，哈泰相注26次，哈泰他韻注與本韻注的比率分別爲13.5%和36.6%，我們認爲哈泰的主要元音已經相同了。哈泰相注例如下：

20934　隸　　定去開哈蟹一　　徒耐：坦　透開1　他但　帶　端去開泰蟹一　當蓋

20910	慨	溪去開咍蟹一	苦愛：	侃	溪開1	空旱	泰	透去開泰蟹一	他蓋
20917	爱	影去開咍蟹一	烏代：	案	影開1	烏旴	帶	端去開泰蟹一	當蓋
20936	逮	定去開咍蟹一	徒耐：	坦	透開1	他但	帶	端去開泰蟹一	當蓋
20889	溉	見去開咍蟹一	古代：	艮	見開1	古恨	泰	透去開泰蟹一	他蓋
20912	磕	溪去開咍蟹一	苦蓋：	侃	溪開1	空旱	泰	透去開泰蟹一	他蓋
22725	埭	定去開咍蟹一	徒耐：	坦	透開1	他但	帶	端去開泰蟹一	當蓋
22726	靆	定去開咍蟹一	徒耐：	坦	透開1	他但	帶	端去開泰蟹一	當蓋
22729	瑇	定去開咍蟹一	徒耐：	坦	透開1	他但	帶	端去開泰蟹一	當蓋
20890	概	見去開咍蟹一	古代：	艮	見開1	古恨	泰	透去開泰蟹一	他蓋
20905	嘅	見去開咍蟹一	古代：	艮	見開1	古恨	泰	透去開泰蟹一	他蓋
22693	摡	見去開咍蟹一	古代：	艮	見開1	古恨	泰	透去開泰蟹一	他蓋
20911	嘅	溪去開咍蟹一	苦愛：	侃	溪開1	空旱	泰	透去開泰蟹一	他蓋
20915	禢	溪去開咍蟹一	苦蓋：	侃	溪開1	空旱	泰	透去開泰蟹一	他蓋
22697	鼓	溪去開咍蟹一	苦蓋：	艮	見開1	古恨	泰	透去開泰蟹一	他蓋
22709	靉	疑去開咍蟹一	烏代：	侃	溪開1	空旱	泰	透去開泰蟹一	他蓋
22710	璦	疑去開咍蟹一	烏代：	侃	溪開1	空旱	泰	透去開泰蟹一	他蓋
20916	㤅	影去開咍蟹一	烏代：	案	影開1	烏旴	帶	端去開泰蟹一	當蓋
20919	僾	影去開咍蟹一	烏代：	案	影開1	烏旴	帶	端去開泰蟹一	當蓋
20920	鎄	影去開咍蟹一	烏代：	案	影開1	烏旴	帶	端去開泰蟹一	當蓋
22728	靆*	定去開咍蟹一	待戴：	坦	透開1	他但	帶	端去開泰蟹一	當蓋
20893	槩*	見去開咍蟹一	居代：	艮	見開1	古恨	泰	透去開泰蟹一	他蓋
20898	枅*	見去開咍蟹一	居代：	艮	見開1	古恨	泰	透去開泰蟹一	他蓋
22708	嗳*	影去開咍蟹一	於代：	侃	溪開1	空旱	泰	透去開泰蟹一	他蓋
22698	隑 g*	溪去開咍蟹一	口溉：	侃	溪開1	空旱	泰	透去開泰蟹一	他蓋
20903	剴 g*	疑去開咍蟹一	牛代：	艮	見開1	古恨	泰	透去開泰蟹一	他蓋

　　咍、泰相混的聲母條件爲定母、見母、溪母、疑母和影母。

　　蟹攝合口呼中灰、泰沒有合併，灰韻主要與咍韻相混，合口泰韻與合口二等佳、皆、夬相混。

《韻史》中灰韻自注 111 次，灰、咍互注 27 次，例證如下：

526	背	幫去合灰蟹一	補妹：保	幫開1	博抱	岱	定去開咍蟹一	徒耐
86	媒	明平合灰蟹一	莫杯：莫	明開1	慕各	來	來平開咍蟹一	落哀
91	梅	明平合灰蟹一	莫杯：莫	明開1	慕各	來	來平開咍蟹一	落哀
89	某g*	明平合灰蟹一	謨杯：莫	明開1	慕各	來	來平開咍蟹一	落哀
95	每g*	明平合灰蟹一	謨杯：莫	明開1	慕各	來	來平開咍蟹一	落哀
528	佩	並去合灰蟹一	蒲昧：抱	並開1	薄浩	岱	定去開咍蟹一	徒耐
40	胚	滂平合灰蟹一	芳杯：抱	並開1	薄浩	哉	精平開咍蟹一	祖才
39	桮	幫平合灰蟹一	布回：保	幫開1	博抱	哉	精平開咍蟹一	祖才
82	碩	並平合灰蟹一	薄回：抱	並開1	薄浩	來	來平開咍蟹一	落哀
83	䝴	並平合灰蟹一	薄回：抱	並開1	薄浩	來	來平開咍蟹一	落哀
527	邶	並去合灰蟹一	蒲昧：保	幫開1	博抱	岱	定去開咍蟹一	徒耐
1175	苝	並去合灰蟹一	蒲昧：抱	並開1	薄浩	岱	定去開咍蟹一	徒耐
502	浼	精上合灰蟹一	子罪：贊	精開1	則旰	岱	定去開咍蟹一	徒耐
85	禖	明平合灰蟹一	莫杯：莫	明開1	慕各	來	來平開咍蟹一	落哀
87	膜	明平合灰蟹一	莫杯：莫	明開1	慕各	來	來平開咍蟹一	落哀
97	脢	明平合灰蟹一	莫杯：莫	明開1	慕各	來	來平開咍蟹一	落哀
99	霉	明平合灰蟹一	莫杯：莫	明開1	慕各	來	來平開咍蟹一	落哀
102	鋂	明平合灰蟹一	莫杯：莫	明開1	慕各	來	來平開咍蟹一	落哀
1177	痗	明去合灰蟹一	莫佩：莫	明開1	慕各	岱	定去開咍蟹一	徒耐
42	肧	滂平合灰蟹一	芳杯：抱	並開1	薄浩	哉	精平開咍蟹一	祖才
875	抔	滂平合灰蟹一	芳杯：抱	並開1	薄浩	哉	精平開咍蟹一	祖才
876	稣	滂平合灰蟹一	芳杯：抱	並開1	薄浩	哉	精平開咍蟹一	祖才
870	毢	心平合灰蟹一	素回：散	心開1	蘇旱	哉	精平開咍蟹一	祖才
914	珻*	明平合灰蟹一	謨杯：莫	明開1	慕各	來	來平開咍蟹一	落哀
873	鉕*	幫平合灰蟹一	晡枚：保	幫開1	博抱	哉	精平開咍蟹一	祖才
911	呅**	明平合灰蟹一	莫杯：莫	明開1	慕各	來	來平開咍蟹一	落哀
872	痵**	幫平合灰蟹一	補回：保	幫開1	博抱	哉	精平開咍蟹一	祖才

洧字的音注聲調與《廣韻》也不相同，《集韻》中有精母咍韻，作代切一讀，音注讀音與《集韻》音相同。毸字音注也與《集韻》相同。除去這兩個字，灰咍相混出現在唇音聲母中。

《廣韻》開合分韻的韻系中唯一有唇音字對立的是咍、灰兩韻系。通常以咍爲開口，灰爲合口，二者同攝、同等、不同呼，咍是灰的開口，灰是咍的合口。但有很多學者都懷疑咍灰唇音開合對立的可靠性。

陸志韋先生認爲咍、灰兩韻系有不同的上古音來源，這兩個韻系在六朝韻書里可分可不分，而《切韻》時代的方言很可能有咍跟灰的區別。邵榮芬（1982：115-117）先生比較研究了中古時期《切韻》前後其他語音文獻資料中的情況以及現代方言里咍、灰兩韻系唇音字的歸屬格局，認爲咍、灰兩韻系的唇音字不對立。潘悟雲、朱曉農（1982：331）二位先生認爲，這兩個韻上古屬之微兩部，到南北朝時已完全合爲一韻，只是開合不同而已。後來，這種開合的分別逐漸發展爲主元音的區別。馮蒸先生（1997b：150-183）利用漢越語對音材料中咍和灰的譯音不同，證明咍、灰分韻是由於其主要元音的不同，而不是開合口的不同。我們也認爲咍、灰不是開合口的對立，不存在唇音的對立。《韻史》中灰咍二韻混同，說明這兩韻的主要元音已經無別。

灰韻與開口泰韻另有一條相注例：

20899 刏　見去合灰蟹一　　古對：艮　見開1　古恨　泰　透去開泰蟹一　他蓋

蟹攝的灰韻已有大部分轉入止攝，另有洧、毸二字和部分唇音聲母字與咍混併。

②佳、皆、夬不分

蟹攝中的佳、皆、夬三韻爲二等韻，開口呼夬韻自注 1 次，與皆互注 8 次，皆夬已無別。佳自注 72 次，與皆和夬互注 7 次，他韻注與本韻注的比率爲 9.7%，雖然不足 10%，但參考合口呼中佳與皆和夬合流，我們認爲開口呼中二等重韻佳皆夬在《韻史》中也是不區分的。

皆、夬相注 8

20795 喝　影去開夬蟹二　　於犗：隱　影開3　於謹　介　見去開皆蟹二　　古拜

20811 躉　徹去開夬蟹二　　丑犗：寵　徹合3　丑隴　介　見去開皆蟹二　　古拜

22639	懗	徹去開夬蟹二	丑犗：寵	徹合3	丑隴	介	見去開皆蟹二	古拜
22637	鷐	澄去開夬蟹二	除邁：寵	徹合3	丑隴	介	見去開皆蟹二	古拜
20789 犗		見去開夬蟹二	古喝：竟	見開3	居慶	聶	匣去開皆蟹二	胡介
22631	禖	見去開夬蟹二	古喝：竟	見開3	居慶	聶	匣去開皆蟹二	胡介
22636	鷐	曉去開夬蟹二	火犗：向	曉開3	許亮	介	見去開皆蟹二	古拜
20793	餲	影去開夬蟹二	於犗：隱	影開3	於謹	介	見去開皆蟹二	古拜

犗禖鷐餲喝的何氏音注與《集韻》音相同。皆夬相注出現在徹母、澄母、見母、曉母和影母中。

另有皆夬的開合互注7次：

22804	湃	滂去開皆蟹二	普拜：普	滂合1	滂古	快	溪去合夬蟹二	苦夬
21032	捧	幫去開皆蟹二	博怪：布	幫合1	博故	快	溪去合夬蟹二	苦夬
21034	湏	滂去開皆蟹二	普拜：普	滂合1	滂古	快	溪去合夬蟹二	苦夬
20993	薂	見去合皆蟹二	古壞：苦	溪合1	康杜	邁	明去開夬蟹二	莫話
22760	叔	溪去合皆蟹二	苦怪：苦	溪合1	康杜	邁	明去開夬蟹二	莫話
22800	犢**	疑去開皆蟹二	五拜：臥	疑合1	吾貨	快	溪去合夬蟹二	苦夬
22761	刪**	溪去合皆蟹二	口怪：苦	溪合1	康杜	邁	明去開夬蟹二	莫話

除唇音外，皆夬的開合相注出現在牙音見、溪、疑母。

佳、皆相注7

24476	雉 g*	溪上開皆蟹二	口駭：口	溪開1	苦后	蠏*	匣上開佳蟹二	下買
20791	瘂	影去開佳蟹二	烏懈：隱	影開3	於謹	介	見去開皆蟹二	古拜
24474	劈	溪上開皆蟹二	苦駭：口	溪開1	苦后	蠏	匣上開佳蟹二	下買
24483	釞	知上開皆蟹二	知駭：諍	莊開2	側迸	買	明上開佳蟹二	莫蟹
24487	覨	疑上開皆蟹二	五駭：傲	疑開1	五到	買	明上開佳蟹二	莫蟹
24489	娾	疑上開皆蟹二	五駭：傲	疑開1	五到	買	明上開佳蟹二	莫蟹
24482	釞*	知上開皆蟹二	知駭：諍	莊開2	側迸	買	明上開佳蟹二	莫蟹

劈覨的音注讀音與《集韻》音相同。佳、皆相注出現在知母、溪母、疑母和影母中。

佳、夬開合相注 13

23955	卦	見去合夬蟹二	古賣：廣	見合1	古晃	派	滂去開佳蟹二	匹卦
23956	挂	見去合夬蟹二	古賣：廣	見合1	古晃	派	滂去開佳蟹二	匹卦
20992	郌	溪去合佳蟹二	苦賣：苦	溪合1	康杜	邁	明去開夬蟹二	莫話
23957	詿	見去合夬蟹二	古賣：廣	見合1	古晃	派	滂去開佳蟹二	匹卦
24579	罣	見去合夬蟹二	古賣：廣	見合1	古晃	派	滂去開佳蟹二	匹卦

佳、夬開合相注出現在見母和溪母中。

從蟹攝統計表的數據看，合口二等韻佳、皆、夬同開口一樣也合流了，例證從略。

③一二等韻相注

開口一等韻咍泰互注共計 289 次，二等韻佳皆夬互注共計 149 次，一二等之間互注共計 39 次，一二等他韻注與一等、二等他韻注的比率分別為 13.5%和 26.2%，我們認為在開口呼中，一二等的主要元音也是相同的。具體例證如下：

咍、佳相注 14

20028	柴	崇平開佳蟹二	士佳：秩	澄開3	直一	皚	疑平開咍蟹一	五來
20030	皚	疑平開咍蟹一	五來：傲	疑開1	五到	柴	崇平開佳蟹二	士佳
20029	齰	見平開咍蟹一	古哀：傲	疑開1	五到	柴	崇平開佳蟹二	士佳
20031	殢	疑平開咍蟹一	五來：傲	疑開1	五到	柴	崇平開佳蟹二	士佳
20033	剴	疑平開咍蟹一	五來：傲	疑開1	五到	柴	崇平開佳蟹二	士佳
22140	隑	疑平開咍蟹一	五來：傲	疑開1	五到	柴	崇平開佳蟹二	士佳
22141	磑	疑平開咍蟹一	五來：傲	疑開1	五到	柴	崇平開佳蟹二	士佳
22142	獃	疑平開咍蟹一	五來：傲	疑開1	五到	柴	崇平開佳蟹二	士佳
20027	眥	崇平開佳蟹二	士佳：秩	澄開3	直一	皚	疑平開咍蟹一	五來
22134	齂	曉平開佳蟹二	火佳：漢	曉開1	呼旰	哀	影平開咍蟹一	烏開
22135	甄	初平開佳蟹二	楚佳：秩	澄開3	直一	哀	影平開咍蟹一	烏開
22354	嬭	娘上開佳蟹二	奴蟹：曩	泥開1	奴朗	愷	溪上開咍蟹一	苦亥
529	淠*	並上開佳蟹二	部買：抱	並開1	薄浩	岱	定去開咍蟹一	徒耐

869　偲*　生平開佳蟹二　　所佳：散　心開1　蘇旱　哉　精平開咍蟹一　　祖才

　　齛的音注聲母方面也與《廣韻》音有別，《集韻》有疑母讀音。佳咍的相注出現在並、娘、初、崇、見、疑、曉諸母中。

咍、皆相注20

466　戒　見去開皆蟹二　　古拜：艮　見開1　古恨　岱　定去開咍蟹一　　徒耐
47　骸　匣平開皆蟹二　　戶皆：漢　曉開1　呼旰　材　從平開咍蟹一　　昨哉
861　崽　生平開皆蟹二　　山皆：稍　生開2　所教　哉　精平開咍蟹一　　祖才
478　械　匣去開皆蟹二　　胡介：漢　曉開1　呼旰　岱　定去開咍蟹一　　徒耐
74　豺　崇平開皆蟹二　　士皆：秩　澄開3　直一　來　來平開咍蟹一　　落哀
103　霾　明平開皆蟹二　　莫皆：莫　明開1　慕各　來　來平開咍蟹一　　落哀
296　駭　匣上開皆蟹二　　侯楷：漢　曉開1　呼旰　乃　泥上開咍蟹一　　奴亥
470　噫　影去開皆蟹二　　烏界：案　影開1　烏旰　岱　定去開咍蟹一　　徒耐

906　犲　崇平開皆蟹二　　士皆：秩　澄開3　直一　來　來平開咍蟹一　　落哀
467　誡　見去開皆蟹二　　古拜：艮　見開1　古恨　岱　定去開咍蟹一　　徒耐
104　薶　明平開皆蟹二　　莫皆：莫　明開1　慕各　來　來平開咍蟹一　　落哀
916　懇　明平開皆蟹二　　莫皆：莫　明開1　慕各　來　來平開咍蟹一　　落哀
909　疧　疑上開皆蟹二　　五駭：傲　疑開1　五到　材　從平開咍蟹一　　昨哉
859　麟　知平開皆蟹二　　卓皆：諍　莊開2　側迸　該　見平開咍蟹一　　古哀
860　梩　知平開皆蟹二　　卓皆：諍　莊開2　側迸　該　見平開咍蟹一　　古哀
1176　韛　並去開皆蟹二　　蒲拜：抱　並開1　薄浩　岱　定去開咍蟹一　　徒耐
1156　炄　溪去開皆蟹二　　苦戒：口　溪開1　苦后　岱　定去開咍蟹一　　徒耐
1155　滅　匣去開皆蟹二　　胡介：艮　見開1　古恨　岱　定去開咍蟹一　　徒耐
1157　誡　曉去開皆蟹二　　許介：漢　曉開1　呼旰　岱　定去開咍蟹一　　徒耐
472　欸 g*影去開皆蟹二　　乙界：案　影開1　烏旰　岱　定去開咍蟹一　　徒耐

　　滅字在聲母方面音注與《廣韻》不合，與《集韻》相合。疧的音注與《集韻》相同。

　　另有咍皆開合相注1次：

44　坏　匣去合皆蟹二　　胡怪：抱　並開1　薄浩　哉　精平開咍蟹一　　祖才

咍皆相注出現在並、明、知、崇、生、見、溪、疑、影、曉、匣諸母。

咍、夬相注 1

1166　寨　崇去開夬蟹二　犿夬：秩　澄開3　直一　岱　定去開咍蟹一　徒耐

泰、佳相注 1

22742　瘵　崇去開佳蟹二　士懈：秩　澄開3　直一　帶　端去開泰蟹一　當蓋

泰、皆相注 3

22711　瀥　匣去開皆蟹二　胡介：漢　曉開1　呼旰　帶　端去開泰蟹一　當蓋
22635　饐*　匣去開泰蟹一　下蓋：向　曉開3　許亮　介　見去開皆蟹二　古拜
22733　攋 g*　來上開皆蟹二　洛駭：老　來開1　盧晧　帶　端去開泰蟹一　當蓋

泰、夬開合相注 2

21005　譮　曉去開泰蟹一　呼會：戶　匣合1　侯古　快　溪去合夬蟹二　苦夬
21006　翽　曉去開泰蟹一　呼會：戶　匣合1　侯古　快　溪去合夬蟹二　苦夬

泰韻與二等韻相注出現在崇、匣、來、曉諸母。

灰韻與開口皆、夬相注 3 次。

21193　韕　明去開皆蟹二　莫拜：慢　明開2　謨晏　對　端去合灰蟹一　都隊
21196　眒　明去開皆蟹二　莫拜：慢　明開2　謨晏　對　端去合灰蟹一　都隊
22884　侏　明去開夬蟹二　莫話：慢　明開2　謨晏　對　端去合灰蟹一　都隊

這三例都是明母字，唇音字開合相混是很常見的。

蟹攝開口一二等韻咍泰佳皆夬韻、合口灰韻已經合流了，佳韻帶有[-i]韻尾。合口的情況與開口有所不同。灰韻本韻爲注 111 次，與咍韻互注 27 次，合口泰韻，與灰僅有 1 次相注，而與合口夬韻相注 44 次，所以合口呼中灰泰分道揚鑣，灰與咍可以一起用，泰與二等佳、皆、夬韻可以一起用。泰、夬相注 44 次，擇要舉例如下：

21010　兌　定去合泰蟹一　杜外：洞　定合1　徒弄　快　溪去合夬蟹二　苦夬
21026　外　疑去合泰蟹一　五會：臥　疑合1　吾貨　快　溪去合夬蟹二　苦夬

22798　襊　從去合泰蟹一　才外：措　清合1　倉故　快　溪去合夬蟹二　苦夬
21008　祋　端去合泰蟹一　丁外：董　端合1　多動　快　溪去合夬蟹二　苦夬

20968	襘	見去合泰蟹一	古外：古	見合1	公戶	快	溪去合夬蟹二	苦夬
22791	繓	精去合泰蟹一	祖外：纂	精合1	作管	快	溪去合夬蟹二	苦夬
21016	酹	來去合泰蟹一	郎外：路	來合1	洛故	快	溪去合夬蟹二	苦夬
22797	𪓽	清去合泰蟹一	七外：措	清合1	倉故	快	溪去合夬蟹二	苦夬
21011	娧	透去合泰蟹一	他外：洞	定合1	徒弄	快	溪去合夬蟹二	苦夬
22803	𥒽	心去合泰蟹一	先外：巽	心合1	蘇困	快	溪去合夬蟹二	苦夬
20972	襘	影去合泰蟹一	烏外：古	見合1	公戶	快	溪去合夬蟹二	苦夬
22772	繪*	匣去合泰蟹一	黃外：戶	匣合1	侯古	快	溪去合夬蟹二	苦夬

泰、夬相注出現在端、透、定、來、精、清、從、心、見、疑、影、匣諸母。

灰韻雖然已併入開口一二等，但仍有 10 次與合口皆、夬相混。

533	誨	曉去合灰蟹一	荒內：戶	匣合1	侯古	怪	見去合皆蟹二	古壞
530	怪	見去合皆蟹二	古壞：古	見合1	公戶	誨	曉去合灰蟹一	荒內
535	晦	曉去合灰蟹一	荒內：戶	匣合1	侯古	怪	見去合皆蟹二	古壞
21003	敷	見平合灰蟹一	公回：戶	匣合1	侯古	快	溪去合夬蟹二	苦夬
106	悝	溪平合灰蟹一	苦回：苦	溪合1	康杜	夌	見去合皆蟹二	古壞
534	𣓁	曉去合灰蟹一	荒內：戶	匣合1	侯古	怪	見去合皆蟹二	古壞
105	夌	見去合皆蟹二	古壞：古	見合1	公戶	悝	溪平合灰蟹一	苦回
1181	𥑁	見去合皆蟹二	古壞：古	見合1	公戶	誨	曉去合灰蟹一	荒內
21004	瓖*	書平合灰蟹一	始回：戶	匣合1	侯古	快	溪去合夬蟹二	苦夬
1182	浧*	見去合皆蟹二	古壞：古	見合1	公戶	誨	曉去合灰蟹一	荒內

敷字何氏音注與《集韻》音同。灰與皆、夬的相注發生在見母、書母、溪母和曉母字里。

小　結

蟹攝開口一二等合併；合口一二等合併，其中灰韻唇音字併入咍韻。開口三四等合流後與止攝開口合併，合口三四等與一等灰韻合流後又與止攝合口合併，所以中古蟹在《韻史》中的表現是韻母大大簡化，由原來主元音不同，開

合和等位有別的 9 個韻類減少爲兩個韻母，分別爲[ai]（部分灰、咍泰開口），[uai]（泰佳皆夬合口），我們稱之爲該部。該部中的收字分歸在何萱的不同古韻部中。

3）鳩 部

鳩部主要來自中古流攝。中古的尤、侯、幽三韻，在《韻史》中的注音情況見下表：

表 3-55 流攝韻相注統計表

	尤	侯	幽
尤	476	23	1
侯	30	312	
幽	10		36

①尤、幽、侯不分

幽韻字很少，總共只出現 47 次，其中自注 36 次，與尤互注 11 次：

3254	丩	見平開尤流三	居求：舉	見合3	居許	幽	影平開幽流三	於虯
4191	惆	溪平開尤流三	去秋：去	溪合3	丘倨	幽	影平開幽流三	於虯

3260	鬮	見平開尤流三	居求：舉	見合3	居許	幽	影平開幽流三	於虯
4190	摎	見平開尤流三	居求：舉	見合3	居許	幽	影平開幽流三	於虯
3522	鏐	來去開尤流三	力救：呂	來合3	力舉	黝	影上開幽流三	於糾
3706	雡	來去開尤流三	力又：呂	來合3	力舉	幼	影去開幽流三	伊謬
3710	飂	來去開尤流三	力救：呂	來合3	力舉	幼	影去開幽流三	伊謬
3266	麀	影平開尤流三	於求：羽	云合3	王矩	烋	見平開幽流三	居虯
3514	魝	影上開尤流三	於柳：羽	云合3	王矩	赳	見上開幽流三	居黝
3991	飍*	見平開幽流三	居虯：几	見開重3	居履	休	曉平開尤流三	許尤
3286	鏐g*	來平開尤流三	力求：呂	來合3	力舉	虯	群平開幽流三	渠幽

丩、鬮、麀、魝等字《集韻》有幽韻音。也就是說，在《集韻》中見母、影母的尤韻與幽韻是不分的。在《韻史》中，溪母和來母下的尤和幽也是不分的。

侯韻自注 312 次，與尤相注 53 次，本韻注和他韻注的比率爲 17%，侯與

尤已經相混了。

　　侯、尤相注 53 次，擇要舉例如下：

3305	裒	並平開侯流一	薄侯：博	幫開 1	補各	搜	生平開尤流三	所鳩
5285	偳	端平開侯流一	當侯：始	書開 3	詩止	畫	知去開尤流三	陟救
5272	槈	泥去開侯流一	奴豆：念	泥開 4	奴店	究	見去開尤流三	居祐
4907	涷	心平開侯流一	速侯：送	心合 1	蘇弄	酭	滂平開尤流三	匹尤
5765	穋	崇上開尤流三	士九：茝	昌開 1	昌紿	斗	端上開侯流一	當口
4548	遆	初去開尤流三	初救：茝	昌開 1	昌紿	茂	明去開侯流一	莫候
3712	瘦	生去開尤流三	所祐：稍	生開 2	所教	茂	明去開侯流一	莫候
4418	醙	心上開尤流三	息有：稍	生開 2	所教	牡	明上開侯流一	莫厚
3312	蟊*	明平開侯流一	迷浮：莫	明開 1	慕各	愁	崇平開尤流三	士尤
4482	麨*	透去開侯流一	他候：體	透開 4	他禮	究	見去開尤流三	居祐
5861	簉*	莊去開尤流三	側救：酌	章開 3	之若	豆	定去開侯流一	徒候

　　尤侯互注出現的聲母條件爲並、明、端、透、泥、心、莊、初、崇、生諸母，聲母範圍比較廣，出現數量比較多，我們認爲尤與侯已合流。

　　王力（1980：179-180）先生說：「在現代方言里，流攝讀音分爲兩個類型：第一類是侯尤有別；第二類是侯尤無別。至於幽韻在現代總是和尤韻沒有分別的。

　　「侯尤有別的方言較多，吳方言的某些地區（上海『樓』lɿ，『留』lɿ），閩北（福州『樓』leu，『留』liu），閩南（廈門『樓』lau，『留』liu），客家（梅縣『樓』lɛu，『留』liu），都能分別侯尤。但又可以細分爲兩類：甲類是知照系歸侯，如吳方言；乙類是知照系歸尤，如閩北，閩南，客家。

　　侯尤無別的方言以粵方言爲代表。廣州『樓』＝『留』lɐu，……吳方言中也有侯尤無別的，例如蘇州『樓』＝『留』løy……」

　　現代泰興方言中「樓」＝「留」ləi（顧黔 2001：118，123），《韻史》中的侯尤相混也不限於知照系聲母，所以我們認爲侯尤相混體現了方音特點。通泰地區爲受到官話影響的吳語區，何萱的語音爲吳方言中侯尤無別的那一類。

　　②流攝與他攝相注

　　流攝除了本攝注的 812 次外，與效攝相注 94 次，與遇攝相注 103 次，與止

攝相注 97 次。

流攝與效、遇兩攝的反切注音情況分別在高部和姑部說明，此處主要討論流攝與蟹止兩攝的注音情況。

流攝與止攝相注主要體現在之脂二韻與尤侯之間。兩攝間的相注共計 97 次，是一個很突出的現象。這 97 次相注如下：

3411	軌	見上合脂止重三	居洧：	几	見開重3 居履	守	書上開尤流三	書九
4347	軓*	見上合脂止三	矩鮪：	几	見開重3 居履	守	書上開尤流三	書九
3109	犪	群平合脂止重三	渠追：	憸	群開重3 巨險	由	以平開尤流三	以周
3110	躨	群平合脂止重三	渠追：	憸	群開重3 巨險	由	以平開尤流三	以周
3111	頯	群平合脂止重三	渠追：	憸	群開重3 巨險	由	以平開尤流三	以周
3410	厬	見上合脂止重三	居洧：	几	見開重3 居履	守	書上開尤流三	書九
3412	氿	見上合脂止重三	居洧：	几	見開重3 居履	守	書上開尤流三	書九
3413	厬	見上合脂止重三	居洧：	几	見開重3 居履	守	書上開尤流三	書九
3414	晷	見上合脂止重三	居洧：	几	見開重3 居履	守	書上開尤流三	書九
3415	簋	見上合脂止重三	居洧：	几	見開重3 居履	守	書上開尤流三	書九
4348	宄**	見上合脂止重三	居洧：	几	見開重3 居履	守	書上開尤流三	書九

尤、脂相注的聲母條件為群母和見母。軌是個常見字，它中古在脂部，但上古屬幽部。從何氏的注音來看，軌與另外兩個同以「九」為聲符的宄和氿反切注音完全相同。以上這些例字同在他的古韻第三部中，他所注為古音。

438	母	明上開侯流一	莫厚：	面	明開重4 彌箭	起	溪上開之止三	墟里
453	某	明上開侯流一	莫厚：	面	明開重4 彌箭	起	溪上開之止三	墟里
459	戼	明去開侯流一	莫候：	面	明開重4 彌箭	起	溪上開之止三	墟里
442	莓	明去開侯流一	莫候：	面	明開重4 彌箭	起	溪上開之止三	墟里
439	拇	明上開侯流一	莫厚：	面	明開重4 彌箭	起	溪上開之止三	墟里
440	鴾	明上開侯流一	莫厚：	面	明開重4 彌箭	起	溪上開之止三	墟里
452	晦	明上開侯流一	莫厚：	面	明開重4 彌箭	起	溪上開之止三	墟里
1140	姆	明上開侯流一	莫厚：	面	明開重4 彌箭	起	溪上開之止三	墟里

1141	踇	明上開侯流一	莫厚：面	明開重4	彌箭	起	溪上開之止三	墟里
448	姆*	明去開侯流一	莫候：面	明開重4	彌箭	起	溪上開之止三	墟里
1137	碔*	明上開侯流一	莫後：面	明開重4	彌箭	起	溪上開之止三	墟里
1138	牳*	明上開侯流一	莫後：面	明開重4	彌箭	起	溪上開之止三	墟里
1139	狇*	明上開侯流一	莫後：面	明開重4	彌箭	起	溪上開之止三	墟里
1145	罞*	明上開侯流一	莫後：面	明開重4	彌箭	起	溪上開之止三	墟里
1146	某*	明上開侯流一	莫後：面	明開重4	彌箭	起	溪上開之止三	墟里

侯、之相注的聲母條件爲明母。

621	富	非去開尤流三	方副：范	奉合3	防錢	記	見去開之止三	居吏
461	否	非上開尤流三	方久：范	奉合3	防錢	起	溪上開之止三	墟里
464	負	奉上開尤流三	房久：范	奉合3	防錢	起	溪上開之止三	墟里
1250	福	敷去開尤流三	敷救：范	奉合3	防錢	記	見去開之止三	居吏
331	久	見上開尤流三	舉有：竟	見開3	居慶	喜	曉上開之止三	虛里
272	牛	疑平開尤流三	語求：仰	疑開3	魚兩	怡	以平開之止三	與之
213	尤	云平開尤流三	羽求：隱	影開3	於謹	淇	群平開之止三	渠之
559	忧	云去開尤流三	于救：隱	影開3	於謹	記	見去開之止三	居吏
562	又	云去開尤流三	于救：隱	影開3	於謹	記	見去開之止三	居吏
564	右	云去開尤流三	于救：隱	影開3	於謹	記	見去開之止三	居吏
565	祐	云去開尤流三	于救：隱	影開3	於謹	記	見去開之止三	居吏
344	有	云上開尤流三	云久：隱	影開3	於謹	起	溪上開之止三	墟里
347	友	云上開尤流三	云久：隱	影開3	於謹	起	溪上開之止三	墟里
277	謀	明平開尤流三	莫浮：面	明開重4	彌箭	怡	以平開之止三	與之
25091	郵	云平開尤流三	羽求：漾	以開3	餘亮	趙	澄平開支止三	直離
332	灸	見上開尤流三	舉有：竟	見開3	居慶	喜	曉上開之止三	虛里
334	玖	見上開尤流三	舉有：竟	見開3	居慶	喜	曉上開之止三	虛里
1201	狖	以去開尤流三	余救：隱	影開3	於謹	記	見去開之止三	居吏
566	宥	云去開尤流三	于救：隱	影開3	於謹	記	見去開之止三	居吏
569	囿	云去開尤流三	于救：隱	影開3	於謹	記	見去開之止三	居吏
207	裘	群平開尤流三	巨鳩：儉	群開重3	巨險	怡	以平開之止三	與之

551	舊	群去開尤流三	巨救：	儉	群開重3	巨險	記	見去開之止三	居吏
1041	碻	非平開尤流三	甫鳩：	范	奉合3	防錢	怡	以平開之止三	與之
622	薔	非去開尤流四	方副：	范	奉合3	防錢	記	見去開之止三	居吏
280	芣	奉平開尤流三	縛謀：	范	奉合3	防錢	怡	以平開之止三	與之
463	婦	奉上開尤流三	房久：	范	奉合3	防錢	起	溪上開之止三	壚里
465	蕡	奉上開尤流三	房久：	范	奉合3	防錢	起	溪上開之止三	壚里
1149	鶏	奉上開尤流三	房久：	范	奉合3	防錢	起	溪上開之止三	壚里
1150	蝜	奉上開尤流三	房久：	范	奉合3	防錢	起	溪上開之止三	壚里
1147	棐	敷上開尤流三	芳否：	范	奉合3	防錢	起	溪上開之止三	壚里
539	灾	見去開尤流三	居祐：	竟	見開3	居慶	異	以去開之止三	羊吏
330	妀	見上開尤流三	舉有：	竟	見開3	居慶	喜	曉上開之止三	虛里
1083	亀	見上開尤流三	舉有：	竟	見開3	居慶	喜	曉上開之止三	虛里
214	詉	云平開尤流三	羽求：	隱	影開3	於謹	淇	群平開之止三	渠之
215	肬	云平開尤流三	羽求：	隱	影開3	於謹	淇	群平開之止三	渠之
216	沋	云平開尤流三	羽求：	隱	影開3	於謹	淇	群平開之止三	渠之
988	肬	云平開尤流三	羽求：	隱	影開3	於謹	淇	群平開之止三	渠之
560	煩	云去開尤流三	于救：	隱	影開3	於謹	記	見去開之止三	居吏
561	疣	云去開尤流三	于救：	隱	影開3	於謹	記	見去開之止三	居吏
567	宥	云去開尤流三	于救：	隱	影開3	於謹	記	見去開之止三	居吏
568	趙	云去開尤流三	于救：	隱	影開3	於謹	記	見去開之止三	居吏
345	衁	云上開尤流三	云久：	隱	影開3	於謹	起	溪上開之止三	壚里
1092	宥	云上開尤流三	云久：	隱	影開3	於謹	起	溪上開之止三	壚里
1093	鶏	云上開尤流三	云久：	隱	影開3	於謹	起	溪上開之止三	壚里
1252	艑*	非去開尤流三	方副：	范	奉合3	防錢	記	見去開之止三	居吏
1148	妚*	非上開尤流三	俯九：	范	奉合3	防錢	起	溪上開之止三	壚里
278	罘*	奉平開尤流三	房尤：	范	奉合3	防錢	怡	以平開之止三	與之
1249	鬈*	敷去開尤流三	敷救：	范	奉合3	防錢	記	見去開之止三	居吏

1251	愊*	敷去開尤流三	敷救：范	奉合3	防錽	記	見去開之止三	居吏
1021	泮*	疑平開尤流三	魚尤：仰	疑開3	魚兩	怡	以平開之止三	與之
1023	芋*	疑平開尤流三	魚尤：仰	疑開3	魚兩	怡	以平開之止三	與之
985	狘*	云平開尤流三	于求：隱	影開3	於謹	淇	群平開之止三	渠之
986	駄*	云平開尤流三	于求：隱	影開3	於謹	淇	群平開之止三	渠之
571	麷*	云去開尤流三	尤救：隱	影開3	於謹	記	見去開之止三	居吏
1199	宥*	云去開尤流三	尤救：隱	影開3	於謹	記	見去開之止三	居吏
1198	迶**	云去開尤流三	于救：隱	影開3	於謹	記	見去開之止三	居吏
1151	蘸**	奉上開尤流三	防久：范	奉合3	防錽	起	溪上開之止三	墟里
921	朹**	見平開尤流三	居求：竟	見開3	居慶	熙	曉平開之止三	許其
987	蟊**	匣平開尤流三	胡求：隱	影開3	於謹	淇	群平開之止三	渠之
990	吰**	匣平開尤流三	胡求：向	曉開3	許亮	淇	群平開之止三	渠之
1026	魅**	影平開尤流三	魚丘：仰	疑開3	魚兩	怡	以平開之止三	與之
25684	蓻*	云平開尤流三	于求：漾	以開3	餘亮	趙	澄平開支止三	直離
1040	鰁	明平開尤流三	莫浮：面	明開重4	彌箭	怡	以平開之止三	與之
187	紑	滂平開尤流三	匹尤：品	滂開重3	丕飲	熙	曉平開之止三	許其
122	北	溪平開尤流三	去鳩：儉	群開重3	巨險	基	見平開之止三	居之
123	邱	溪平開尤流三	去鳩：儉	群開重3	巨險	基	見平開之止三	居之
927	蚯	溪平開尤流三	去鳩：儉	群開重3	巨險	基	見平開之止三	居之
1035	蚯*	奉平開尤流三	房尤：品	滂開重3	丕飲	怡	以平開之止三	與之
928	沀*	溪平開尤流三	祛尤：儉	群開重3	巨險	基	見平開之止三	居之
929	听*	溪平開尤流三	祛尤：儉	群開重3	巨險	基	見平開之止三	居之
926	貊**	溪平開尤流三	去鳩：儉	群開重3	巨險	基	見平開之止三	居之

尤、之相注涉及到了脣、牙、喉音。

流攝各韻在《韻史》中合流爲[əu]、止攝之脂合流爲[i]，二者的音色相差太遠，基本沒有因音變而同音相混的條件。我們認爲此處的大量相注是因爲涉及到的尤、侯、脂、之四韻系具有相同的上古來源。上古之部到中古分化出咍、灰、皆、之、尤、侯和脂B等韻系，其中侯韻爲明母字。以上諸例的情況與之

相合。同時我們發現這一批字中除了郵和鄿在何萱的古音第十七部中之外，其他例字都被歸在了他的古音第一部中，何氏完全是按照他的諧聲偏旁爲被注字取音的。所以這類相注我們認爲是存古，不是語音的歷史演變。上古同部也可以解釋下文流攝與蟹攝相注。

流攝與蟹攝相注共計 5 次，主要是尤侯與灰咍間相混。

5150	憘	昌去開祭蟹三	尺制：范	奉合3	防鏒 耦	疑上開侯流一	五口
912	呣	明平開侯流一	亡侯：莫	明開1	慕各 來	來平開咍蟹一	落哀
4922	涪	奉平開尤流三	縛謀：奉	奉合3	扶隴 培	並平合灰蟹一	薄回
910	吓*	滂平開侯流一	普溝：抱	並開1	薄浩 材	從平開咍蟹一	昨哉
915	牟**	明平開尤流三	莫浮：莫	明開1	慕各 來	來平開咍蟹一	落哀

憘字音注的聲母與《廣韻》有異，但《集韻》中有滂母尤韻，匹九切一讀。《韻史》中的滂奉在一定條件下相注，尤侯不分，說明何氏注音在《集韻》中有體現。其餘字何氏依據他定的諧聲偏旁全部歸在了第一部中，流攝、蟹攝相注也體現了古音的特點。

小　結

《切韻》尤、侯與幽韻系主元音不同：尤侯是[ə]，幽是[e]，都收[-u]韻尾。尤與幽都是三等韻。在《韻史》中，尤與幽有相注的現象，則說明二者主元音相同而不能分別了。尤與侯大量爲注，體現了方音特點。流攝與蟹止攝的相注反映的是古讀，不屬於音變現象。所以，《韻史》的鳩部包括中古尤侯幽三韻，只包含一個韻母[əu]。

4）姑　部

姑部主要來自中古遇攝魚、虞和模三韻。中古遇攝包括魚、虞、模三韻，但唐初許敬宗議以魚獨用，虞模同用，那時虞模的界限就混淆了，但與魚韻不混。魚、虞、模三韻相混始於初唐（王力 1982：135-211），王力（1987：266）先生認爲是一種方言現象。《中原音韻》中魚、虞、模合併爲魚模部，三韻相混。明代的《韻略易通》明確分出了居魚部和呼模部，這是 y 韻母（y 介音）產生的最早文獻記載。魚、虞、模三韻在《韻史》中也表現爲三等合併，與一等有別的現象，具體情況見下表：

表 3-56　遇攝韻相注統計表

	魚	虞	模
魚	351	158	5
虞	1	225	3
模	3	4	424

從表中可以看出，魚虞已不能分別，模雖然與魚、虞有相注的情況，但總體數量不多，所占比例不高，模韻與魚、虞之間存在分組的趨勢。

①魚、虞不分

魚自注 351 次，虞自注 225 次，魚虞相注 159 次，擇要舉例如下：

5179	盨	生上合魚遇三	疎舉：選	心合3	蘇管	庚	以上合虞遇三	以主
7853	釜	非上合虞遇三	方矩：粉	非合3	方吻	舉	見上合魚遇三	居許
7854	蚼	奉上合虞遇三	扶雨：粉	非合3	方吻	舉	見上合魚遇三	居許
6483	麩	敷平合虞遇三	芳無：粉	非合3	方吻	居	見平合魚遇三	九魚
7834	砠	精上合虞遇三	子與：醉	精合3	將遂	許	曉上合魚遇三	虛呂
6494	躣	群平合虞遇三	其俱：郡	群合3	渠運	餘	以平合魚遇三	以諸
7862	鵡	微上合虞遇三	文甫：晚	微合3	無遠	舉	見上合魚遇三	居許
6717	踽	溪上合虞遇三	驅雨：郡	群合3	渠運	許	曉上合魚遇三	虛呂
6565	虞	疑平合虞遇三	遇俱：我	疑開1	五可	餘	以平合魚遇三	以諸
7607	軒	影平合虞遇三	憶俱：永	云合3	于憬	居	見平合魚遇三	九魚
6417	邘	云平合虞遇三	羽俱：訓	曉合3	許運	居	見平合魚遇三	九魚
7805	哷*	曉上合虞遇三	火羽：訓	曉合3	許運	舉	見上合魚遇三	居許
7002	鱬*	見去合虞遇三	俱遇：眷	見合重3	居倦	豫	以去合魚遇三	羊洳

盨砠字的音注與《集韻》音同。虞魚相注發生在唇音非、敷、奉、微，牙音見、溪、群、疑，齒音精、生，喉音影、曉、云諸母中。

②一三等韻相注

模自注 424 次，與虞相注 7 次，與魚相注 8 次，本韻注與本攝他韻注的比率都是 2%，說明雖然模與魚、虞存在互注的現象，但模大體上還是保持獨立的。

模、魚相注 8

6580	母	g*明平合模遇一	蒙晡：	晚	微合3	無遠	餘	以平合魚遇三	以諸
6564	娛	疑去合模遇一	五故：	我	疑開1	五可	餘	以平合魚遇三	以諸
7071	暏	g*禪去合模遇一	常恕：	舜	書合3	舒閏	據	見去合魚遇三	居御
6650	陼	章上合魚遇三	章与：	董	端合1	多動	古	見上合模遇一	公戶
6898	樗	徹平合魚遇三	丑居：	會	匣合1	黃外	固	見去合模遇一	古暮
6456	蒩	精平合模遇一	則吾：	醉	精合3	將遂	虛	溪平合魚遇三	去魚
7080	駔	從上合模遇一	徂古：	翠	清合3	七醉	據	見去合魚遇三	居御
7577	笡*	清平合魚遇三	千余：	寸	清合1	倉困	盧	來平合模遇一	落胡

　　陼字的《廣韻》音聲、韻與《韻史》都不相同，《集韻》收有端母模韻的讀音。蒩字在《集韻》中有魚韻的讀音。娛的《廣韻》音與《韻史》音除了韻母不同外，聲調也不同。在《集韻》中有平聲虞韻的讀音，而《韻史》中魚虞不分，這一例的何氏反切注音與《集韻》音是相同的。魚和模的混同發生在明、徹、精、清、從、章、疑母條件下。

模、虞相注 7

5099	股	見上合模遇一	公戶：	廣	見合1	古晃	剖	敷上合虞遇三	芳武
5100	羖	見上合模遇一	公戶：	廣	見合1	古晃	剖	敷上合虞遇三	芳武
5673	䱷	疑平合模遇一	五乎：	仰	疑開3	魚兩	廚	澄平合虞遇三	直誅
6236	雩	曉平合虞遇三	況于：	火	曉合1	呼果	姑	見平合模遇一	古胡
6266	庯	敷平合虞遇三	芳無：	貝	幫開1	博蓋	姑	見平合模遇一	古胡
6376	膴	微平合虞遇三	武夫：	漫	明合1	莫半	胡	匣平合模遇一	戶吳
6631	寣	云上合虞遇三	王矩：	會	匣合1	黃外	古	見上合模遇一	公戶

　　䱷的《集韻》音與《韻史》注音相同。庯在《集韻》中有滂母模韻的讀音。寣的何氏反切與《集韻》一致。股羖聲符為股，古音本在魚部。何萱歸為侯部，是他認為此二字聲符為殳，殳歸侯部，所以股羖也歸侯部。這是何萱之誤。

　　王力先生認為魚虞模三韻至少在八世紀就合流了，分化出 u、y 兩音的時間下限是十六世紀。模韻、魚虞兩韻的知照系和輕唇音字演變為 u，魚虞兩韻的其他聲母字演變為 y。（王力 1980：173-174）從上文模與虞、魚相注的條件來

看，並不全是知照系和輕脣音，我們認爲一三等之間的相注，主要是何氏遵照他的諧聲偏旁注音方式造成的，魚、虞、模相混是因爲何萱認爲本來它們在上古就屬同部。

③遇攝與他攝相注

流、遇兩攝相互爲注 132 次，具體涉及到的韻系見下表：

表 3-57　遇攝、流攝韻相注統計表

	虞	模	尤	侯
虞			7	28
尤	59	1		
侯	36			
幽	1			

從上表來看，涉及到的相關韻目主要爲虞和尤侯。具體例證如下：

虞、尤相注 66 次，擇要舉例如下：

5308	仆	敷去合虞遇三	芳遇：范	奉合 3	防錢	晝	知去開尤流三	陟救
5297	遇	疑去合虞遇三	牛具：仰	疑開 3	魚兩	晝	知去開尤流三	陟救
5271	裕	以去合虞遇三	羊戍：漾	以開 3	餘亮	晝	知去開尤流三	陟救
5125	菩	奉上開尤流三	房久：普	滂合 1	滂古	取	清上合虞遇三	七庾
5273	晝	知去開尤流三	陟救：掌	章開 3	諸兩	遇	疑去合虞遇三	牛具
4902	郶	初平合虞遇三	測隅：狀	崇開 3	鋤亮	醋	滂平開尤流三	匹尤

5302	髴	非去合虞遇三	方遇：范	奉合 3	防錢	晝	知去開尤流三	陟救
5301	坿	奉去合虞遇三	符遇：范	奉合 3	防錢	晝	知去開尤流三	陟救
4906	趨	清平合虞遇三	七逾：寸	清合 1	倉困	醋	滂平開尤流三	匹尤
4904	毹	生平合虞遇三	山郶：爽	生開 3	疏兩	醋	滂平開尤流三	匹尤
5896	毹	書去合虞遇三	傷遇：始	書開 3	詩止	晝	知去開尤流三	陟救
3690	敊	微去合虞遇三	亡遇：晚	微合 3	無遠	究	見去開尤流三	居祐
5625	傂	莊平合虞遇三	莊俱：壯	莊開 3	側亮	醋	滂平開尤流三	匹尤
4910	醋	滂平開尤流三	匹尤：普	滂合 1	滂古	趨	清平合虞遇三	七逾
4984	薖	溪平開尤流三	去鳩：郡	群合 3	渠運	需	心平合虞遇三	相俞

4492	獉	章去合虞遇三	之戌：掌	章開3	諸兩	宙	澄去開尤流三	直祐
5290	拻*	禪去合虞遇三	殊遇：始	書開3	詩止	晝	知去開尤流三	陟救
4103	荶*	曉平合虞遇三	匈于：漾	以開3	餘亮	求	群平開尤流三	巨鳩
3216	禂g*	知平合虞遇三	追輸：齒	昌開3	昌里	由	以平開尤流三	以周
3012	庾	見平合虞遇三	舉朱：几	見開重3	居履	休	曉平開尤流三	許尤

虞、尤相注的聲母條件爲唇音滂、非、敷、奉、微，舌音知，齒音清、章、書、禪、莊、初、生，牙音見、溪、疑，喉音曉、以諸母。

虞、侯相注64次，擇要舉例如下：

5152	府	非上合虞遇三	方矩：范	奉合3	防錢	耦	疑上開侯流一	五口
5155	侮	微上合虞遇三	文甫：務	微合3	亡遇	耦	疑上開侯流一	五口

5775	蔀	並上開侯流一	蒲口：普	滂合1	滂古	取	清上合虞遇三	七庾
5873	瓇	從去開侯流一	才奏：寸	清合1	倉困	趜	滂去合虞遇三	芳遇
5262	赳	滂去開侯流一	匹候：普	滂合1	滂古	聚	從去合虞遇三	才句
5770	擻	心上開侯流一	蘇后：巽	心合1	蘇困	剖	滂上合虞遇三	芳武
4850	嬬	崇平合虞遇三	仕于：酌	章開3	之若	鉤	見平開侯流一	古侯
5154	𤗾	奉上合虞遇三	扶雨：范	奉合3	防錢	耦	疑上開侯流一	五口
5151	拊	敷上合虞遇三	芳武：范	奉合3	防錢	耦	疑上開侯流一	五口
4816	竘	見上合虞遇三	俱雨：艮	見開1	古恨	甌	影平開侯流一	烏侯
5571	𡵂	精平合虞遇三	子于：宰	精開1	作亥	鉤	見平開侯流一	古侯
5610	嶁	來平合虞遇三	力朱：朗	來開1	盧黨	猴	匣平開侯流一	戶鉤
5810	軀	影平合虞遇三	憶俱：挨	影開1	於改	豆	定去開侯流一	徒候
5137	麈	章上合虞遇三	之庾：掌	章開3	諸兩	耦	疑上開侯流一	五口
5132	、	知上合虞遇三	知庾：掌	章開3	諸兩	耦	疑上開侯流一	五口
5771	𩍓**	邪上開侯流一	徐垢：巽	心合1	蘇困	剖	滂上合虞遇三	芳武
5674	䚰**	疑平開侯流一	五侯：仰	疑開3	魚兩	廚	澄平合虞遇三	直誅
5902	鞻	來平開侯流一	落侯：眷	見合重3	居倦	具	群去合虞遇三	其遇

虞、侯相注的聲母條件爲唇音滂、並、非、奉、敷、微母，舌音知、來母，齒音精、從、心、邪、章、崇母，牙音見、疑和喉音影母。

漢語語音史上有「流攝唇音歸遇攝」的音變現象，即流攝的一部分唇音字如「浮否婦負富覆謀牟畝牡母」等大約從唐代後期起轉入遇攝，具體說是尤韻唇音字轉入虞韻。根據鄭張尚芳先生的中古元音複化理論，這些尤韻字原讀 ju，非唇音後複化為 jəu，唇音則不複化，就與從 jo 變來的虞韻 ju 合流了。我們在《韻史》中檢索上述例字的反切，畝字未收錄，浮覆牟為尤部，牡為侯部，否婦負富謀母為之部，沒有一個併入到遇攝中。而且虞尤、虞侯相注的聲母條件不僅有唇音，還包括了舌齒音和牙喉音，從數量上來看，遇攝與流攝的唇音字混切共計 65 次，非唇音字混切共計 67 次，也就是說流攝與遇攝相混與唇音聲母的關係並不明顯，遇、流相混還有其他原因。我們認為，上述相混情況的出現源於虞與尤侯有相同的古音來源。上古侯部分化出侯、肴和虞韻，《韻史》中尤侯不分，所以虞與尤侯的相注是何萱注古音的結果。

模、尤相注 1

| 4397 | 姥 | 明上合模遇一 | 莫補： | 面 | 明開重4 | 彌箭 | 九 | 見上開尤流三 | 舉有 |

虞、幽相注 1

| 4198 | 玸 | 奉平合虞遇三 | 防無： | 甫 | 非合3 | 方矩 | 鏐 | 來平開幽流三 | 力幽 |

遇攝與止攝相注共計 5 次，基本上是虞韻與之韻的相注。

6450	庛	清去開支止三	七賜：	醉	精合3	將遂	虛	溪平合魚遇三	去魚
972	䒀	敷平合虞遇三	芳無：	范	奉合3	防鋄	基	見平開之止三	居之
973	趎*	敷去合虞遇三	芳遇：	范	奉合3	防鋄	基	見平開之止三	居之
1152	踇**	微上合虞遇三	文甫：	務	微合3	亡遇	喜	曉上開之止三	虛里
457	悔	微上合虞遇三	文甫：	面	明開重4	彌箭	起	溪上開之止三	墟里

遇攝和止攝的相注發生在清母、敷母和微母中。庛字的中古音在聲母上也與何氏音注有出入。《集韻》中有精母魚韻一讀，《韻史》注音與《集韻》相同。關於止攝與遇攝的相注，周祖謨先生認為：「變文里魚、虞兩韻喉牙音字有跟止攝字相押的例子，因為 i，iu，聲音相近。」（周祖謨 1988：200）我們檢索以上幾個例字，止、遇相混的條件並非喉牙音。我們觀察被注字，何氏都是按照他的諧聲偏旁來取音的，是這些字在他心目中的古音。

遇攝與蟹攝相注共計 17 次，主要集中在灰韻和虞韻上。

5115	倍	並上開咍蟹一	薄亥：普	滂合 1	滂古	取	清上合虞遇三	七庾
4912	培	並平合灰蟹一	薄回：普	滂合 1	滂古	雛	崇平合虞遇三	仕于
4914	陪	並平合灰蟹一	薄回：普	滂合 1	滂古	雛	崇平合虞遇三	仕于
5876	蓓	並上開咍蟹一	薄亥：普	滂合 1	滂古	聚	從去合虞遇三	才句
21185	怖	滂去合模遇一	普故：普	滂合 1	滂古	對	端去合灰蟹一	都隊

5627	痦	滂平合灰蟹一	芳杯：普	滂合 1	滂古	趨	清平合虞遇三	七逾
5631	瓟	滂平合灰蟹一	芳杯：普	滂合 1	滂古	趨	清平合虞遇三	七逾
5259	冣	精去合泰蟹一	祖外：寸	清合 1	倉困	趦	滂去合虞遇三	芳遇
5628	婄	並平合灰蟹一	薄回：普	滂合 1	滂古	趨	清平合虞遇三	七逾
5634	焙	並平合灰蟹一	薄回：普	滂合 1	滂古	雛	崇平合虞遇三	仕于
5636	毰	並平合灰蟹一	薄回：普	滂合 1	滂古	雛	崇平合虞遇三	仕于
4911	雛	崇平合虞遇三	仕于：狀	崇開 3	鋤亮	培	並平合灰蟹一	薄回
24361	麗	生平合魚遇三	所葅：哂	書開 3	式忍	雞	見平開齊蟹四	古奚
24337	猑*	定平合模遇一	同都：典	端開 4	多殄	谿	溪平開齊蟹四	苦奚
913	悔*	微上合虞遇三	罔甫：莫	明開 1	慕各	來	來平開咍蟹一	落哀
5689	蒟*	影平合灰蟹一	烏回：訓	曉合 3	許運	驅	溪平合虞遇三	豈俱
5872	鋷**	精去合灰蟹一	祖誨：祖	精合 1	則古	趦	滂去合虞遇三	芳遇

遇攝和蟹攝相注發生在並母、滂母、微母、定母、精母、生母、崇母和影母中。在從中古到現代的語音演變中，通泰方言存在「支微入魚」的音變，即蟹攝合口一三四等與止攝合口三等相混，相混後一同與魚韻重合。上例中遇蟹相注還包括開口，止遇相注也主要是止攝開口之韻與遇攝韻相混，而且上例中很常見的倍、培在泰興方言中讀[pəi]和[p‘i]（培字文讀爲[p‘əi]），也不在「入魚」之列。上述例字分屬何萱的古韻第一、四、十五、十六部，我們說何萱一直在注古音，上述他攝相注，實際上在何萱看來被注字與切下字的古音並無差別。這些他攝注沒有反映出音變。

遇攝與果攝相注 3 次，具體來看是遇攝的模韻與歌戈的相注。

25226	邅	知去合虞遇三	中句：壯	莊開 3	側亮	瑣	心上合戈果一	蘇果
6871	箇	見去開歌果一	古賀：廣	見合 1	古晃	路	來去合模遇一	洛故

6206　侉　影去開歌果一　　安賀：曠　溪合1　苦謗　姑　見平合模遇一　　古胡

　　遹以垂取聲，支韻，支戈同源於上古歌部。箇以固得聲，固模同屬上古魚部。侉字音注的聲母與中古音也不相同，《集韻》另有溪母麻二韻，枯瓜切的讀音，麻二與模上古同爲魚部。遇攝與果攝相互爲注的例子本來就很少，而且以上三個例字分屬於何萱兩個不同的上古韻部中，所以我們認爲相關韻系沒有發生音變。

小　結

　　中古遇攝韻在《韻史》中出現兩分的現象，魚虞合爲一個韻母[y]〔註19〕；模韻保持獨立，韻母爲[u]。魚、虞與模相注、遇攝與他攝相注，只不過是何萱在注古音而已，不是時音演變。

5）高　部

　　從「十六攝舒聲本攝、他攝相注統計表」來看，最穩定的一攝就是效攝了。中古效攝包括蕭宵肴豪四韻，分別爲一、二、三、四等，只有開口沒有合口。中古的效攝諸韻在《韻史》中發生了洪細分別合流的音變，合併後的兩組之間還存在著個別他韻爲注的情況，則說明兩組的主要元音是相同的，區別在於介音的不同。詳見下表：

表 3-58　效攝韻相注統計表

次　數	蕭	宵	宵 B	宵 A	肴	豪
蕭	65	27	2	4	1	
宵	83	50	7	68	2	
宵 B	4	71	43	22		
宵 A	24	41	15	2		
肴	2	2		1	206	3
豪	1	4			39	418

①宵、蕭不分

　　中古宵韻是重紐韻，在《韻史》中看不出宵有重紐區別，並且宵、蕭兩韻在反切注音上也是大量相互爲注的，例字如下。

宵 A、宵 B 相注 37

〔註19〕何萱在《韻史》中分出了姑韻和俱韻，我們認爲[y]已經產生。

1848	夭	影上開宵效重三	於兆：隱	影開3	於謹	杪	明上開宵效重四	亡沼
1892	秒	明上開宵效重四	亡沼：面	明開重4	彌箭	矯	見上開宵效重三	居夭
1885	眇	明上開宵效重四	亡沼：面	明開重4	彌箭	矯	見上開宵效重三	居夭
2674	渺	明上開宵效重四	亡沼：面	明開重4	彌箭	矯	見上開宵效重三	居夭
2678	吵	明上開宵效重四	亡沼：面	明開重4	彌箭	矯	見上開宵效重三	居夭
2673	淼	明上開宵效重四	亡沼：面	明開重4	彌箭	矯	見上開宵效重三	居夭
1838	矯	見上開宵效重三	居夭：几	見開重3	居履	杪	明上開宵效重四	亡沼
1612	鏢	滂平開宵效重四	撫招：品	滂開重3	丕飲	驕	見平開宵效重三	舉喬

2658	巐	徹上開宵效重三	丑小：齒	昌開3	昌里	杪	明上開宵效重四	亡沼
2645	妖	影上開宵效重三	於兆：隱	影開3	於謹	杪	明上開宵效重四	亡沼
2646	訞	影上開宵效重三	於兆：隱	影開3	於謹	杪	明上開宵效重四	亡沼
2667	褾	幫上開宵效重四	方小：丙	幫開3	兵永	矯	見上開宵效重三	居夭
2668	嶼	幫上開宵效重四	方小：丙	幫開3	兵永	矯	見上開宵效重三	居夭
1609	鑣	滂平開宵效重四	撫招：丙	幫開3	兵永	驕	見平開宵效重三	舉喬
1889	訬	明上開宵效重四	亡沼：面	明開重4	彌箭	矯	見上開宵效重三	居夭
1891	杪	明上開宵效重四	亡沼：面	明開重4	彌箭	矯	見上開宵效重三	居夭
1886	篎	明上開宵效重四	亡沼：面	明開重4	彌箭	矯	見上開宵效重三	居夭
1837	撟	見上開宵效重三	居夭：几	見開重3	居履	杪	明上開宵效重四	亡沼
1839	蹻	見上開宵效重三	居夭：几	見開重3	居履	杪	明上開宵效重四	亡沼
1845	蟜	見上開宵效重三	居夭：几	見開重3	居履	杪	明上開宵效重四	亡沼
2638	譑	見上開宵效重三	居夭：几	見開重3	居履	杪	明上開宵效重四	亡沼
2639	鄡	見上開宵效重三	居夭：几	見開重3	居履	杪	明上開宵效重四	亡沼
2641	鱎	見上開宵效重三	居夭：几	見開重3	居履	杪	明上開宵效重四	亡沼
2642	鰽	見上開宵效重三	居夭：几	見開重3	居履	杪	明上開宵效重四	亡沼
2643	蟜	群上開宵效重三	巨夭：儉	群開重3	巨險	杪	明上開宵效重四	亡沼
2676	莎	明上開宵效重四	亡沼：面	明開重4	彌箭	矯	見上開宵效重三	居夭
2677	眇	明上開宵效重四	亡沼：面	明開重4	彌箭	矯	見上開宵效重三	居夭
1844	敽*	見上開宵效重三	舉夭：几	見開重3	居履	杪	明上開宵效重四	亡沼

2640	骹*	見上開宵效重三	舉夭：几	見開重3	居履	杪	明上開宵效重四	亡沼
2483	鄡*	並平開宵效重四	毗霄：品	滂開重3	丕飲	喬	群平開宵效重三	巨嬌
1888	魦*	明去開宵效重四	弜沼：面	明開重4	彌箭	矯	見上開宵效重三	居夭
2675	仯*	明上開宵效重四	弜沼：面	明開重4	彌箭	矯	見上開宵效重三	居夭
267	仯 g*	明上開宵效重四	弜沼：面	明開重4	彌箭	矯	見上開宵效重三	居夭
2669	鑣	滂上開宵效重四	敷沼：品	滂開重3	丕飲	矯	見上開宵效重三	居夭
2670	摽*	滂上開宵效重四	匹沼：品	滂開重3	丕飲	矯	見上開宵效重三	居夭
2436	嘺	群平開宵效重四	渠遙：儉	群開重3	巨險	驕	見平開宵效重三	舉喬
2472	翶	群平開宵效重四	渠遙：儉	群開重3	巨險	苗	明平開宵效重三	武瀌

宵 A 與宵的舌齒音相注 109 次，擇要舉例如下：

| 1725 | 飄 | 並平開宵效重四 | 符霄：汴 | 並開重3 | 皮變 | 宵 | 心平開宵效三 | 相邀 |

2655	昭	昌上開宵效三	尺沼：齒	昌開3	昌里	杪	明上開宵效重四	亡沼
2657	狣	澄上開宵效三	治小：齒	昌開3	昌里	杪	明上開宵效重四	亡沼
2571	鈗	以平開宵效三	餘昭：羽	云合3	王矩	翹	群平開宵效重四	渠遙
2647	漾	以上開宵效三	以沼：隱	影開3	於謹	杪	明上開宵效重四	亡沼
2558	藔	群平開宵效重四	渠遙：去	溪合3	丘倨	姚	以平開宵效三	餘昭
2834	虤	疑去開宵效重四	牛召：眼	疑開2	五限	照	章去開宵效三	之少
2504	樢*	影平開宵效重四	伊消：羽	云合3	王矩	宵	心平開宵效三	相邀
2644	韶*	以上開宵效三	以紹：儉	群開重3	巨險	杪	明上開宵效重四	亡沼
2549	嘌	幫平開宵效重四	甫遙：褊	幫開重4	方緬	宵	心平開宵效三	相邀
2836	剽*	明去開宵效重四	彌笑：品	滂開重3	丕飲	照	章去開宵效三	之少
2554	鷴	滂平開宵效重四	撫招：汴	並開重3	皮變	宵	心平開宵效三	相邀
2829	竅	溪去開宵效重四	丘召：儉	群開重3	巨險	照	章去開宵效三	之少

宵 B 與宵的舌齒音互注 78 次，擇要舉例如下：

1601	超	徹平開宵效三	敕宵：齒	昌開3	昌里	驕	見平開宵效重三	舉喬
2036	召	澄去開宵效三	直照：齒	昌開3	昌里	廟	明去開宵效重三	眉召
1595	朝	知平開宵效三	陟遙：掌	章開3	諸兩	囂	曉平開宵效重三	許嬌
1590	昭	章平開宵效三	止遙：掌	章開3	諸兩	囂	曉平開宵效重三	許嬌

2835	俵	幫去開宵效重三	方廟：丙	幫開3	兵永	照	章去開宵效三	之少
2497	蹺	溪平開宵效重三	起囂：去	溪合3	丘倨	宵	心平開宵效三	相邀
1606	瀌	幫平開宵效三	甫嬌：丙	幫開3	兵永	驕	見平開宵效重三	舉喬
1592	柖	禪平開宵效三	市昭：掌	章開3	諸兩	囂	曉平開宵效重三	許嬌
1599	弨	昌平開宵效三	尺招：齒	昌開3	昌里	驕	見平開宵效重三	舉喬
1851	憭	來上開宵效三	力小：利	來開3	力至	矯	見上開宵效重三	居夭
2464	幧	清平開宵效三	七遙：淺	清開3	七演	驕	見平開宵效重三	舉喬
1603	燒	書平開宵效三	式招：始	書開3	詩止	囂	曉平開宵效重三	許嬌
1579	枖	影平開宵效三	於喬：隱	影開3	於謹	驕	見平開宵效重三	舉喬
1618	鴞	云平開宵效三	于嬌：隱	影開3	於謹	喬	群平開宵效重三	巨嬌
2664	隢*	日上開宵效三	爾紹：忍	日開3	而軫	矯	見上開宵效重三	居夭
2651	歉*	以上開宵效三	以紹：向	曉開3	許亮	矯	見上開宵效重三	居夭
2044	廟	明去開宵效重三	眉召：面	明開重4	彌箭	照	章去開宵效三	之少
2826	轎	群去開宵效重三	渠廟：儉	群開重3	巨險	照	章去開宵效三	之少
2129	紗*	影平開宵效重三	於喬：沔	明開重4	彌兗	肖	心去開宵效三	私妙
1634	貓	明平開宵效三	武瀌：面	明開重4	彌箭	喬	群平開宵效重三	巨嬌

　　重紐韻的聲母本為唇牙喉音，但上例中宵 B 可以和齒音相配來注音，表示宵韻的性質與中古不同。

　　從以上眾多互注例可以看出，《韻史》中的宵韻已無重紐區別。

　　蕭自注 65 次，與宵互注 144 次，說明它們的主元音相同，純四等蕭韻帶有 i 介音，與宵韻不分。蕭與宵的舌齒音字、宵 A 和宵 B 都可以互注，並且聲母條件上也看不出明顯差別，再次證明宵在《韻史》中不區分重紐。

　　蕭、宵相注 144 次，擇要列舉如下：

1705	宵	心平開宵效三	相邀：選	心合3	蘇管	要	影平開蕭效四	於堯
2488	錨**	明平開蕭效四	眉遼：面	明開重4	彌箭	喬	群平開宵效重三	巨嬌
1685	佻	透平開蕭效四	吐彫：統	透合1	他綜	宵	心平開宵效三	相邀
2031	獠	來平開蕭效四	落蕭：利	來開3	力至	廟	明去開宵效重三	眉召

2734	諕*	幫上開宵效重三	彼小：褊	幫開重4	方緬	晈	見上開蕭效四	古了
2730	臕**	清上開宵效三	七小：皲	清合3	七醉	晈	見上開蕭效四	古了
2731	鐃*	疑上開宵效三	魚小：馭	疑合3	牛倨	晈	見上開蕭效四	古了
2860	潦*	定去開蕭效四	徒弔：統	透合1	他綜	肖	心去開宵效三	私妙
1916	扚	端上開蕭效四	都了：旳	端開4	丁歷	小	心上開宵效三	私兆
2683	皎	見上開蕭效四	古了：舉	見合3	居許	小	心上開宵效三	私兆
1934	剿	精上開蕭效四	子了：俊	精合3	子峻	小	心上開宵效三	私兆
2866	嶚	來去開蕭效四	力弔：呂	來合3	力舉	肖	心去開宵效三	私妙
2090	屟	泥去開蕭效四	奴弔：女	娘合3	尼呂	肖	心去開宵效三	私妙
2499	嶠*	溪平開蕭效四	牢幺：去	溪合3	丘倨	宵	心平開宵效三	相邀
2852	妛	曉去開蕭效四	火弔：羽	云合3	王矩	肖	心去開宵效三	私妙
2111	顤	疑去開蕭效四	五弔：馭	疑合3	牛倨	肖	心去開宵效三	私妙
2510	耺*	影平開蕭效四	伊堯：羽	云合3	王矩	宵	心平開宵效三	相邀
2449	叨**	透平開蕭效四	他調：體	透開4	他禮	驕	見平開宵效重三	舉喬
2583	嫽*	定平開蕭效四	田聊：呂	來合3	力舉	翹	群平開宵效重四	渠遙
2591	蟟	來平開蕭效四	落蕭：呂	來合3	力舉	翹	群平開宵效重四	渠遙
1867	絩	透去開蕭效四	他弔：齒	昌開3	昌里	杪	明上開宵效重四	亡沼
1787	垚	疑平開蕭效四	五聊：我	疑開1	五可	翹	群平開宵效重四	渠遙
2448	阾	端平開蕭效四	都聊：典	端開4	多殄	驕	見平開宵效重三	舉喬
2741	摽*	並上開宵效重三	被表：汴	並開重3	皮變	晈	見上開蕭效四	古了
2737	醥	滂上開宵效重四	敷沼：汴	並開重3	皮變	晈	見上開蕭效四	古了
2738	鰾	並上開宵效重四	符少：汴	並開重3	皮變	晈	見上開蕭效四	古了
2845	趬	溪去開宵效重四	丘召：舉	見合3	居許	竅	溪去開蕭效四	苦弔

　　唇音幫、滂、並、明，舌音端、透、定、泥、來，齒音精、清，牙喉音見、影、曉、疑諸母的蕭韻都與宵韻字相注，蕭、宵在《韻史》中無別。

　　②肴、豪不分

　　豪韻自注418，肴韻自注206次，豪肴互注42次，比例分別為10%和20.4%。互注的比率還是比較高的，我們認為肴與豪合流了。例證如下：

豪、肴相注42

1493	巢	崇平開肴效二	鉏交：莄	昌開1	昌紿	毛	明平開豪效一	莫袍
3726	窖	見去開肴效二	古孝：艮	見開1	古恨	導	定去開豪效一	徒到
1461	梢	生平開肴效二	所交：訕	生開2	所晏	高	見平開豪效一	古勞
1460	捎	生平開肴效二	所交：訕	生開2	所晏	高	見平開豪效一	古勞
3584	飽	幫上開肴效二	博巧：博	幫開1	補各	考	溪上開豪效一	苦浩
4311	刨*	並平開肴效二	蒲交：倍	並開1	薄亥	陶	定平開豪效一	徒刀
1567	嗸	疑平開豪效一	五勞：臥	疑合1	吾貨	爻	匣平開肴效二	胡茅
3398	郒	幫平開豪效一	博毛：布	幫合1	博故	膠	見平開肴效二	古肴
3400	橐	滂平開豪效一	普袍：布	幫合1	博故	膠	見平開肴效二	古肴
3371	捊	並平開肴效二	薄交：倍	並開1	薄亥	陶	定平開豪效一	徒刀
4577	皰	並去開肴效二	防教：倍	並開1	薄亥	誥	見去開豪效一	古到
2347	颵	徹平開肴效二	敕交：莄	昌開1	昌紿	刀	端平開豪效一	都牢
1494	槻	崇平開肴效二	鉏交：莄	昌開1	昌紿	毛	明平開豪效一	莫袍
1495	轈	崇平開肴效二	鉏交：莄	昌開1	昌紿	毛	明平開豪效一	莫袍
1496	鄛	崇平開肴效二	鉏交：莄	昌開1	昌紿	毛	明平開豪效一	莫袍
2373	轈	崇平開肴效二	鉏交：莄	昌開1	昌紿	毛	明平開豪效一	莫袍
2375	巢	崇平開肴效二	鉏交：莄	昌開1	昌紿	毛	明平開豪效一	莫袍
2378	墲	崇平開肴效二	鉏交：莄	昌開1	昌紿	毛	明平開豪效一	莫袍
2345	讅	初平開肴效二	楚交：莄	昌開1	昌紿	刀	端平開豪效一	都牢
3590	乮	明上開肴效二	莫飽：莫	明開1	慕各	早	精上開豪效一	子晧
4454	泖	明上開肴效二	莫飽：莫	明開1	慕各	早	精上開豪效一	子晧
4455	茆	明上開肴效二	莫飽：莫	明開1	慕各	早	精上開豪效一	子晧
1463	筲	生平開肴效二	所交：訕	生開2	所晏	高	見平開豪效一	古勞
1464	莦	生平開肴效二	所交：訕	生開2	所晏	高	見平開豪效一	古勞
2349	袑	生平開肴效二	所交：訕	生開2	所晏	刀	端平開豪效一	都牢
2350	髿	生平開肴效二	所交：訕	生開2	所晏	刀	端平開豪效一	都牢
2351	旓	生平開肴效二	所交：訕	生開2	所晏	刀	端平開豪效一	都牢
2352	鞘	生平開肴效二	所交：訕	生開2	所晏	刀	端平開豪效一	都牢

2353	弰	生平開肴效二	所交：	訕	生開2	所晏	刀	端平開豪效一	都牢
2354	鞘	生平開肴效二	所交：	訕	生開2	所晏	刀	端平開豪效一	都牢
2355	鮹	生平開肴效二	所交：	訕	生開2	所晏	刀	端平開豪效一	都牢
2356	婗	生平開肴效二	所交：	訕	生開2	所晏	刀	端平開豪效一	都牢
1962	罩	知去開肴效二	都教：	帶	端開1	當蓋	燥	心上開豪效一	蘇老
3340	鵃	知平開肴效二	陟交：	宰	精開1	作亥	皋	見平開豪效一	古勞
2342	聯	莊平開肴效二	側交：	諍	莊開2	側迸	刀	端平開豪效一	都牢
2343	翼	莊平開肴效二	側交：	諍	莊開2	側迸	刀	端平開豪效一	都牢
2359	簾*	並平開肴效二	蒲交：	倍	並開1	薄亥	高	見平開豪效一	古勞
2374	躁*	崇平開肴效二	鋤交：	茝	昌開1	昌紿	毛	明平開豪效一	莫袍
2346	趠*	初平開肴效二	初交：	茝	昌開1	昌紿	刀	端平開豪效一	都牢
3591	鼻*	明上開肴效二	莫飽：	莫	明開1	慕各	早	精上開豪效一	子晧
2344	㷍*	莊平開肴效二	莊交：	諍	莊開2	側迸	刀	端平開豪效一	都牢
2348	弰**	生平開肴效二	所交：	訕	生開2	所晏	刀	端平開豪效一	都牢

　　從材料來看，唇音、知組、莊組聲母條件下，肴豪相混。其中窅爲見母字，還沒有產生 i 介音。肴豪主元音相同。

③一二等韻與三四等韻相注

肴、宵相注 4

1549	標	滂平開宵效重四	撫招：	普	滂合1	滂古	交	見平開肴效二	古肴
1659	敥	疑平開肴效二	五交：	去	溪合3	丘倨	宵	心平開宵效三	相邀
2680	猇**	見上開肴效二	古巧：	舉	見合3	居許	小	心上開宵效三	私兆
1834	撡g*	精上開宵效三	子小：	祖	精合1	則古	絞	見上開肴效二	古巧

　　敥字的《廣韻》音聲、韻與《韻史》反切所注均不同，《集韻》有溪母蕭韻一讀，聲母相同，韻部上文已證明《韻史》蕭宵合流，這一例就不是「互注」而是「正讀」了。

肴、蕭相注 3

2538	颾	生平開肴效二	所交：	選	心合3	蘇管	蘷	影平開蕭效四	於堯
1536	墩	溪平開蕭效四	苦幺：	苦	溪合1	康杜	交	見平開肴效二	古肴
4456	闃	見上開蕭效四	古了：	古	見合1	公戶	爪	莊上開肴效二	側絞

颲《廣韻》只有生母肴韻一讀，但《集韻》另有心母宵韻讀音，可見何氏音注讀音在《集韻》中已有體現。《韻史》蕭宵合流，與《集韻》聲韻全同，此例可看作蕭宵合流例。墩字的《集韻》音爲丘交切，《韻史》的注音與《集韻》相同。

在疑、見、生、溪母條件下，肴與宵蕭混同了。這一變化與中古音在《集韻》中的變化相同。

豪、宵相注 4

2377	澡	精上開宵效三	子小：	茝	昌開 1	昌給	毛	明平開豪效一	莫袍
3566	孃	日平開宵效三	如招：	日	日開 3	人質	早	精上開豪效一	子晧
3567	擾	日上開宵效三	而沼：	日	日開 3	人質	早	精上開豪效一	子晧
4567	醮*	精去開宵效三	子肖：	宰	精開 1	作亥	誥	見去開豪效一	古到

澡字在《廣韻》中只有一讀，在聲韻調上與《韻史》都有差別。但在《集韻》中已有崇母肴韻，鋤交切一讀。在《韻史》中莊組和章組聲母合流，肴與豪也合流，而鋤交切與茝毛切的聲調也相同，那么這一例反切注音與《集韻》音相同。澡字不多見，何氏因巢字爲其注音。巢字爲肴韻字，《韻史》中肴與豪合併，讀音正合。孃的《廣韻》和《韻史》音還有聲調上的差別，《集韻》已經出現上聲的讀音了。在精母、日母條件下，宵韻與豪韻混同，這一變化在《集韻》中有體現。

豪、蕭相注 1

4243	膆	曉平開蕭效四	許幺：	海	曉開 1	呼改	皋	見平開豪效一	古勞

一四等與二三等間的相注說明效攝諸韻的主元音已經相同了，但由於相注數量很少，我們認爲一二等與三四等之間還是有明顯差別的。

④效攝與他攝相注

效、止攝韻相注 1

1136	䎻**	滂上開豪效一	芳好：	品	滂開重 3	丕飲	起	溪上開之止三	墟里

此條注音是何萱據諧聲偏旁而注的。他將「否」歸在第一部「形聲表」中，認爲䎻從否得聲，古音同否。

效、遇攝韻相注 10

6691	祀	禪平開宵效三	市昭：貝	幫開 1	博蓋	古	見上合模遇一	公戶
6322	怓	娘平開肴效二	女交：煗	泥合 1	乃管	胡	匣平合模遇一	戶吳
6323	呶	娘平開肴效二	女交：煗	泥合 1	乃管	胡	匣平合模遇一	戶吳
5101	鬻	初上開肴效二	初爪：狀	崇開 3	鋤亮	剖	滂上合虞遇三	芳武
1469	檪	生平合虞遇三	山芻：散	心開 1	蘇旱	刀	端平開豪效一	都牢
5768	㥮*	初上開肴效二	楚絞：狀	崇開 3	鋤亮	剖	滂上合虞遇三	芳武
1462	篛*	生平合虞遇三	雙雛：訕	生開 2	所晏	高	見平開豪效一	古勞
2067	飫*	影去合魚遇三	依倨：羽	云合 3	王矩	肖	心去開宵效三	私妙
5792	皃**	影上開肴效二	於絞：永	云合 3	于憬	煦	曉上合虞遇三	況羽
1758	籲**	以去合虞遇三	俞注：羽	云合 3	王矩	翹	群平開宵效重四	渠遙

在現代泰興方言中，效攝從中古一路走來，幾乎沒什么變化，遇攝與果攝、流攝有密切關係。此處的遇攝與效攝相注，主要是因爲從古音的角度來看，相關韻系的古音來源相同。上古侯部到中古分化出侯、肴、虞韻，魚部分化出魚、虞、模、麻等韻，魚與侯逐漸合流，漢代的魚侯兩部在韻文里可以同用。《韻史》中一二等韻合併，所以虞與肴、虞與豪、模與肴之間在一定聲母條件下混同。祀字的聲母與何氏注音聲母相差比較大，我們推測何氏應是將祀字讀成了巴。巴爲麻二韻字，麻二與模同源於上古魚部。

效、果攝韻相注 1

25499	㹸g*	澄平開宵效三	馳遙：茝	昌開 1	昌紿	羅	來平開歌果一	魯何

㹸字全書三見，何萱沒做任何說明，與他所定義的異讀不同。此處㹸字很可能是個衍字。

效、假攝韻相注 2

25651	帔*	見平開肴效二	居肴：品	滂開重 3	丕飲	加	見平開麻假二	古牙
2799	㣊g*	生去開麻假二	所嫁：爽	生開 3	疎兩	豹	幫去開肴效二	北教

帔字除韻母外，聲母也與《韻史》注音不同。何氏將帔字與怶、秡、被等字同置於第十七部中，是將這些字看作同屬於一個諧聲系列，聲符爲皮。皮中古屬支 B，支 B 與麻二同源於上古的歌部，所以才會將帔字注爲品加切。㣊字也一樣，以少取音，注爲爽豹切，收在他的古音第二部。這兩個字的注音都是

何氏心目中的古音。

效攝韻與流攝韻間相互爲注多達 109 次，並且涉及到兩攝的所有韻類。具體相注情況見下表：

表 3-59　效攝、流攝韻相注統計表

	豪	肴	宵	蕭	侯	尤	幽
豪					2	18	
肴							1
宵						1	
侯	2						
幽		1	1	11			
尤	2	7	18	45			

從表中可以看出，效流兩攝的相注主要發生在宵蕭與幽尤之間，另外就是尤與豪之間。

蕭、尤相注 45 次，擇要舉例如下：

3083　蕭　心平開蕭效四　蘇彫：想　心開3　息兩　鳩　見平開尤流三　居求

3164　蜩　定平開蕭效四　徒聊：體　透開4　他禮　求　群平開尤流三　巨鳩

3029　琱　端平開蕭效四　都聊：典　端開4　多殄　鳩　見平開尤流三　居求

4375　蓼　來上開蕭效四　盧鳥：亮　來開3　力讓　九　見上開尤流三　舉有

蕭、尤相注出現在定母、端母、來母和心母的情況下。從例證來看，蕭尤相注很有規律性，基本上都是以周、翏和蕭得聲的字。何氏注爲尤韻，應當是按他心目中的諧聲偏旁來取音的。蕭、尤有相同的上古來源，上古幽部分化出豪、肴、尤、幽、宵和蕭韻，其中蕭爲舌齒音字，與上例中蕭尤相注出現的條件相符。而以上這四字都在何氏的第三部中，所以此處的相注是爲了表現古音。下文中宵尤、蕭幽、宵幽、肴幽、肴尤、豪尤的相注，也是因爲這些韻有相同的上古來源，它們的相注也是一種復古的表現。

宵、尤相注 19 次，擇要舉例如下：

2650　夠**　影上開尤流三　伊誘：隱　影開3　於謹　杪　明上開宵效重四　亡沼

4066　蘒　幫上開宵效重四　陂矯：丙　幫開3　兵永　鳩　見平開尤流三　居求

3441	欻	並上開宵效重三	平表：漾	以開 3	餘亮	九	見上開尤流三	舉有

欻字的《廣韻》音與何氏反切聲母、韻母均不合，《集韻》有影母幽韻讀音，釋義爲「蹴鼻」，與《韻史》音義皆合，此處中古音當依《集韻》。

3416	孂	見上開宵效重三	居夭：几	見開重 3	居履	守	書上開尤流三	書九
3062	爑**	精平開宵效三	子姚：紫	精開 3	將此	休	曉平開尤流三	許尤
3663	篍	清去開宵效三	七肖：此	清開 3	雌氏	究	見去開尤流三	居祐
3148	繇	以平開宵效三	餘昭：漾	以開 3	餘亮	求	群平開尤流三	巨鳩

宵、尤相注時的聲母爲唇音幫母、並母，齒音精母、清母，牙喉音見母、影母和以母。

蕭、幽相注 11

3700	叫	見去開蕭效四	古弔：舉	見合 3	居許	幼	影去開幽流三	伊謬
3520	窈	影上開蕭效四	烏皎：羽	云合 3	王矩	赳	見上開幽流三	居黝
3699	訆	見去開蕭效四	古弔：舉	見合 3	居許	幼	影去開幽流三	伊謬
3701	嘂	見去開蕭效四	古弔：舉	見合 3	居許	幼	影去開幽流三	伊謬
3705	窱	透去開蕭效四	他弔：統	透合 1	他綜	幼	影去開幽流三	伊謬
4407	黝	影上開蕭效四	烏皎：羽	云合 3	王矩	赳	見上開幽流三	居黝
4410	苭	影上開蕭效四	烏皎：羽	云合 3	王矩	赳	見上開幽流三	居黝
4411	鴢	影上開蕭效四	烏皎：羽	云合 3	王矩	赳	見上開幽流三	居黝
4540	嵺*	來平開蕭效四	憐蕭：呂	來合 3	力舉	幼	影去開幽流三	伊謬
4539	𨗨*	來去開蕭效四	力弔：去	溪合 3	丘倨	幼	影去開幽流三	伊謬
4413	[illegible]*	泥上開蕭效四	乃了：女	娘合 3	尼呂	黝	影上開幽流三	於糾

叫鴢的何氏注音與《集韻》相同。蕭、幽相注出現在見母、來母、泥母、透母和影母中。

宵、幽相注 1

4405	㣧**	群上開宵效三	巨小：去	溪合 3	丘倨	黝	影上開幽流三	於糾

肴、幽相注 2

3259	摎	見平開肴效二	古肴：舉	見合 3	居許	幽	影平開幽流三	於虯

| 4602 | 𪖤 | 溪去開幽流三 | 丘謬：仰 | 疑開3 | 魚兩 | 孝 | 曉去開肴效二 | 呼教 |

肴、尤相注 7

| 3308 | 茅 | 明平開肴效二 | 莫交：莫 | 明開1 | 慕各 | 愁 | 崇平開尤流三 | 士尤 |

3506	匏	並平開肴效二	薄交：范	奉合3	防鏠	守	書上開尤流三	書九
4229	罞	明平開肴效二	莫交：莫	明開1	慕各	愁	崇平開尤流三	士尤
4230	鶜	明平開肴效二	莫交：莫	明開1	慕各	愁	崇平開尤流三	士尤
3630	敎	澇去開肴效二	匹皃：亮	來開3	力讓	究	見去開尤流三	居祐
3199	膠*	來平開肴效二	力交：亮	來開3	力讓	由	以平開尤流三	以周
4117	飂*	來平開肴效二	力交：亮	來開3	力讓	由	以平開尤流三	以周

匏的何氏注音與《集韻》相同，罞《集韻》有侯韻一讀。《韻史》中的侯尤不分。

豪、尤相注 20 次，擇要舉例如下：

3676	蓩	明上開豪效一	武道：面	明開重4	彌箭	宙	澄去開尤流三	直祐
3457	姭	曉上開豪效一	呼晧：念	泥開4	奴店	九	見上開尤流三	舉有
3294	挍	生平開尤流三	所鳩：稍	生開2	所教	褒	幫平開豪效一	博毛
3303	膄	生平開尤流三	所鳩：稍	生開2	所教	褒	幫平開豪效一	博毛
3304	蒐	生平開尤流三	所鳩：稍	生開2	所教	褒	幫平開豪效一	博毛
3737	燽	澄平開尤流三	直由：代	定開1	徒耐	誥	見去開豪效一	古到

豪尤相注的聲母條件為明母、曉母、生母和澄母。何氏按照他的「同聲同部」原則，為《說文》等古書中的字重新注音，基本上是按照被注字所在韻部來注音的。

豪、侯相注 4

4210	鞍	心平開侯流一	速侯：稍	生開2	所教	褒	幫平開豪效一	博毛
3580	掊	幫上開侯流一	方垢：博	幫開1	補各	考	溪上開豪效一	苦浩
5575	寇	幫平開豪效一	博毛：博	幫開1	補各	鉤	見平開侯流一	古侯
4416	瓿*	溪上開豪效一	苦浩：茝	昌開1	昌給	牡	明上開侯流一	莫厚

鞍、掊按照聲符取音。寇和瓿一為人名，一為器物名，保留了古讀。上

古的侯部分化出侯、肴、虞等韻，侯與豪的相注是通過肴的中介作用實現的。

效攝和流攝的相注多達 109 次，與效攝自注的 1209 次相比，比率爲 9%，接近 10%，通過分析我們發現這些相注基本上都是在注古讀，與音變關係不大。

小　結

《廣韻》效攝豪獨用，肴獨用，蕭宵同用，在《韻史》注音中我們發現，何氏蕭宵不分，肴豪不分。一二等與三四等之間存在分組趨勢，但在一定聲母條件下也有互注現象。效攝與流攝相注達 109 次。與其他陰聲韻攝，尤其是遇攝也有多次相注，實際上這些都是何萱注古音的結果，與時音演變沒有關係。所以中古效攝在《韻史》獨立爲高部，包含兩個韻母：[ɑu]（豪、肴），[iɑu]（宵、蕭）

6）柯　部

中古果攝是個很活躍的韻攝，它與止攝、蟹攝和假攝的相注非常多。戈韻三等與止攝相注，所以果攝內部只有一等自注互注例。具體情況見下表：

表 3-60　果攝韻相注統計表

	歌 开 一	戈 合 一
歌开一	163	3
戈合一	5	194

①一等韻相注

歌戈中古爲開合對立韻，主要元音相同。從表中來看，歌戈兩韻在《韻史》中還保持開合對立。只有 8 次互注：

25210　娜　泥上開歌果一　奴可：燰　泥合1　乃管　果　見上合戈果一　古火

24879　㢺　泥平合戈果一　奴禾：曩　泥開1　奴朗　河　匣平開歌果一　胡歌

25454　牠　定平合戈果一　徒和：坦　透開1　他但　羅　來平開歌果一　魯何

25207　陊　定上開歌果一　徒可：杜　定合1　徒古　瑣　心上合戈果一　蘇果

25533　戹*　見平開歌果一　居何：古　見1　公戶　科　溪平合戈果一　苦禾

24878　㛂g*泥平合戈果一　奴禾：曩　泥開1　奴朗　河　匣平開歌果一　胡歌

25615　钁**明平開歌果一　莫羅：眛　明合1　莫佩　禾　匣半合戈果一　戶戈

25978 攭** 明去開歌果一　　莫个：眜　　明合1　　莫佩　課　　溪去合戈果一　　苦臥

除去脣音明母外，另外 6 次開合相注發生在定母、泥母和見母中。

②果攝與他攝相注

果攝與止攝相互爲注主要發生在歌、戈韻與支韻之間。

戈、支相注 86 次，擇要舉例如下：

25665 伽*　　群平開戈果三　　永迦：儉　　群開重3　　巨險　厑　　以平開支止三　　弋支
24961 炊　　昌平合支止三　　昌垂：蠢　　昌合3　　尺尹　戈　　見平合戈果一　　古禾
24938 虧　　溪平合支止重三　　去爲：曠　　溪合1　　苦謗　戈　　見平合戈果一　　古禾
25340 僞　　疑去合支止重三　　危睡：五　　疑合1　　疑古　課　　溪去合戈果一　　苦臥

25723 餕　　精平合戈果一　　子靴：俊　　精合3　　子峻　羲　　曉平開支止重三　　許羈
25701 舵　　溪平合戈果三　　去靴：去　　溪合3　　丘倨　羲　　曉平開支止重三　　許羈
25708 嘬　　曉平合戈果三　　許肥：許　　曉合3　　虛呂　嬀　　見平合支止重三　　居爲
25703 鵝　　影平合戈果三　　于靴：永　　云合3　　于憬　嬀　　見平合支止重三　　居爲
25730 臠　　來平合戈果三　　縷舵：呂　　來合3　　力舉　魑　　云平合支止重三　　于嬀
25116 墮*　　定上合戈果一　　杜果：許　　曉合3　　虛呂　嬀　　見平合支止重三　　居爲
25727 簑*　　心平合戈果一　　蘇禾：選　　心合3　　蘇管　嬀　　見平合支止重三　　居爲
25874 魃**　　並上開支止重三　　皮彼：佩　　並合1　　蒲昧　果　　見上合戈果一　　古火
25868 佊　　幫上開支止重三　　甫委：貝　　幫開1　　博蓋　果　　見上合戈果一　　古火
25789 蟣　　見上合支止重三　　過委：古　　見合1　　公戶　瑣　　心上合戈果一　　蘇果
25026 糜　　明平開支止重三　　靡爲：眜　　明合1　　莫佩　禾　　匣平合戈果一　　戶戈
24948 麾　　曉平合支止重三　　許爲：會　　匣合1　　黃外　戈　　見平合戈果一　　古禾
25697 跛*　　幫上合戈果一　　補火：品　　滂開重3　　丕飲　趖　　澄平開支止三　　直離
25960 硾　　澄去合支止三　　馳僞：蠢　　昌合3　　尺尹　課　　溪去合戈果一　　苦臥
24994 羸　　來平合支止三　　力爲：磊　　來合1　　落猥　禾　　匣平合戈果一　　戶戈
25594 隨　　邪平合支止三　　旬爲：選　　心合3　　蘇管　禾　　匣平合戈果一　　戶戈
25958 腄　　章去合支止三　　之睡：壯　　莊開3　　側亮　課　　溪去合戈果一　　苦臥
25327 娷　　知去合支止三　　竹恚：壯　　莊開3　　側亮　課　　溪去合戈果一　　苦臥
25001 烝*　　禪平合支止三　　是爲：爽　　生開3　　疏兩　禾　　匣平合戈果一　　戶戈

25799	犩*	云上合支止三	羽委：	甕	影合1	烏貢	果	見上合戈果一	古火
25698	迦*	見平開戈果三	居伽：	眷	見合重3	居倦	義	曉平開支止重三	許羈

　　戈、支的相注在幫、並、明、定、來、知、澄、精、心、邪、章、昌、禪、見、溪、群、疑、影、曉、云諸母中都有體現，是一種大範圍的相注。這種相注的原因是支與戈有相同的古音來源。歌、戈、麻二、麻三、支、脂、齊、佳等韻都源於上古的歌部。何萱也把上述例字都收在了他的古韻第十七部中。同樣，由於古音來源的一致性，下文的歌支、戈脂、歌脂之間也有部分相注現象。

　　歌、支相注 41 次，擇要舉例如下：

25155	罷	並上開支止重三	皮彼：	倍	並開1	薄亥	可	溪上開歌果一	枯我
24841	眵	昌平開支止三	叱支：	苴	昌開1	昌給	多	端平開歌果一	得何
25414	螭	徹平開支止三	丑知：	苴	昌開1	昌給	多	端平開歌果一	得何
25497	訑	澄平開支止三	直離：	苴	昌開1	昌給	羅	來平開歌果一	魯何
24911	嵳	初平開支止三	楚直：	粲	清開1	蒼案	河	匣平開歌果一	胡歌
24886	讈	來平開支止三	呂支：	朗	來開1	盧黨	河	匣平開歌果一	胡歌
24894	杝	以平開支止三	弋支：	朗	來開1	盧黨	河	匣平開歌果一	胡歌
25153	轙	疑上開支止重三	魚倚：	傲	疑開1	五到	可	溪上開歌果一	枯我
24825	旖	影平開支止重三	於離：	案	影開1	烏旰	多	端平開歌果一	得何

　　歌、支的相注在並、來、澄、徹、昌、初、疑、以、影諸母中都有體現。歌與戈都與支相混，並且相注的聲母條件有重合之處，這體現出歌與戈的趨同。

戈、脂相注 8

24969	衰	生平合脂止三	所追：	巽	心合1	蘇困	戈	見平合戈果一	古禾
25728	瘸	群平合戈果三	巨靴：	去	溪合3	丘倨	桵	日平合脂止三	儒隹
24962	榱	生平合脂止三	所追：	蠢	昌合3	尺尹	戈	見平合戈果一	古禾
24970	痠	生平合脂止三	所追：	巽	心合1	蘇困	戈	見平合戈果一	古禾
25561	猿*	生平合脂止三	雙佳：	措	清合1	倉故	戈	見平合戈果一	古禾
25843	腺**	來上合脂止三	力水：	磊	來合1	落猥	果	見上合戈果一	古火
25842	朡g*	來上合脂止三	魯水：	磊	來合1	落猥	果	見上合戈果一	古火

22345 鱶*　定上合戈果一　　杜果：羽　云合3　王矩　挨　群上合脂止重四　求癸

衰瘊的音注與《集韻》音相同。戈脂的相注發生在定、來、生、群諸母。

歌、脂相注 3

25294 地　　定去開脂止三　　徒四：海　曉開1　呼改　㐌　精去開歌果一　　子賀

25501 敠　　初去合脂止三　　楚愧：餐　清開1　七安　河　匣平開歌果一　　胡歌

25488 縭*　來平開脂止三　　良脂：朗　來開1　盧黨　河　匣平開歌果一　　胡歌

歌脂的相注出現在定母、來母和初母。

果攝除與支脂相注外，還有個別與之微相注的情形。

戈、微相注 2

20418 火　　曉上合戈果一　　呼果：戶　匣合1　侯古　偉　云上合微止三　　于鬼

25795 瞴**云上合微止三　　于鬼：甕　影合1　烏貢　果　見上合戈果一　　古火

火字上古屬歌部，此字大概在何氏方音中讀音與微接近。瞴字何氏從為字取聲，為在上古歌部字，所以何氏將瞴注為甕果切。

歌、之相注 1

25478 禍**　來平開之止三　　力之：朗　來開1　盧黨　河　匣平開歌果一　　胡歌

禍字也是按照聲符來取音的，何氏所注為他心目中的古音。

果攝與蟹攝的相注共計 27 次，主要體現在戈韻與灰韻上。

戈、灰相注 15

25204 鑴　　定上合灰蟹一　　徒猥：杜　定合1　徒古　瑣　心上合戈果一　　蘇果

25550 痽　　端平合灰蟹一　　都回：董　端合1　多動　科　溪平合戈果一　　苦禾

24966 腰　　精平合灰蟹一　　臧回：纂　精合1　作管　科　溪平合戈果一　　苦禾

24967 縗　　清平合灰蟹一　　倉回：措　清合1　倉故　戈　見平合戈果一　　古禾

25808 煤　　曉上合灰蟹一　　呼罪：會　匣合1　黃外　瑣　心上合戈果一　　蘇果

25211 餒　　泥上合灰蟹一　　奴罪：煖　泥合1　乃管　果　見上合戈果一　　古火

25839 婑　　泥上合灰蟹一　　奴罪：煖　泥合1　乃管　果　見上合戈果一　　古火

25840 颹　　泥上合灰蟹一　　奴罪：煖　泥合1　乃管　果　見上合戈果一　　古火

25841	㮇	泥上合灰蟹一	奴罪：煗	泥合 1	乃管	果	見上合戈果一	古火
25832	㛢	透上合灰蟹一	吐猥：杜	定合 1	徒古	瑣	心上合戈果一	蘇果
25833	腇	透上合灰蟹一	吐猥：杜	定合 1	徒古	瑣	心上合戈果一	蘇果
25834	骽	透上合灰蟹一	吐猥：杜	定合 1	徒古	瑣	心上合戈果一	蘇果
25229	㔏*	來上合灰蟹一	魯猥：爽	生開 3	疎兩	果	見上合戈果一	古火
25551	㞟*	透平合灰蟹一	通回：杜	定合 1	徒古	科	溪平合戈果一	苦禾
25831	俀*	透上合灰蟹一	吐猥：杜	定合 1	徒古	瑣	心上合戈果一	蘇果

鰖腇綏的音注與《集韻》音一致。戈、灰的相注出現於端、透、定、泥、來、精、清、曉諸母。以上幾例何氏按照他所認定的聲符注音，多數從妥得聲，何氏將妥作爲諧聲偏旁置於他的第十七部中，並將從其得聲的一系列字都放在此部。這是他對「同聲同部」原則的貫徹執行。這類相注體現的是古音現象。

戈、佳相注 6

24940	咼	溪平合佳蟹二	苦緺：曠	溪合 1	苦謗	戈	見平合戈果一	古禾
24953	竵	曉平合佳蟹二	火媧：會	匣合 1	黃外	戈	見平合戈果一	古禾
25520	㕦	見平合佳蟹二	古蛙：古	見合 1	公戶	科	溪平合戈果一	苦禾
25530	譌	見平合佳蟹二	古蛙：古	見合 1	公戶	科	溪平合戈果一	苦禾
25959	詫	初去開佳蟹二	楚懈：蠢	昌合 3	尺尹	課	溪去合戈果一	苦臥
25538	闖*	溪平合佳蟹二	空媧：曠	溪合 1	苦謗	戈	見平合戈果一	古禾

歌、佳相注 4

24851	㕠*	初平開佳蟹二	初佳：茝	昌開 1	昌紿	多	端平開歌果一	得何
24897	葦	崇平開佳蟹二	士佳：茝	昌開 1	昌紿	羅	來平開歌果一	魯何
25300	瘥	初去開佳蟹二	楚懈：餐	清開 1	七安	賀	匣去開歌果一	胡箇
25782	𥀬	並上開佳蟹二	薄蟹：倍	並開 1	薄亥	可	溪上開歌果一	枯我

戈佳、歌佳的相注體現了歌、戈、佳之間的淵源關係。歌、戈、麻二、麻三、支、脂、齊、佳上古來源之一相同，即歌部。以上相注與我們今天對古音的認識是一致的。

歌、咍相注 1；歌、齊相注 1

25760	𦢊*	泥上開咍蟹一	曩亥：曩	泥開 1	奴朗	可	溪上開歌果一	枯我
25923	㦬g*	來去開齊蟹四	郎計：朗	來開 1	盧黨	賀	匣去開歌果一	胡箇

這兩例何氏也是按聲符來注音的。縢從幐聲，幪從罞聲。多與罞同為上古歌部字。

小　結

中古果攝在《韻史》中與其他陰聲韻的相注基本不涉及語音演變，主要是作者何萱的有意存古造成的，這也正是他的著書目的。歌韻與戈一在《韻史》中的自注數遠遠大於兩者相注，我們認為還存在開合對立。但是，在異攝相注中，麻二既與歌相混，又與戈一相混，蟹止攝韻也存在既與歌相混，又與戈一相混的情況，這又體現出歌與戈一之間有合流的趨勢。現代通泰方言中果攝一等獨立，並且沒有開合對立，這種開合相混的情況在《韻史》隱約有體現。中古果攝在《韻史》中成為柯部，包含兩個韻母：[ɔ]（歌開口），[uɔ]（戈合口一等）

7）中古假攝在《韻史》中的變化

《韻史》中最特別的就是假攝韻字的變化。假攝《廣韻》只有一個麻韻，二等分開合口，三等有開無合。在《韻史》中，麻韻沒有一例自注，全部與其他韻攝相注，主要為遇攝、果攝、蟹攝和止攝，具體相注情況見下表：

表 3-61　假攝與止攝、蟹攝、果攝、遇攝韻相注情況統計表

次　數			假　攝			止　攝		蟹　攝		
			開		合	開		開		合
			麻二	麻三	麻二	支	脂	齊	佳	佳
假攝	開	麻二				33	1	1		
		麻三								
	合	麻二							1	2
止攝	開	支	7	3						
	合	支		1						
蟹攝	開	齊	15	3						
		佳	4		1					
	合	佳			1					
		灰			1					
果攝	開	歌	19	4						
	合	戈	14	2	41					
遇攝	合	模	155	3	26					
		魚	4	63						

假攝與止、蟹、果、遇幾攝相注共計 405 次，除了麻二與齊韻，絕大部分

是麻三與三四等相混，麻二與一二等相混，即假攝麻韻在《韻史》中依然有等位的差別。麻韻沒有本韻注，只有他韻注，我們下文分別說明。

①假攝與遇攝相注

假攝與遇攝相注 251 次，占所有有關假攝注音的一半以上。具體例證見下：

麻二、模相注 181 次，擇要舉例如下：

6614	寡	見上合麻假二	古瓦：廣	見合 1	古晃	土	透上合模遇一	他魯
6204	夸	溪平合麻假二	苦瓜：曠	溪合 1	苦謗	姑	見平合模遇一	古胡
6692	把	幫上開麻假二	博下：貝	幫開 1	博蓋	古	見上合模遇一	公戶
7592	爬	並平開麻假二	蒲巴：佩	並合 1	蒲昧	胡	匣平合模遇一	戶吳
6293	瑕	匣平開麻假二	胡加：會	匣合 1	黃外	盧	來平合模遇一	落胡
6237	譁	曉平合麻假二	呼瓜：火	曉合 1	呼果	姑	見平合模遇一	古胡
6215	窊	影平合麻假二	烏瓜：腕	影合 1	烏貫	都	端平合模遇一	當孤
7495	痆	徹平開麻假二	敕加：狀	崇開 3	鋤亮	姑	見平合模遇一	古胡
7911	蛇	澄去開麻假二	除駕：狀	崇開 3	鋤亮	固	見去合模遇一	古暮
7571	廬	崇平開麻假二	鉏加：狀	崇開 3	鋤亮	盧	來平合模遇一	落胡
6196	葭	見平開麻假二	古牙：廣	見合 1	古晃	都	端平合模遇一	當孤
7786	鎷	明上開麻假二	莫下：漫	明合 1	莫半	古	見上合模遇一	公戶
6324	拏	娘平開麻假二	女加：煗	泥合 1	乃管	胡	匣平合模遇一	戶吳
7939	杷	滂去開麻假二	普駕：佩	並合 1	蒲昧	固	見去合模遇一	古暮
7913	嗄	生去開麻假二	所嫁：刷	生合 3	所劣	固	見去合模遇一	古暮
7441	岈	溪平開麻假二	苦加：曠	溪合 1	苦謗	姑	見平合模遇一	古胡
6899	罅	曉去開麻假二	呼訝：會	匣合 1	黃外	固	見去合模遇一	古暮
7772	厊	疑上開麻假二	五下：我	疑開 1	五可	古	見上合模遇一	公戶
7875	婭	影去開麻假二	衣嫁：腕	影合 1	烏貫	固	見去合模遇一	古暮
6249	觰	知平開麻假二	陟加：腫	章合 3	之隴	姑	見平合模遇一	古胡
7766	痄	莊上開麻假二	側下：腫	章合 3	之隴	古	見上合模遇一	公戶
7883	窳*	匣去合麻假二	胡化：會	匣合 1	黃外	固	見去合模遇一	古暮

麻二與模韻的相注涉及到幫、滂、並、明、知、徹、澄、娘、莊、崇、生、見、溪、疑、影、曉、匣諸母，其中牙喉音見溪影曉匣還存在開合相注。麻二與模韻的大範圍相注，體現的不是時音演變，而是一種古音的同源。中古麻二與模韻的上古來源之一為魚部，何氏將中古的麻二韻字注為模韻，是他認為被注字的古音如此，而不是語音的歷史演變。上古的魚部分化出魚、虞、模、麻二、麻三、支韻，所以下文的麻二與魚，麻三與魚、模的相注都是一種存古現象。

麻三、魚相注 63 次，擇要舉例如下：

6572	斜	邪平開麻假三	似嗟：選	心合3	蘇管	餘	以平合魚遇三	以諸
7833	䅳	禪上開麻假三	常者：舜	書合3	舒閏	舉	見上合魚遇三	居許
7062	詐	崇去開麻假三	鋤駕：蠢	昌合3	尺尹	據	見去合魚遇三	居御
7059	麝	船去開麻假三	神夜：蠢	昌合3	尺尹	據	見去合魚遇三	居御
7991	躤	從去開麻假三	慈夜：翠	清合3	七醉	據	見去合魚遇三	居御
6453	罝	精平開麻假三	子邪：醉	精合3	將遂	虛	溪平合魚遇三	去魚
6543	袈	娘平開麻假三	女加：乃	泥開1	奴亥	餘	以平合魚遇三	以諸
7988	笡	清去開麻假三	遷謝：翠	清合3	七醉	據	見去合魚遇三	居御
6797	捨	書上開麻假三	書冶：舜	書合3	舒閏	舉	見上合魚遇三	居許
7846	檞	心上開麻假三	悉姐：選	心合3	蘇管	舉	見上合魚遇三	居許
6538	釾	以平開麻假三	以遮：永	云合3	于憬	渠	群平合魚遇三	強魚
6763	赭	章上開麻假三	章也：準	章合3	之尹	許	曉上合魚遇三	虛呂
7599	硨	昌平開麻假三	尺遮：睊	見合重3	居倦	虛	溪平合魚遇三	去魚

硨字何氏音注的聲母與《廣韻》也有差別，何氏是按照硨的聲符車來注音的。罝字的《韻史》音與《集韻》音相同。麻三與魚的相注發生在舌齒音娘母、精組、章組、崇母和喉音以母的條件下。

麻二、魚相注 4

7043	詐	莊去開麻假二	側駕：準	章合3	之尹	據	見去合魚遇三	居御

6557	躇	澄平開麻假二	宅加：蠢	昌合3	尺尹	餘	以平合魚遇三	以諸
7044	吒	知去開麻假二	陟駕：準	章合3	之尹	據	見去合魚遇三	居御
6542	絮	娘上開麻假二	奴下：乃	泥開1	奴亥	餘	以平合魚遇三	以諸

躇、絮在《集韻》中另有魚韻讀音。

麻三、模相注3

6253	奢	書平開麻假三	式車：刷	生合3	所劣	姑	見平合模遇一	古胡
6671	社	禪上開麻假三	常者：刷	生合3	所劣	古	見上合模遇一	公戶
7727	嘏	見上開麻假三	古疋：廣	見合1	古晃	土	透上合模遇一	他魯

何萱作《韻史》的目的就是爲古文獻注音釋義，以上這些例字都收在了他的古韻第五部中。這與我們今天的看法是一致的。假攝與遇攝的相注體現出了麻二、麻三與魚、模的同源關係。

②假攝與果攝相注

麻二、戈相注55次，擇要舉例如下：

25020	麻	明平開麻假二	莫霞：昧	明合1	莫佩	禾	匣平合戈果一	戶戈
25555	裟	生平開麻假二	所加：爽	生開3	疎兩	戈	見平合戈果一	古禾
25323	溠	莊去開麻假二	側駕：壯	莊開3	側亮	課	溪去合戈果一	苦臥
25847	檏	徹上合麻假二	丑寡：蠢	昌合3	尺尹	果	見上合戈果一	古火
25793	骨丹	見上合麻假二	古瓦：古	見合1	公戶	瑣	心上合戈果一	蘇果
25853	爼	精上合麻假二	銼瓦：措	清合1	倉故	瑣	心上合戈果一	蘇果
25975	誜	生去合麻假二	所化：巽	心合1	蘇困	課	溪去合戈果一	苦臥
25171	乇	溪去合麻假二	苦化：曠	溪合1	苦謗	瑣	心上合戈果一	蘇果
25181	踝	匣上合麻假二	胡瓦：會	匣合1	黃外	瑣	心上合戈果一	蘇果
25943	杹	曉去合麻假二	呼霸：會	匣合1	黃外	課	溪去合戈果一	苦臥
25588	佽	疑平合麻假二	五瓜：五	疑合1	疑古	禾	匣平合戈果一	戶戈
24956	髽	莊平合麻假二	莊華：壯	莊開3	側亮	科	溪平合戈果一	苦禾
25536	藸*	見平開麻假二	居牙：古	見合1	公戶	科	溪平合戈果一	苦禾

25846	磋*	知上開麻假二	竹下：壯	莊開3	側亮	瑣	心上合戈果一	蘇果
25848	嘬*	初上合麻假二	楚瓦：蠢	昌合3	尺尹	果	見上合戈果一	古火
25599	夥**	並平開麻假二	蒲巴：佩	並合1	蒲昧	禾	匣平合戈果一	戶戈
25845	夨**	知上合麻假二	竹瓦：壯	莊開3	側亮	瑣	心上合戈果一	蘇果

　　麻二、戈相注時的聲母爲唇音並、明，舌齒音知、徹、精、莊、初、生，牙喉音見、溪、疑、匣、曉，在並、見、明、生、知、莊幾母下還存在開合相注。在漢語語音史上有果假合流的音變，北宋末期的《四聲等子》將假攝附於果攝圖內，說明此兩攝的讀音相同或相近。但果假二攝的合流不是普遍現象，據馮蒸先生考證，「在唐代漢語的標準音長安音（現一般通稱爲唐五代西北方音）、宋代的標準音汴洛音以及當時的部分江淮方言中都有此類現象。其時限一般在唐宋兩代。目前在元明清的音韻資料中尚未找到有類似音變的跡象。現存的幾處二攝合流方言（按：指安徽的績溪方言、浙江紹興東頭埭方言和湖南瀘溪方言）當是中古後期這些合流方言的遺存。」（馮蒸 1989：65）現代通泰方言果攝一等自爲一類，三等混入假攝，《韻史》中麻二與果攝韻相注次數要比麻三還多。所以我們認爲《韻史》中的果假二攝相注與果假二攝的合流不同，前者是復古，後者是語音演變。上古歌部分化出了麻二、麻三、歌、戈、支、脂、齊、佳等韻，其中麻三爲舌齒音字。麻二、麻三與歌、戈之間之所以相注是因爲它們上古同部。上面這些從中古角度來看假果互注的例字，都被何萱歸在了他的古音第十七部中。我們今天來看，麻、袈等字在上古就是果攝字。

麻二、歌相注 19

24818	茄	見平開麻假二	古牙：艮	見開1	古恨	多	端平開歌果一	得何
24839	蒡	徹平開麻假二	敕加：諍	莊開2	側迸	多	端平開歌果一	得何
24853	槎	崇平開麻假二	鉏加：粲	清開1	蒼案	多	端平開歌果一	得何
25149	槎	崇上開麻假二	士下：粲	清開1	蒼案	可	溪上開歌果一	枯我
25415	鎈	初平開麻假二	初牙：苣	昌開1	昌紿	多	端平開歌果一	得何
25416	剗	初平開麻假二	初牙：苣	昌開1	昌紿	多	端平開歌果一	得何
25384	猗	見平開麻假二	古牙：艮	見開1	古恨	多	端平開歌果一	得何
25776	胯	娘去開麻假二	乃亞：苣	昌開1	昌紿	可	溪上開歌果一	枯我

25428	桬	生平開麻假二	所加：散	心開1	蘇旱	多	端平開歌果一	得何
25389	髂	溪平開麻假二	苦加：侃	溪開1	空旱	多	端平開歌果一	得何
25390	鬟	溪平開麻假二	苦加：侃	溪開1	空旱	多	端平開歌果一	得何
24824	疴	溪去開麻假二	枯駕：案	影開1	烏旰	多	端平開歌果一	得何
25738	跒	溪上開麻假二	苦下：侃	溪開1	空旱	我	疑上開歌果一	五可
25130	閜	曉上開麻假二	許下：海	曉開1	呼改	可	溪上開歌果一	枯我
25407	膪	知去開麻假二	陟駕：諍	莊開2	側迸	多	端平開歌果一	得何
25739	酠**	溪上開麻假二	口下：侃	溪開1	空旱	我	疑上開歌果一	五可
24907	詫*	崇上開麻假二	仕下：粲	清開1	蒼案	河	匣平開歌果一	胡歌
25408	鬖*	知平開麻假二	陟加：諍	莊開2	側迸	多	端平開歌果一	得何
25145	鮺*	莊上開麻假二	側下：諍	莊開2	側迸	可	溪上開歌果一	枯我

　　麻二、歌的相注發生在舌音知、徹、娘，齒音莊組，喉牙音見、溪、曉諸母中。

麻三、戈相注2；麻三、歌相注3

25431	些	心平開麻假三	寫邪：散	心開1	蘇旱	多	端平開歌果一	得何
25005	鉈	禪平開麻假三	視遮：爽	生開3	疎兩	禾	匣平合戈果一	戶戈
25434	榹	心平開麻假三	思嗟：散	心開1	蘇旱	多	端平開歌果一	得何
25778	挫	精平開麻假三	子邪：宰	精開1	作亥	可	溪上開歌果一	枯我
25133	蟛	昌上開麻假三	昌者：帶	端開1	當蓋	可	溪上開歌果一	枯我
25962	坬**	禪去開麻假三	時夜：爽	生開3	疎兩	課	溪去合戈果一	苦臥

　　麻三與歌、戈的相注出現在禪母、心母、精母和昌母中。麻三韻字的聲母都是齒音字，與歌、戈同樣屬於上古歌部。

③假攝與蟹攝相注

　　假攝與蟹攝相注29次，主要發生在麻二與齊韻和佳韻之間。

麻二、佳相注9

24494	拐	群上合佳蟹二	求蟹：廣	見合1	古晃	觟	匣上合麻假二	胡瓦
23527	杈	初平開麻假二	初牙：秩	澄開3	直一	街	見平開佳蟹二	古膎

23804	丫	見上合佳蟹二	乖買：廣	見合1	古晃	觟	匣上合麻假二	胡瓦
24287	叙	初平開麻假二	初牙：秩	澄開3	直一	街	見平開佳蟹二	古膎
23524	窪	影平合麻假二	烏瓜：案	影開1	烏旰	街	見平開佳蟹二	古膎
23806	觟	匣上合麻假二	胡瓦：戶	匣合1	侯古	丫	見上合佳蟹二	乖買
23798	啤	並上開麻假二	傍下：抱	並開1	薄浩	買	明上開佳蟹二	莫蟹
24493	罫*	見上開佳蟹二	古買：廣	見合1	古晃	觟	匣上合麻假二	胡瓦
24570	忮**	初去開麻假二	初訝：諍	莊開2	側迸	懈	見去開佳蟹二	古隘

麻二與佳相注出現在群母、見母、影母、匣母、並母和初母中。

馮蒸先生《〈爾雅音圖〉音注所反映的五代宋初重韻演變》一文認爲：「這裏佳韻的『厓、畫』二字當讀同麻韻。從語音特點上看，顯然是蟹攝佳韻的-i 尾脫落而導致與果假攝的麻二合流。佳韻的這種雙向演變發生的時代頗早，它與同攝皆、夬韻的合流在多種中古音韻文獻中都有表現，佳韻與麻二韻的混併看來至晚在中唐甚至此前即已發生。在李白、杜甫、白居易這些大詩人的用韻裏，佳韻的『佳、涯、崖、娃、罷、畫、畫』都押入了麻韻。裴務齊正字本《王韻》把佳韻移到歌、麻之間，也反映了佳韻更靠近麻韻的情況（黃笑山 1995：176）。但佳韻的這種變向是同時發生，抑或有早有晚，尚需進一步研究。至於有人認爲佳韻混入麻韻，主要是唇喉牙音，佳韻與皆韻混併，主要是齒音莊組字（黃笑山 1995：176-177），從《音圖》的有關例證來看，情況並非全然如此，所以佳韻的分化條件，目下尚不能斷定。」（馮蒸 1989：391）麥耘先生（1995a：107）對麻韻與佳韻的混同作了如下解釋：

「佳韻有兩讀，一讀與皆韻相同，另一讀作零尾韻。佳韻念零尾韻的證據有：1、《王二》列佳韻於歌韻與麻韻之間；2、初唐佳韻可以跟麻韻通押；3、玄奘以佳韻『摭』字譯梵文 ṭha，ṭhya，ṭa；4、佳韻字在今音有不少是零韻尾的，例如『佳罷蛙卦畫』之類；5、在上古來源方面，佳韻字多來自上古零韻尾的支部。

「不過佳韻又有念-i 尾的堅實證據：1、《切韻》原次佳、皆兩韻相屬；2、隋唐時佳韻主要同皆韻通押；3、今音佳韻字仍以有-i 尾者居多。從 1 來看，佳韻在陸法言心目中是以念-i 尾爲正統的。

「筆者以爲，佳韻的兩讀中，念零韻尾的是洛陽音，玄奘譯音可以爲證；而念-i尾的音則是金陵讀書音，《切韻》是以此爲證的。陸法言依洛陽音使佳韻分立，又依正音使佳韻與皆韻爲次，要說《切韻》有綜合性質，這是少數例子之一。」

從麥耘先生的觀點看，麻韻與佳韻的混同是由於佳韻有零韻尾的讀音。我們從《韻史》中檢索上述例字，發現佳、涯等都好端端地在佳韻，沒有與麻韻相混。所以上述互注例依然是古音讀法使然。這些例字古音都屬支部，而它們也正是被何氏歸在了他的第十六部中。

麻二、灰相注 1

| 24317 | 髇 | 疑平合麻假二 | 五瓜：臥 | 疑合1 | 吾貨 | 醱 | 泥平合灰蟹一 | 乃回 |

麻二、齊相注 16

25036	加	見平開麻假二	古牙：竟	見開3	居慶	黟	影平開齊蟹四	烏奚
25037	嘉	見平開麻假二	古牙：竟	見開3	居慶	黟	影平開齊蟹四	烏奚
25621	袈	見平開麻假二	古牙：竟	見開3	居慶	黟	影平開齊蟹四	烏奚
25057	黟	影平開齊蟹四	烏奚：漾	以開3	餘亮	加	見平開麻假二	古牙
25038	痂	見平開麻假二	古牙：竟	見開3	居慶	黟	影平開齊蟹四	烏奚
25039	枷	見平開麻假二	古牙：竟	見開3	居慶	黟	影平開齊蟹四	烏奚
25040	迦	見平開麻假二	古牙：竟	見開3	居慶	黟	影平開齊蟹四	烏奚
25620	珈	見平開麻假二	古牙：竟	見開3	居慶	黟	影平開齊蟹四	烏奚
25622	跏	見平開麻假二	古牙：竟	見開3	居慶	黟	影平開齊蟹四	烏奚
25623	笳	見平開麻假二	古牙：竟	見開3	居慶	黟	影平開齊蟹四	烏奚
25626	蛪	見平開麻假二	古牙：竟	見開3	居慶	黟	影平開齊蟹四	烏奚
25624	耞*	見平開麻假二	居牙：竟	見開3	居慶	黟	影平開齊蟹四	烏奚
25625	鴐*	見平開麻假二	居牙：竟	見開3	居慶	黟	影平開齊蟹四	烏奚
25627	砐*	見平開麻假二	居牙：竟	見開3	居慶	黟	影平開齊蟹四	烏奚
25628	泇*	見平開麻假二	居牙：竟	見開3	居慶	黟	影平開齊蟹四	烏奚
25629	訶*	見平開麻假二	居牙：竟	見開3	居慶	黟	影平開齊蟹四	烏奚

　　麻二與齊的相注同樣是保留了古音，麻二與齊都有歌部這一相同源頭。
從以上例證來看，除了骾字外，其餘被注字都用黟為下字。黟在上古屬歌部。
被注字都從加取聲，加在上古也是歌部字，根據「同諧聲者必同部」的原則，
何氏將這些字一起置於第十七部，這是他心目中的古音。基於這一點，雖然
被注字為開口二等見母字，與齊韻相混，我們也對是否產生[i]介音持審慎態
度。現代泰興方言中的加字文讀音帶有[i]介音，但白讀音依然為[kɑ]。

麻三、齊相注 3

25064	薺*	精平開麻假三	咨邪：	齏	精開 3	子孕	黟	影平開齊蟹四	烏奚
22299	吟	日上開麻假三	人者：	攘	日開 3	人漾	啓	溪上開齊蟹四	康禮
25907	餘	書上開麻假三	書冶：	永	云合 3	于憬	毄	溪上開齊蟹四	康禮

　　麻三與齊的相注出現在精母、日母和書母，都是齒音字，麻三的部分舌齒
音字在上古也屬於歌部。

　　假攝雖然與蟹攝有很多次的相注，但都是反映的古音。

　　④假攝與止攝相注

　　假攝與止攝相注共計 45 次，主要發生在麻二與支之間。

　　麻二、支相注 40 次，擇要舉例如下：

25358	剎	昌去開支止三	充豉：	寵	徹合 3	丑隴	駕	見去開麻假二	古訝
25983	羅	以去開支止三	以豉：	漾	以開 3	餘亮	駕	見去開麻假二	古訝
25640	詑*	書平開支止三	商支：	寵	徹合 3	丑隴	加	見平開麻假二	古牙
25092	煆*	匣平開麻假二	何加：	向	曉開 3	許亮	趍	澄平開支止三	直離
25980	嘉*	見平開麻假二	居牙：	竟	見開 3	居慶	剎	昌去開支止三	充豉
25896	鮓	莊上開麻假二	側下：	軫	章開 3	章忍	掎	見上開支止重三	居綺
25895	碴*	知上開麻假二	竹下：	軫	章開 3	章忍	掎	見上開支止重三	居綺
25639	鵝	群平開支止重三	渠羈：	漾	以開 3	餘亮	加	見平開麻假二	古牙
25987	觀	疑去開支止重三	宜寄：	仰	疑開 3	魚兩	駕	見去開麻假二	古訝
25989	鞁	並去開支止重三	於義：	品	滂開重 3	丕飲	駕	見去開麻假二	古訝
25065	旇	滂平開支止重三	敷羈：	品	滂開重 3	丕飲	加	見平開麻假二	古牙
25351	輢	影去開支止重三	於義：	儉	群開重 3	巨險	駕	見去開麻假二	古訝

25650　恠*　幫去開支止重三　彼義：品　滂開重3　丕飲　加　見平開麻假二　古牙

　　麻二與支相混出現在幫、滂、並、知、昌、書、莊、見、群、疑、影、匣、以諸母中。麻二與支的相注同樣也可從上古來源上找到根據，麻二與支同屬上古歌部。以上這些例字是上古歌部字，也全都被收在了何氏第十七部中。

麻二、脂相注 1

25982　綏　以去開脂止三　羊至：漾　以開3　餘亮　駕　見去開麻假二　古訝

　　上古歌部也同樣分化出脂韻，綏字《集韻》有支韻一讀

麻三、支相注

25254　也　以上開麻假三　羊者：漾　以開3　餘亮　侈　昌上開支止三　尺氏

25688　闍*　禪平開麻假三　時遮：哂　書開3　式忍　匜　以平開支止三　弋支

25286　灺　邪上開麻假三　徐野：想　心開3　息兩　侈　昌上開支止三　尺氏

25912　乜　明上開麻假三　彌也：沔　明開重4　彌兗　薩　以上合支止三　羊捶

　　以上假攝與止攝的相注中，被注字的古音屬歌部，何氏將這些字混在一起，是爲了說明它們的古音相同。這些相注我們也不看作音變。

小　結

　　中古的假攝在現代方言中都有痕跡，現代通泰方言中的[a]、[ia]和[ua]也是源於假攝。假攝在《韻史》中是沒有獨立地位的，與遇、果、蟹、止攝的相注基本上都是何氏爲了標注這些被注字的古音而造成的，不是語音的演變，所以我們對假攝字在何萱實際語音中演變成什麼結果不得而知。從《韻史》假攝與其他韻攝的相注來看，麻二與麻三之間也有差異。另外就是車遮部的問題。《中原音韻》分家麻韻與車遮韻，假攝在北方話中分爲兩類韻母，但在東南方不少方言未分化。假攝在通泰地區文白並存，白讀系統爲一類，文讀系統出現車遮韻。但車遮沒有取得獨立地位，與原方音中的皆來主要元音相同（顧黔2001：135）。在我們的反切上字表中沒有「家麻部」的說法，是因爲《韻史》反切中沒有顯示出來中古假攝可以獨立成部。通過上文的分析，我們發現假攝與其他陰聲韻攝相互爲注體現出的都是古音的同部問題，是一種存古現象。從《韻史》注音的出發點來看，這種現象的存在反而正是何萱注古音的成功之處。

（4）陽聲韻與陰聲韻相注

1）-n 尾陽聲韻與陰聲韻相注

收-n 尾的陽聲韻攝爲臻攝和山攝，與這兩攝相注的陰聲韻攝主要爲止攝和蟹攝。

①臻攝與陰聲韻攝相注

臻攝韻、止攝韻相注 19

16375	沂	疑平開微止三	魚衣：	仰	疑開3	魚兩	勤	群平開欣臻三	巨斤
16350	祈	群平開微止三	渠希：	舊	群開3	巨救	銀	疑平開眞臻重三	語巾
451	敏	明上開眞臻重三	眉殞：	面	明開重4	彌箭	起	溪上開之止三	墟里
16349	頎	群平開微止三	渠希：	舊	群開3	巨救	銀	疑平開眞臻重三	語巾
17280	蟦	奉去合微止三	父尾：	甫	非合3	方矩	允	以上合諄臻三	余準
14850	荲	澄平開脂止三	直尼：	苨	昌開1	昌紿	仁	日平開眞臻三	如鄰
15278	鄑	精平開支止三	即移：	紫	精開3	將此	信	心去開眞臻三	息晉
16482	䪼*	奉去合微止三	父沸：	甫	非合3	方矩	雲	云平合文臻三	王分
16351	旂	群平開微止三	渠希：	舊	群開3	巨救	銀	疑平開眞臻重三	語巾
16352	蚚	群平開微止三	渠希：	舊	群開3	巨救	銀	疑平開眞臻重三	語巾
17043	听	群平開微止三	渠希：	舊	群開3	巨救	銀	疑平開眞臻重三	語巾
17045	獻	群平開微止三	渠希：	舊	群開3	巨救	銀	疑平開眞臻重三	語巾
17044	鬿*	群平開微止三	渠希：	舊	群開3	巨救	銀	疑平開眞臻重三	語巾
20010	駿*	心去合諄臻三	須閏：	選	心合3	蘇管	睢	曉平合脂止重四	許維
20060	䳟	見平合諄臻重三	居筠：	甕	影合1	烏貢	歸	見平合微止三	舉韋
17041	肵 g*	群平開微止三	渠希：	舊	群開3	巨救	銀	疑平開眞臻重三	語巾
23552	鑾	並平開眞臻重四	符眞：	布	幫合1	博故	魏	影平合支止重三	於爲
1144	鰵	明上開眞臻重三	眉殞：	面	明開重4	彌箭	起	溪上開之止三	墟里
978	圻*	群平開眞臻重三	渠巾：	儉	群開重3	巨險	怡	以平開之止三	與之

止攝支脂之微與臻攝文欣眞諄的相注，反映的是古音問題。上古陰陽入相配，相配的各部主元音相同，韻尾有別。但韻尾之間經常出現對轉現象，所以在先秦韻文中陰聲韻、陽聲韻、入聲韻可以通押。此處的陽聲韻與入聲

韻的相注，也是因爲相配韻部之間發生了對轉。中古支韻來自上古支部、歌部，之韻來自之部，脂韻來自脂部、微部、歌部、幽部，微韻來自微部。中古文欣韻來自上古文部，眞來自文部、眞部，諄來自文部、眞部。脂部和眞部、微部和文部發生對轉，具有同一來源的止攝字和臻攝字主元音相同，容易發生相注。《韻史》中止臻兩攝的相注，就是古音的具體體現。從以上例字中我們可以發現，何氏正是按照他自定的諧聲偏旁來注音的，力圖表現這些字的古音。所以，此處的相注不做爲音變考察。

臻攝韻、蟹攝韻相注 15

16647	洒	心上開齊蟹四	先禮：想	心開3	息兩	謹	見上開欣臻三	居隱
17059	毢	心平開咍蟹一	蘇來：想	心開3	息兩	勤	群平開欣臻三	巨斤
16517	㱒	疑平開咍蟹一	五來：口	溪開1	苦后	很	匣上開痕臻一	胡墾
16754	鐓	定去合灰蟹一	徒對：董	端合1	多動	寸	清去合魂臻一	倉困
16762	憝	定去合灰蟹一	徒對：杜	定合1	徒古	困	溪去合魂臻一	苦悶
17303	炳	泥去合灰蟹一	奴對：杜	定合1	徒古	困	溪去合魂臻一	苦悶
16580	浼	明上合灰蟹一	武罪：慢	明開2	謨晏	緄	見上合魂臻一	古本
16635	沴	來去開齊蟹四	郎計：寵	徹合3	丑隴	謹	見上開欣臻三	居隱
21147	齔	初去開臻臻三	初覲：狀	崇開3	鋤亮	對	端去合灰蟹一	都隊
1071	骸**	並去合魂臻一	蒲悶：抱	並開1	薄浩	乃	泥上開咍蟹一	奴亥
22265	遙**	曉上開眞臻三	許忍：向	曉開3	許亮	禮	來上開齊蟹四	盧啟
16332	蒷	心平開齊蟹四	先稽：始	書開3	詩止	巾	見平開眞臻重三	居銀
17032	粞	心平開齊蟹四	先稽：紫	精開3	將此	巾	見平開眞臻重三	居銀
17027	狔**	心平開齊蟹四	息兮：始	書開3	詩止	巾	見平開眞臻重三	居銀
17232	燜	明上合灰蟹一	武罪：美	明開重3	無鄙	謹	見上開欣臻三	居隱

　　臻蟹相注的道理與臻止相注一致。中古臻攝魂痕也來自上古文部，齊來自支部、脂部和微部，灰咍韻來自之部。根據鄭張尙芳先生的通變原理（鄭張尙芳 2003b：194），之與幽可以通轉。表現在《韻史》中，就是蟹臻兩攝的相注。

臻攝韻、遇攝韻相注 3

17171	馱	並去合模遇一	薄故：佩	並合1	蒲昧	緄	見上合魂臻一	古本

| 16578 | 頯 | 非上合虞遇三 | 方矩：慢 | 明開2 | 謨晏 緄 | 見上合魂臻一 | 古本 |
| 17135 | 椾* | 見平合魚遇三 | 斤於：古 | 見合1 | 公戶 本 | 幫上合魂臻一 | 布忖 |

遇攝與臻攝的主元音在中古相差較遠，此處的相注是一種「讀半邊」的結果。本和昆讀魂韻，何氏按照他的諧聲聲符，將駢和椾分別按照本和昆來注音。頯字古音當在宵部，何萱置於文部，在《集韻》中有虞韻一讀，《韻史》注音延續了《集韻》音。

眞、戈相注 1

| 25317 | 齔 | 初上開眞臻三 | 初謹：會 | 匣合1 | 黃外 課 | 溪去合戈果一 | 苦臥 |

齔字何氏是按照諧聲偏旁七來取音的，七字爲麻二韻字，《韻史》將假攝麻二與果攝相混，此字注音正合。

臻、幽相注 1

| 3273 | 矗 | 生平開臻臻三 | 所臻：褊 | 幫開重4 | 方緬 幽 | 影平開幽流三 | 於虯 |

何氏在注釋中說，聚，古讀如驟，與矗音近。即把矗字看作與聚、驟音同或是音近的字來注音。驟爲崇母尤韻字，尤與幽在《韻史》中不分，此條音注不反映音變。

②山攝與陰聲韻攝相注

山攝韻、止攝韻相注 13

18474	惴	章去合支止三	之睡：壯	莊開3	側亮 宦	匣去合刪山二	胡慣
19473	臇	精平合支止三	遵爲：醉	精合3	將遂 返	非上合元山三	府遠
14964	媊	精平開支止三	即移：此	清開3	雌氏 賢	匣平開先山四	胡田
17916	撋	日平合脂止三	儒佳：汝	日合3	人渚 煩	奉平合元山三	附袁
23897	齞	疑上開先山四	研峴：仰	疑開3	魚兩 徙	心上開支止三	斯氏
18984	鮮*	心平開支止三	相支：想	心開3	息兩 遷	清平開仙山三	七然
22518	洌	來去開先山四	郎甸：亮	來開3	力讓 器	溪去開脂止重三	去冀
24632	湺	影去開先山四	於甸：舉	見合3	居許 恚	影去合支止重四	於避
24064	蠲	見平合先山四	古玄：舉	見合3	居許 恚	影去合支止重四	於避
20383	瓀	匣去合先山四	黃練：許	曉合3	虛呂 揆	群上合脂止重四	求癸

22482	黫	影平開山山二	於閑：隱	影開3	於謹	器	溪去開脂止重三	去冀
14990	篗*	明平開支止重四	民卑：美	明開重3	無鄙	賢	匣平開先山四	胡田
966	邅**	幫平開仙山重四	布千：貶	幫開重3	方斂	基	見平開之止三	居之

　　燦字中古音的聲調與韻母都與《韻史》注音不同。《集韻》有精母仙韻，子兗切一讀，《韻史》反切與之相同。惴嬬龡篗泚黫等字何氏是依據諧聲偏旁來注音的。湔字的中古音和反切注音還有聲母上的差別，《集韻》中已有見母齊韻一讀。蠲字《集韻》中有見母齊韻一讀，與何氏注音相同。以上這些字分屬何氏的不同古韻部中，雖然我們看來有些字的歸部不盡合理，比如嬬字，古音在元部，何氏歸真部，但我們還是要肯定何萱對古韻歸部原則的把握與使用。

山攝韻、蟹攝韻相注 24

20398	嬾	來上開寒山一	落旱：老	來開1	盧晧	愷	溪上開咍蟹一	苦亥
20395	鍇	溪上開皆蟹二	苦駭：侃	溪開1	空旱	嬾	來上開寒山一	落旱
20397	楷	溪上開皆蟹二	苦駭：侃	溪開1	空旱	嬾	來上開寒山一	落旱
20392	鎧	溪上開咍蟹一	苦亥：侃	溪開1	空旱	嬾	來上開寒山一	落旱
20388	愷	溪上開咍蟹一	苦亥：侃	溪開1	空旱	嬾	來上開寒山一	落旱
20389	闓	溪上開咍蟹一	苦亥：侃	溪開1	空旱	嬾	來上開寒山一	落旱
20391	塏	溪上開咍蟹一	苦亥：侃	溪開1	空旱	嬾	來上開寒山一	落旱
22352	暟	溪上開咍蟹一	苦亥：侃	溪開1	空旱	嬾	來上開寒山一	落旱
22351	鎧**	溪上開咍蟹一	苦改：侃	溪開1	空旱	嬾	來上開寒山一	落旱
19236	蟹*	滂上開咍蟹一	普亥：戶	匣合1	侯古	版	幫上開刪山二	布綰

　　嬾字《廣韻》、《集韻》只有寒韻一讀，何氏自注兩讀。一為寒韻，另一讀按照諧聲偏旁取音，讀咍韻。從「鍇」至「暟」的八個字，切下字均為嬾，我們按照中古音來看只有寒韻，其實何氏是取的嬾的咍韻音。如此，上述八字不存在音變。

18719	捘	精去合灰蟹一	子對：醉	精合3	將遂	萬	微去合元山三	無販
17574	睚	疑平開佳蟹二	五佳：臥	疑合1	吾貨	蠻	明平合刪山二	莫還
18914	醚	明平開齊蟹四	莫兮：昧	明合1	莫佩	環	匣平合刪山二	戶關

17568　腇 g*日平開齊蟹四　　　人桴：汭　日合 3　而銳　環　匣平合刪山二　　戶關

　　腇字《集韻》中另有日母仙韻一讀。日母後的 i 介音容易丟失，從而向一二等韻變化。䴰字《集韻》另有明母桓韻一讀。䴰字的切下字為匣母合口刪韻字，在《韻史》中已併入桓韻，此兩例的何氏注與《集韻》相同。

14880　䄵　見平開齊蟹四　　　古奚：几　見開重 3 居履　千　清平開先山四　　蒼先
15585　蜝　見平開齊蟹四　　　古奚：几　見開重 3 居履　千　清平開先山四　　蒼先
15796　嗣*　定平開齊蟹四　　　田黎：縹　滂開重 4 敷沼　茲　匣平合先山四　　胡涓
15614　鵹*　定平開齊蟹四　　　田黎：避　並開重 4 毗義　堅　見平開先山四　　古賢
19030　覼*　定平開齊蟹四　　　田黎：避　並開重 4 毗義　連　來平開仙山三　　力延
20330　褖　心上開仙山三　　　息淺：想　心開 3　息兩　禮　來上開齊蟹四　　盧啟
19586　𢾰　曉去合廢蟹三　　　呼吠：戶　匣合 1　侯古　慢　明去開刪山二　　謨晏
19416　𡞞　溪去合廢蟹三　　　丘吠：去　溪合 3　丘倨　返　非上合元山三　　府遠
19503　誸**影去開夬蟹二　　　烏邁：挨　影開 1　於改　旦　端去開寒山一　　得按
20329　𤬜 g*　心上開仙山三　　　息淺：想　心開 3　息兩　禮　來上開齊蟹四　　盧啟

　　嗣鵹覼的中古音與《韻史》反切注音都不同，何氏是按照聲旁為這些字注音的，以上諸例實際上也是「讀半邊」現象。

山攝韻、宵韻相注 3

18526　覼　以去開宵效三　　　戈照：几　見開重 3 居履　晏　影去開刪山二　　烏澗
19189　暵**明平開宵效三　　　無昭：海　曉開 1　呼改　坦　透上開寒山一　　他但
17857　瀌**滂上開宵效重三　孚表　甫　非合 3　方矩　跧　莊平合仙山三　　莊緣

　　這三例從中古到《韻史》的聲韻調都發生了變化，何氏是根據「半邊」來注音的。

山攝韻、果攝韻相注 9

25159　祼　見去合桓山一　　　古玩：古　見合 1　公戶　瑣　心上合戈果一　　蘇果
18501　播　幫去合戈果一　　　補過：布　幫合 1　博故　宦　匣去合刪山二　　胡慣

25460　觶　端平開寒山一　　　都寒：曩　泥開 1　奴朗　河　匣平開歌果一　　胡歌
25735　笴　見上開寒山一　　　古旱：艮　見開 1　古恨　可　溪上開歌果一　　枯我

25584	堥	從平開山山二	昨閑：措	清合1	倉故	禾	匣平合戈果一	戶戈
17956	桵	從平合戈果一	昨禾：寵	徹合3	丑隴	顏	疑平開刪山二	五姦
17426	儺	泥平開歌果一	諾何：奈	泥開1	奴帶	闌	來平開寒山一	落干
18939	絭*	並平合戈果一	蒲波：甫	非合3	方矩	權	群平合仙山重三	巨員
19177	攭*	並平合戈果一	蒲波：甫	非合3	方矩	權	群平合仙山重三	巨員

　　腪字據何氏注，爲觷腪俗字，應當轉置於十四部觷腪下。實際上就是將腪字從曩河切的小韻中移到十四部汭環切的小韻之中，相當於腪字的反切注音應爲汭環切《韻史》歸桓韻。笴桵字的《韻史》注音與《集韻》音相同，說明何氏的反切注音在《集韻》中已經存在。裸堥絭攭播儺都是據聲符注的音。這種音注往往不是時音的反映，而是作者心目中的上古音。因爲有些字很常見，比如播字，在現代方言中也沒有輔音韻尾，何氏注爲布宦切，明顯是以番取音。番爲上古元部字。像這種狀況，《韻史》中比比皆是，我們可以憑此確認他注音是從上古角度出發的。

元、麻相注 1

| 19457 | 豦* | 見平開麻假二 | 居牙：處 | 昌合3 | 昌與 | 返 | 非上合元山三 | 府遠 |

山攝韻、流攝韻相注 6

5834	掜	端上合桓山一	都管：代	定開1	徒耐	漏	來去開侯流一	盧候
3149	翾	章上合仙山三	旨兗：漾	以開3	餘亮	求	群平開尤流三	巨鳩
17843	趡	清去開尤流三	七溜：翠	清合3	七醉	幡	敷平合元山三	孚袁
18438	瑈*	莊平開尤流三	甾尤：甕	影合1	烏貢	宦	匣去合刪山二	胡慣
19195	頣*	見平開尤流三	居尤：代	定開1	徒耐	罕	曉上開寒山一	呼旱
5537	尩**	影平開寒山一	於干：挨	影開1	於改	鉤	見平開侯流一	古侯

　　尩掜翾頣趡按照諧聲符取音，瑈字的中古音與何氏注音聲韻調均不同，我們懷疑字形有誤，暫存疑。

　　2）-ŋ 尾陽聲韻與陰聲韻相注

　　中古收-ŋ 尾的陽聲韻攝爲通、江、宕、梗、曾五攝，這五攝與陰聲韻有多次相注，我們分類討論如下。

　　①通攝與陰聲韻攝相注

通攝韻、止攝韻相注 5

1242	屼**	疑去合東通三	牛仲：仰	疑開3	魚兩 記	見去開之止三	居吏
959	鍶**	心平合鍾通三	司龍：想	心開3	息兩 基	見平開之止三	居之
1024	豺**	影平合鍾通三	魚容：仰	疑開3	魚兩 怡	以平開之止三	與之
20451	毪g*	日上合鍾通三	乳勇：閏	日合3	如順 卉	曉上合微止三	許偉
11361	聲	日去開脂止三	而至：忍	日開3	而軫 容	以平合鍾通三	餘封

這些字都不是常用字。鍶豺屼都是讀半邊。聲在《集韻》中的讀音與《韻史》正合，可以看作同音字。這些例字不多，而且又分屬何氏不同的上古韻部，所以它不反映音變，只是何氏心目中的上古讀音。

東一、虞相注 8

4956	叢	從平合東通一	徂紅：淺	清開3	七演 殳	禪平合虞遇三	市朱
4957	蘩	從平合東通一	徂紅：淺	清開3	七演 殳	禪平合虞遇三	市朱
5671	藂	從平合東通一	徂紅：淺	清開3	七演 殳	禪平合虞遇三	市朱
5672	蟲	從平合東通一	徂紅：淺	清開3	七演 殳	禪平合虞遇三	市朱
5668	爞*	從平合東通一	徂聰：淺	清開3	七演 殳	禪平合虞遇三	市朱
5669	繝*	從平合東通一	徂聰：淺	清開3	七演 殳	禪平合虞遇三	市朱
5670	鬖*	從平合東通一	徂聰：淺	清開3	七演 殳	禪平合虞遇三	市朱
5776	琲*	並上合東通一	蒲蠓：普	滂合1	滂古 取	清上合虞遇三	七庾

以上這 8 個字不是常用字，它們在《廣韻》或《集韻》中爲通攝字，但在《韻史》中卻很有系統的讀爲遇攝虞韻字。這是何氏的刻意存古。前 7 個字從取取聲，第 8 個字從音取聲。而諧聲偏旁取和音都被何氏放在了他的古音第四部中。今天看來，叢當屬古音東部，何萱對叢字的認識有誤，造成了他對叢和以叢作聲符的一系列字的歸部錯誤。

東一、蟹攝韻相注 2

11740	趡**	精平合灰蟹一	且雷：祖	精合1	則古 工	見平合東通一	古紅
12291	敁*	來去開齊蟹四	郎計：磊	來合1	落猥 貢	見去合東通一	古送

趡字同樣是存古，讀諧聲偏旁巠了。

通攝韻、流攝韻相注 4

5046	孔	溪上合東通一	康董：	侃	溪開1	空旱	斗	端上開侯流一	當口

3618	趪	曉去合東通三	香仲：	向	曉開3	許亮	究	見去開尤流三	居祐
4541	賵	敷去合東通三	撫鳳：	甫	非合3	方矩	幼	影去開幽流三	伊謬
12064	雒*	日平開尤流三	而由：	汝	日合3	人渚	崇	崇平合東通三	鋤弓

趪、賵分別讀同諧聲偏旁臭，冒。孔字與吼狐等字在同一個小韻，何氏認為孔作為這些字的諧聲偏旁也應收在他的第四部中。

何氏寫書的目的也是找出字的古讀，以上諸字基本上也都是很不常見的字，他根據諧聲偏旁取音也就不足為奇了。這不反映音變，是存古的表現。

②江攝與陰聲韻相注

江、虞相注 1

5633	稯	並上開江江二	步項：	普	滂合1	滂古	雛	崇平合虞遇三	仕于

稯字《集韻》另有侯韻一讀，《韻史》中遇攝流攝合併，此處注音正合。

江、流攝韻相注 7

4189	巷	匣去開江江二	胡絳：	范	奉合3	防錢	求	群平開尤流三	巨鳩
5038	講	見上開江江二	古項：	艮	見開1	古恨	口	溪上開侯流一	苦后
5725	傋	見上開江江二	古項：	艮	見開1	古恨	口	溪上開侯流一	苦后
5729	構	見上開江江二	古項：	艮	見開1	古恨	口	溪上開侯流一	苦后
5737	傋	曉上開江江二	虛慃：	海	曉開1	呼改	斗	端上開侯流一	當口
5728	顜*	見上開江江二	古項：	艮	見開1	古恨	口	溪上開侯流一	苦后
5738	膥*	曉上開江江二	虎項：	海	曉開1	呼改	斗	端上開侯流一	當口

構在《集韻》中的讀音與《韻史》相同，傋（去聲）只有聲調上有差別。除了巷字外，其餘諸字有共同的特點，都從菁聲。菁是侯韻字，何氏認為這些從菁的字是一個諧聲系列，所以全部歸到了他的古韻第四部。巷和港都是上古東部字，港的聲符為巷。港何氏入東鍾部，而巷字被何氏歸到了侯部，不知何意，存疑。今泰興方言中這兩個字韻母都為[aŋ]〔註20〕（顧黔 2001：370、371、372）。

〔註20〕講的白讀為[kaŋ]，文讀為[tɕiaŋ]

③宕攝與陰聲韻攝相注

唐、止攝韻相注 2

441	觳	群平開支止重四	巨支：	散	心開1	蘇旱	朗	來上開唐宕一	盧黨
468	帷*	心平合脂止三	宣隹：	戶	匣合1	侯古	廣	見上合唐宕一	古晃

　　第一例中《廣韻》、《集韻》和《玉篇》實際是給觳注的音，這兩個字形似，但卻不是同一個字。觳字的中古音無從查找，在《韻史》中的讀音是讀半邊、注古音的結果。

　　第二例也應該是個訛字。從字形上來看，很可能是幌。幌字的中古音與《韻史》音是相同的。

唐、模相注 2

12409	牔	清平合模遇一	倉胡：	粲	清開1	蒼案	岡	見平開唐宕一	古郎
6640	汗	曉上開唐宕一	呼朗：	會	匣合1	黃外	古	見上合模遇一	公戶

　　上古韻部中魚鐸陽相配，中古的模來源於魚部，中古的唐來源於陽部，所以，模和唐的主元音在上古時是相同的。

陽、宵相注 1

2671	驫	奉上開陽宕三	毗養：	品	滂開重3	丕飲	矯	見上開宵效重三	居夭

　　宵B和陽的主元音中古時很接近，邵先生分別擬爲[iæu]、[iɑŋ]，王力先生擬爲[iau]、[iaŋ]，主要元音接近；鄭張尚芳先生擬爲[raw]、[aŋ]，李方桂先生擬爲[jagw]、[jaŋ]、除了韻尾不同，主要元音已經相同了。體現了它們上古來源的一致性。驫字不常見，聲符剽正是宵部字。何氏的這種「讀邊」，反映了古音。

唐、歌相注 2

13672	朖**	來上開歌果一	力可：	老	來開1	盧晧	黨	端上開唐宕一	多朗
13674	斷	來上開歌果一	來可：	老	來開1	盧晧	黨	端上開唐宕一	多朗

唐、流攝韻相注 2

13400	統*	來平開尤流三	力求：	戶	匣合1	侯古	光	見平合唐宕一	古黃
13614	蓋**	見去開侯流一	雇后：	改	見開1	古亥	朗	來上開唐宕一	盧黨

　　這兩例的被注字有問題。統可能是縺之誤。

④梗攝與陰聲韻攝相注

梗攝韻、脂韻相注 3

14606	鵧	並平開脂止重四	房脂：避	並開重4	毗義	亭	定平開青梗四	特丁			
14835	胵	昌平開脂止三	處脂：茞	昌開1	昌紿	鏗	溪平開耕梗二	口莖			
13832	餋**	徹上合脂止三	丑水：仲	澄合3	直眾	永	云上合庚梗三	于憬			

　　鵧字是從半邊來注的音。胵字與上文莖字實際上原因相同，只不過莖是止臻相注，胵是止梗相注。梗攝部分字與臻攝相注，體現的是-n 尾和-ŋ 尾的混同，在何氏的方音中是前後鼻音不分的，實際上也相當於止臻相注的問題。詳上文。

耕、咍相注 2

14004	猜	清平開咍蟹一	倉才：粲	清開1	蒼案	耕	見平開耕梗二	古莖	
849	鵏**	溪平開耕梗二	口莖：口	溪開1	苦后	該	見平開咍蟹一	古哀	

　　猜字應當算是比較常見的，現代泰興方言〔註21〕讀[tɕʻiɛ]，耕字讀[kəŋ]，韻母相差比較遠，由近代到現代的語音演變條件不太明顯。但如果從上古音來看，猜爲上古耕部字。何氏根據諧聲關係爲猜注反切，與猜的古音正好相符。鵏字也是如此，這個字不常見，何氏依照諧聲偏旁注口該反，也是他所認爲的古音。上古的之部到中古分化出咍、灰、皆、之、尤、脂 B 諸韻，蒸部分化出登、耕、蒸、東三諸部，而之部與蒸發生陰陽對轉之後，咍、灰韻字就可能出現與耕、蒸韻字相混的情況。這兩例都是何氏有意存古，可以不作爲音變考慮。

梗攝韻、豪相注 1

14766	稍*	匣上開豪效一	下老：海	曉開1	呼改	諍	莊去開耕梗二	側迸	

⑤曾攝與陰聲韻攝相注

曾攝韻、蟹攝韻相注 3

8592	纍	來平合灰蟹一	魯回：避	並開重4	毗義	嫛	曉去開蒸曾三	許應	
891	灮*	泥平開登曾一	奴登：曩	泥開1	奴朗	來	來平開咍蟹一	落哀	
1055	𪗋*	泥上開登曾一	奴等：曩	泥開1	奴朗	改	見上開咍蟹一	古亥	

〔註21〕凡是提到現代泰興方言某字的讀音，其音標如無特殊說明，均據顧黔 2001。

矗字《集韻》已有蒸韻一讀，可以看作同音字。瀧和嘍《廣韻》無，《集韻》都是曾攝登韻字，而何氏反切都注爲咍韻字，這是存古的表現。這兩個字都從能得聲，能字在《廣韻》中既可以讀咍，又可以讀登，而咍音是較古的音。能在現代泰興方言中讀 nəŋ，但何氏在標音的時候把能字反切注爲曩來反，咍韻字，是刻意表現古音。能的古音在蒸部，而上古之職蒸三部相配，主要元音是相同的。它們之間發生對轉，能的陽聲韻尾失去，就與咍同音了。

3）-m 尾陽聲韻與陰聲韻相注

咸、虞相注 1

9543　萮　敷平合虞遇三　　芳無：缶　非開 3　方久　緘　見平開咸咸二　古咸

這個字是何氏加在正文中的，韻目表中沒有字。何萱認爲此字從甘得聲，所以爲其加注古音缶緘切。

咸、宵相注 2

2868　蘸　莊去開咸咸二　　莊陷：準　章合 3　之尹　肖　心去開宵效三　私妙
2869　醮*　莊去開咸咸二　　莊陷：準　章合 3　之尹　肖　心去開宵效三　私妙

這兩個字聲符爲焦，上古屬宵部，在《韻史》中爲古音。

鹽、歌相注 1

9516　妠　泥平開歌果一　　諾何：攘　日開 3　人漾　廉　來平開鹽咸三　力鹽

妠字何氏按照聲符肙的讀音，將其定爲鹽韻音，是復古的表現。

經過對被注字的分析，陰聲韻和陽聲韻的相注不是語音演變，而是古音如此。

2、入聲韻部

表 3-62　十六攝入聲本攝、他攝韻相注統計表

	通	江	臻	山	宕	梗	曾	深	咸
通	549	76			2	19	4		1
江	20	57			11	2			
臻	5		508	13		3	12		
山	1		11	794					6
宕	4	43			333	197	2		1

梗		1	4	4	3	321	11		
曾	29	1	5	2		21	263		1
深	3		1			1	1	139	4
咸	1							2	572

從《韻史》入聲韻的相注情況來看，異攝同尾的相注也比較明顯，部分韻攝可以合併，《韻史》的入聲韻攝總數少於中古。異尾入聲韻攝之間也有相注，但卻沒能打破-p、-k、-t 三分的局面。我們下文就按照同尾入聲與異尾入聲分別論述。

（1）同尾入聲韻

同尾入聲的相注包括同攝入聲韻和異攝同尾入聲韻。同攝入聲韻的合流是一種主要元音音位的合併現象，條件是韻尾相同，主要元音相近。幾乎在所有的入聲韻攝中都有此種情況發生，是一個相當普遍的音變類型。

1）縠 部

縠部主要來自中古通攝入聲，包括屋、沃、燭三韻。這三韻在《韻史》中按照洪細的不同呈現出分兩類的趨勢，具體相注的情況見下表：

表 3-63 通攝入聲韻相注統計表

	屋一	沃	屋三	燭
屋一	165	3	5	5
沃	7	37	1	
屋三	2	2	210	
燭	2		1	110

與中古相比，此四韻在《韻史》中的主要表現為一等韻合併。

①屋一、沃不分

沃自注 37 次，與屋一相注 10 次，沃韻與屋一合流。

屋一、沃相注 10

5922	搙	泥入合沃通一	內沃：奈	泥開 1	奴帶	僕	並入合屋通一	蒲木
5924	傉	泥入合沃通一	內沃：奈	泥開 1	奴帶	僕	並入合屋通一	蒲木
3940	碮	溪入合屋通一	空谷：侃	溪開 1	空旱	篤	端入合沃通一	多毒
3944	𡘜	影入合屋通一	烏谷：案	影開 1	烏旰	篤	端入合沃通一	多毒

3955	礐	匣入合屋通一	胡谷：浩	匣開1	胡老	篤	端入合沃通一	多毒
4783	骲	滂入合屋通一	普木：倍	並開1	薄亥	篤	端入合沃通一	多毒
5945	穀*	精入合沃通一	租毒：宰	精開1	作亥	僕	並入合屋通一	蒲木
4765	壈*	來入合屋通一	盧谷：浩	匣開1	胡老	篤	端入合沃通一	多毒
4766	燢*	來入合屋通一	盧谷：浩	匣開1	胡老	篤	端入合沃通一	多毒
4792	茠*	滂入合屋通一	普木：莫	明開1	慕各	毒	定入合沃通一	徒沃

屋一和沃相注時的聲母爲泥、精、溪、影、匣、來、滂母。

②三等韻相注

屋三、燭相注 1

6168	砡	疑入合屋通三	魚菊：馭	疑合3	牛倨	曲	溪入合燭通三	丘玉

砡字《集韻》中有燭韻一讀。

③一三等韻相注

屋三、屋一相注 7

5442	籅	以入合屋通三	余六：漾	以開3	餘亮	蔟	清入合屋通一	千木
5930	琠	初入合屋通三	初六：茞	昌開1	昌紿	僕	並入合屋通一	蒲木
6100	踧	初入合屋通三	初六：寵	徹合3	丑隴	蔟	清入合屋通一	千木
6101	跊	初入合屋通三	初六：寵	徹合3	丑隴	蔟	清入合屋通一	千木
6098	𧿾*	初入合屋通三	初六：寵	徹合3	丑隴	蔟	清入合屋通一	千木
5445	蔟	清入合屋通一	千木：淺	清開3	七演	籅	以入合屋通三	余六
4724	艒	明入合屋通一	莫蔔：面	明開重4	彌箭	菊	見入合屋通三	居六

屋三與屋一相注時的聲母爲以母、初母、明母和清母。

屋三、沃相注 3

3977	鰒	奉入合屋通三	房六：博	幫開1	補各	毒	定入合沃通一	徒沃
4700	傶	精入合沃通一	將毒：此	清開3	雌氏	菊	見入合屋通三	居六
4703	浽	心入合沃通一	先篤：想	心開3	息兩	菊	見入合屋通三	居六

鰒字中古音與《韻史》音還有聲母的差別，《集韻》中鰒字另有並母的讀音。
屋三與沃相注時的聲母爲奉母、精母和心母。

燭、屋一相注 7

5484	楝	清入合屋通一	千木：處	昌合3	昌與	曲	溪入合燭通三	丘玉
5425	諫	清入合燭通三	七玉：送	心合1	蘇弄	卜	幫入合屋通一	博木
5405	逯	來入合燭通三	力玉：磊	來合1	落猥	卜	幫入合屋通一	博木
5407	娽	來入合燭通三	力玉：磊	來合1	落猥	卜	幫入合屋通一	博木
5466	趢	來入合屋通一	盧谷：呂	來合3	力舉	曲	溪入合燭通三	丘玉
6018	謕	來入合燭通三	力玉：磊	來合1	落猥	卜	幫入合屋通一	博木
5938	韇	邪入合燭通三	似足：苴	昌開1	昌紿	僕	並入合屋通一	蒲木

燭與屋一相注時的聲母為清母、來母和邪母。

以上這些例字反映了上古讀音。

③通攝與他攝相注

通攝與江攝相注 96 次，已經超過了江攝自注的數目，我們之所以沒有將通江相注的情況放在鷔部中討論，是因為這部分通江入聲相注主要是存古。通攝與江攝相注情況見下表：

表 3-64　通攝、江攝入聲韻相注統計表

	屋一	沃	覺
屋一			58
沃			18
覺	14	6	57

覺韻在中古為二等韻，它在與通攝相注中也主要是與通攝一等韻相混。

覺自注 57 次，與屋一相注 72 次，與沃相注 24 次，相注次數很多，擇要舉例如下：

覺、屋一相注 72

5345	捉	莊入開覺江二	側角：酌	章開3	之若	僕	並入合屋通一	蒲木
5366	撲	滂入合屋通一	普木：倍	並開1	薄亥	驚	崇入開覺江二	士角
5359	剝	幫入開覺江二	北角：博	幫開1	補各	僕	並入合屋通一	蒲木
5350	濁	澄入開覺江二	直角：苴	昌開1	昌紿	僕	並入合屋通一	蒲木

5942	鸀	澄入開覺江二	直角：	茝	昌開1	昌紿	僕	並入合屋通一	蒲木
5349	浞	崇入開覺江二	士角：	茝	昌開1	昌紿	僕	並入合屋通一	蒲木
5943	翢	初入開覺江二	測角：	茝	昌開1	昌紿	僕	並入合屋通一	蒲木
5948	瀑	幫入合屋通一	博木：	倍	並開1	薄亥	驚	崇入開覺江二	士角
5360	羮	並入合屋通一	蒲木：	倍	並開1	薄亥	驚	崇入開覺江二	士角
5333	硞	匣入開覺江二	胡覺：	海	曉開1	呼改	僕	並入合屋通一	蒲木
5354	欶	生入開覺江二	所角：	稍	生開2	所教	僕	並入合屋通一	蒲木
5327	慤	溪入開覺江二	苦角：	侃	溪開1	空旱	僕	並入合屋通一	蒲木
5921	嗀	曉入開覺江二	許角：	海	曉開1	呼改	僕	並入合屋通一	蒲木
5355	頜	疑入開覺江二	五角：	傲	疑開1	五到	僕	並入合屋通一	蒲木
5919	醒	影入開覺江二	於角：	挨	影開1	於改	僕	並入合屋通一	蒲木
5322	玨*	見入開覺江二	訖岳：	艮	見開1	古恨	僕	並入合屋通一	蒲木
5337	斀*	知入開覺江二	竹角：	酌	章開3	之若	僕	並入合屋通一	蒲木

覺與屋一相注時的聲母為幫、滂、澄、並、知、莊、初、崇、生、見、溪、疑、影、曉、匣等母。

覺、沃相注 24

3935	覺	見入開覺江二	古岳：	艮	見開1	古恨	篤	端入合沃通一	多毒
4780	跑	並入開覺江二	薄角：	倍	並開1	薄亥	篤	端入合沃通一	多毒
3973	雹	並入開覺江二	蒲角：	博	幫開1	補各	毒	定入合沃通一	徒沃

2200	鋈	影入合沃通一	烏酷：	甕	影合1	烏貢	濯	澄入開覺江二	直角
2202	熇	匣入合沃通一	胡沃：	戶	匣合1	侯古	濯	澄入開覺江二	直角
2203	嚛	曉入合沃通一	火酷：	戶	匣合1	侯古	濯	澄入開覺江二	直角
5955	鏷	並入合沃通一	蒲沃：	倍	並開1	薄亥	驚	崇入開覺江二	士角
5960	鸀	並入合沃通一	蒲沃：	倍	並開1	薄亥	驚	崇入開覺江二	士角
4768	菿	曉入開覺江二	許角：	浩	匣開1	胡老	篤	端入合沃通一	多毒
4759	礐	影入開覺江二	於角：	案	影開1	烏旰	篤	端入合沃通一	多毒
4791	皛	明入開覺江二	莫角：	莫	明開1	慕各	毒	定入合沃通一	徒沃
3976	鞄	滂入開覺江二	匹角：	博	幫開1	補各	毒	定入合沃通一	徒沃

4754	皵	溪入開覺江二	苦角：侃	溪開 1	空旱	篤	端入合沃通一	冬毒
3951	鷽	匣入開覺江二	胡覺：浩	匣開 1	胡老	篤	端入合沃通一	冬毒
3952	檃	匣入開覺江二	胡覺：浩	匣開 1	胡老	篤	端入合沃通一	冬毒
3954	嶨	匣入開覺江二	胡覺：浩	匣開 1	胡老	篤	端入合沃通一	冬毒
3957	礐	匣入開覺江二	胡覺：浩	匣開 1	胡老	篤	端入合沃通一	冬毒
4767	嶨	匣入開覺江二	胡覺：浩	匣開 1	胡老	篤	端入合沃通一	冬毒
4781	雹	並入開覺江二	薄角：倍	並開 1	薄亥	篤	端入合沃通一	冬毒
4779	胉*	並入開覺江二	弼角：倍	並開 1	薄亥	篤	端入合沃通一	冬毒
4789	瀖*	並入開覺江二	弼角：倍	並開 1	薄亥	篤	端入合沃通一	冬毒
4749	悎*	見入開覺江二	訖岳：艮	見開 1	古恨	篤	端入合沃通一	冬毒
2199	渼*	影入合沃通一	烏酷：饔	影合 1	烏貢	濯	澄入開覺江二	直角
3960	哮 g*	曉入開覺江二	黑角：浩	匣開 1	胡老	篤	端入合沃通一	冬毒

覺與沃相注時的聲母爲滂、並、明、見、溪、影、曉、匣等母。

覺韻與屋一和沃相混主要是唇牙喉音字、莊組字和知母字，範圍比較廣。此處的覺與沃和屋一相混，是因爲這幾韻有相同的古音來源。上古覺部到中古分化出沃、覺、屋三等韻，屋部分化出屋、覺、燭等韻，覺韻與屋一和沃韻來源相同。通江二攝入聲的相注體現了《韻史》存古的特點。這一部分相注雖然也是《韻史》實際存在的現象，但我們還是把它分離出來，不當成語音演變看待。

通攝與宕攝相注 6 次，例證如下：

3948	貈	匣入開鐸宕一	下各：浩	匣開 1	胡老	篤	端入合沃通一	冬毒
6158	莡	清入開鐸宕一	倉各：翠	清合 3	七醉	曲	溪入合燭通三	丘玉
2194	濼	滂入合屋通一	普木：倍	並開 1	薄亥	鶴	匣入開鐸宕一	下各
2242	雈	以入合屋通三	余六：隱	影開 3	於謹	謔	曉入開藥宕三	虛約
2921	霂*	明入合屋通一	莫卜：冒	明開 1	莫報	鶴	匣入開鐸宕一	下各
7283	擢*	見入合燭通三	拘玉：几	見開重 3	居履	略	來入開藥宕三	離灼

貈爲獸名，莡雈爲草名，都是專有名詞，讀音不易改變，何氏注音保留了古讀。莡出現了一三等相注，應當是何氏按照諧聲偏旁足字取音的結果。上古的藥部到中古分化出藥、鐸、沃、錫、覺等韻，覺部分化出沃、覺、屋三等韻，屋部分化出屋、覺、燭等韻，而何氏又沃、屋一不分，通過覺的中介作用，致

使通攝與宕攝相關韻系發生以上相互爲注的情況。

通攝與梗攝相注 19 次，例證如下：

3810	迪	定入開錫梗四	徒歷：體	透開 4	他禮	菊	見入合屋通三	居六
3813	笛	定入開錫梗四	徒歷：體	透開 4	他禮	菊	見入合屋通三	居六
4788	擂	滂入開麥梗二	普麥：倍	並開 1	薄亥	篤	端入合沃通一	冬毒
3807	瞭	透入開錫梗四	他狄：體	透開 4	他禮	菊	見入合屋通三	居六
4701	蕆	清入開錫梗四	倉歷：此	清開 3	雌氏	菊	見入合屋通三	居六
3888	鏚	清入開錫梗四	倉歷：此	清開 3	雌氏	菊	見入合屋通三	居六
3889	慽	清入開錫梗四	倉歷：此	清開 3	雌氏	菊	見入合屋通三	居六
3894	鼜	清入開錫梗四	倉歷：此	清開 3	雌氏	菊	見入合屋通三	居六
4698	覞	清入開錫梗四	倉歷：此	清開 3	雌氏	菊	見入合屋通三	居六
3821	惄	泥入開錫梗四	奴歷：念	泥開 4	奴店	菊	見入合屋通三	居六
3885	宋	從入開錫梗四	前歷：此	清開 3	雌氏	菊	見入合屋通三	居六
3808	滌	定入開錫梗四	徒歷：體	透開 4	他禮	菊	見入合屋通三	居六
3809	蓧	定入開錫梗四	徒歷：體	透開 4	他禮	菊	見入合屋通三	居六
3811	油	定入開錫梗四	徒歷：體	透開 4	他禮	菊	見入合屋通三	居六
3812	邮	定入開錫梗四	徒歷：體	透開 4	他禮	菊	見入合屋通三	居六
4638	頔	定入開錫梗四	徒歷：體	透開 4	他禮	菊	見入合屋通三	居六
6104	蛴*	心入開錫梗四	先的：想	心開 3	息兩	蔟	清入合屋通一	千木
4699	睋*	清入開錫梗四	倉歷：此	清開 3	雌氏	菊	見入合屋通三	居六
4639	覿**	定入開錫梗四	徒歷：體	透開 4	他禮	菊	見入合屋通三	居六

擂字與皰、跑、窇、鮑、砲、雹等字放在同一小韻，可見何氏認爲這些字有相同的諧聲偏旁，屬同一韻部，並爲它們注了相同的音切。蛴字也同樣是從諧聲偏旁取聲的。束字爲燭韻字，而《韻史》屋一與燭不分。將擂字注爲倍篤切，蛴字注爲想蔟切，都是他心目中的古讀。其餘相注均發生在錫韻與屋三之間。這類相注主要因爲錫和屋三的上古來源相同。上古的覺部分化出中古的沃、錫、覺、屋三等韻，其中錫韻字只出現在舌齒音中。上例的錫韻與屋三的相注，聲母條件爲舌音定、透、泥和齒音清、從，與覺部分化出錫韻的條件相合。何

氏的注音爲古音。

通攝與曾攝相注 33 次，主要是屋三與職韻相注。

屋三、職相注 29 次，擇要列舉如下：

816	伏	奉入合屋通三	房六：范	奉合3	防鍐	弋	以入開職曾三	與職
4618	洔**	匣入開職曾三	戶式：儉	群開重3	巨險	育	以入合屋通三	余六
4737	毰**	並入開職曾三	符逼：范	奉合3	防鍐	菊	見入合屋通三	居六
1329	恦*	影入合屋通三	乙六：隱	影開3	於謹	力	來入開職曾三	林直
1381	撄*	生入合屋通三	所六：寵	徹合3	丑隴	力	來入開職曾三	林直
1426	蘠	非入合屋通三	方六：范	奉合3	防鍐	弋	以入開職曾三	與職
1396	謖	生入合屋通三	所六：哂	書開3	式忍	力	來入開職曾三	林直
1446	唷	云入合屋通三	于六：羽	云合3	王矩	臧	曉入合職曾三	況逼

屋三與職的相注出現於唇音並、非、奉母，齒音生母和喉音匣、影、云母。

屋三、德相注 4

676	牧	明入合屋通三	莫六：莫	明開1	慕各	克	溪入開德曾一	苦得
1293	牧	明入合屋通三	莫六：莫	明開1	慕各	克	溪入開德曾一	苦得
675	坶*	明入合屋通三	莫六：莫	明開1	慕各	克	溪入開德曾一	苦得
4726	嘼	明入開德曾一	莫北：面	明開重4	彌箭	菊	見入合屋通三	居六

通曾相混是因爲相關韻類的上古來源相同。上古的職部分化出德、麥、職、屋三等韻，而且德與職都既包括開口又包括合口。《韻史》的注音爲古讀。

小　結

中古通攝入聲一等合併，偶有與三等相注的情況，但比例不高，所以我們認爲一等與三等不混。但一等與三等之間的相注現象，說明入聲各韻的主要元音已經一致了。中古通攝與江、宕、梗、曾攝入聲的相注，我們認爲是反映了古音，沒有將這類相注算在繫部中。所以，與舒聲相對應，通攝入聲在《韻史》中合流成爲繫部，包括三個韻母，[ok]（屋一、沃、部分江）、[iok]（燭、部分江）、[yok]（屋三）。

2）各　部

各部主要來自中古的宕攝藥韻、鐸韻和江攝覺韻。各部諸韻在《韻史》中的注音情況見下表：

表 3-65　宕攝、江攝入聲韻相注統計表

次　數		開			合	
		藥	鐸	覺	藥	鐸
開	藥	104	1	3		
	鐸	1	173	38		
	覺		11	57		
合	藥				18	
	鐸	1		2	1	34

覺韻有部分字與通攝入聲相混，主要是反映了古音，另有一部分覺韻與宕攝入聲相注，這是何萱在反切注音上表現出來的時音特點。雖然他力求展示《說文》等文獻中的古音古義，但在反切注音上不可能做得非常徹底，時音的影響一定會在文中體現出來。從表中看，宕攝入聲保持了開合對立。江攝入聲覺韻與鐸相混 40 次，其中有兩次是開合相注；覺韻與藥韻相注 3 次。

①鐸、覺不分

鐸韻自注 207 次，覺韻自注 57，鐸覺相注 51 次，其中兩次相注同時伴有開合相混。覺鐸相混例比較多，我們擇要列舉如下：

鐸、覺相注 51

2145	骆	匣入開鐸宕一	下各：	海	曉開1	呼改	推	溪入開覺江二	苦角
2147	臛	曉入開鐸宕一	呵各：	海	曉開1	呼改	推	溪入開覺江二	苦角
2170	繶	精入開鐸宕一	則落：	宰	精開1	作亥	推	溪入開覺江二	苦角
5963	蔛	滂入開鐸宕一	匹各：	倍	並開1	薄亥	驚	崇入開覺江二	士角
2910	嚗	幫入開覺江二	北角：	保	幫開1	博抱	鶴	匣入開鐸宕一	下各
7401	朔	生入開覺江二	所角：	刷	生合3	所劣	霍	曉入合鐸宕一	虛郭
2143	箹	影入開覺江二	於角：	挨	影開1	於改	鶴	匣入開鐸宕一	下各
2882	傕	見入開覺江二	古岳：	改	見開1	古亥	鶴	匣入開鐸宕一	下各
2183	曓*	並入開覺江二	弼角：	倍	並開1	薄亥	鶴	匣入開鐸宕一	下各

2901	芍*	初入開覺江二	測角：芭	昌開1	昌紿	鶴	匣入開鐸宕一	下各
2197	懇*	明入開覺江二	墨角：冒	明開1	莫報	鶴	匣入開鐸宕一	下各
2916	礴*	滂入開覺江二	匹角：倍	並開1	薄亥	鶴	匣入開鐸宕一	下各
2137	淮*	溪入開覺江二	克角：口	溪開1	苦后	鶴	匣入開鐸宕一	下各
2907	錐*	疑入開覺江二	逆角：眼	疑開2	五限	鶴	匣入開鐸宕一	下各
7389	韄g*	影入開覺江二	乙角：腕	影合1	烏貫	郭	見入合鐸宕一	古博

　　鐸、覺相混時的聲母條件爲重唇音幫、滂、並、明，齒音精、初，牙音見、溪、疑和喉音影、曉、匣諸母。

　　江宕兩攝的舒聲相注1次，不足以體現江宕合流的趨勢。而入聲的變化則比舒聲明顯，江宕相注多次，體現出了從中古到近代江攝混入宕攝的音變。

　　②一二等與三等相注

　　開口呼中，藥自注104次，鐸自注173次，藥與鐸相注4次，可見藥鐸兩韻依然獨立存在。合口的情形與開口類似。藥鐸相混的例證如下：

　　藥、鐸相注4

7402	獡	書入開藥宕三	書藥：刷	生合3	所劣	霍	曉入合鐸宕一	虛郭
7157	略	來入開藥宕三	離灼：朗	來開1	盧黨	各	見入開鐸宕一	古落
7352	穛	從入開鐸宕一	在各：淺	清開3	七演	略	來入開藥宕三	離灼
7385	蔓*	影入合藥宕三	鬱縛：腕	影合1	烏貫	郭	見入合鐸宕一	古博

　　略字《集韻》有鐸韻一讀，何氏反切注音與《集韻》相同。藥鐸的相注發生在影母、書母、來母和從母中。一三等的相注說明藥鐸的主要元音是一致的。

覺、藥相注3

2973	均*	匣入開覺江二	轄覺：掌	章開3	諸兩	約	影入開藥宕三	於略
2970	黐*	匣入開覺江二	轄覺：掌	章開3	諸兩	約	影入開藥宕三	於略
2971	黔*	匣入開覺江二	轄覺：掌	章開3	諸兩	約	影入開藥宕三	於略

　　此三字的聲母與何氏注音也不匹配。這三字的反切注音是何氏心目中的古音，他從諧聲偏旁勺取聲。勺爲章母藥韻字，與《韻史》注音正合。

　小　結

　　綜上，中古的宕攝與江攝合流爲《韻史》的各部，包含下列韻母：[ɑk]

（鐸韻開口、部分覺），[uak]（鐸韻合口、部分覺），[iak]（藥韻開口），[yak]（藥韻合口）。

3）隔　部

隔部主要來自中古的梗攝入聲和曾攝入聲。由於梗攝入聲所轄韻包括了純四等、重紐韻、重韻、開合口等複雜的情況，我們先分析梗攝入聲內部諸韻的分合情況。具體情況見下表：

表 3-66　梗攝入聲韻相注統計表

次　數		開					合		
		陌二	麥	陌三	昔	錫	麥	昔	錫
開	麥	2	72		1		11		
	昔	1	2	2	9	79			1
	錫		1		37	71			
合	麥	1	4				1		
	昔				1			2	9
	錫				1			11	1

梗攝內部的開合口字分布不均，開口字明顯多於合口字，並且麥韻存在開合相注的情況。

麥韻開合相注 15

1313	摑	曉入開麥梗二	呼麥：戶	匣合1	侯古	馘	見入合麥梗二	古獲
1314	聝	曉入開麥梗二	呼麥：戶	匣合1	侯古	馘	見入合麥梗二	古獲
1311	虢*	曉入開麥梗二	忽麥：戶	匣合1	侯古	馘	見入合麥梗二	古獲
24697	鸄*	明入開麥梗二	莫獲：慢	明開2	謨晏	劃	匣入合麥梗二	胡麥

以上四條注音出現的條件為曉母和明母，在這兩個聲母後的開合口何萱分辨不清。

24120	畫	匣入合麥梗二	胡麥：戶	匣合1	侯古	眽	明入開麥梗二	莫獲
24121	劃	匣入合麥梗二	胡麥：戶	匣合1	侯古	眽	明入開麥梗二	莫獲
24122	嫿	匣入合麥梗二	胡麥：戶	匣合1	侯古	眽	明入開麥梗二	莫獲
24124	謋	見入合麥梗二	古獲：戶	匣合1	侯古	眽	明入開麥梗二	莫獲

24688	嚄	匣入合麥梗二	胡麥：戶	匣合1	侯古	眽	明入開麥梗二	莫獲
24686	矆	曉入合麥梗二	呼麥：戶	匣合1	侯古	眽	明入開麥梗二	莫獲
24687	臛	曉入合麥梗二	呼麥：戶	匣合1	侯古	眽	明入開麥梗二	莫獲
24689	懂	曉入合麥梗二	呼麥：戶	匣合1	侯古	眽	明入開麥梗二	莫獲
24690	謋	曉入合麥梗二	呼麥：戶	匣合1	侯古	眽	明入開麥梗二	莫獲
24691	揢	曉入合麥梗二	呼麥：戶	匣合1	侯古	眽	明入開麥梗二	莫獲
24692	熓	曉入合麥梗二	呼麥：戶	匣合1	侯古	眽	明入開麥梗二	莫獲

以上 11 條開合相注問題出在切下字上。切下字眽爲明母字，在《韻史》中被看成了合口呼字。

其他開合相注還涉及到韻母合併的問題，詳後。整體上來看，梗攝入聲基本上是開合分立的。

①陌三、昔、錫不分

三四等韻的合流主要包括重紐三四等的合流，四等錫韻與其他三等韻的合流。

舒聲中的庚三、清我們看作一對重紐韻，相應的入聲陌三、昔也是一對重紐韻。陌三韻字在《韻史》中只出現了 2 次，與昔韻相注，其重紐特征已經失去。

陌三、昔相注 2

| 24135 | 屐 | 群入開陌梗三 | 奇逆：儉 | 群開重3 | 巨險 | 益 | 影入開昔梗三 | 伊昔 |
| 24699 | 隒** | 群入開陌梗三 | 奇逆：儉 | 群開重3 | 巨險 | 益 | 影入開昔梗三 | 伊昔 |

開口呼中，昔韻自注 9 次，錫韻自注 72 次，昔錫相注 116 次，遠遠超過兩韻各自自注的條數。合口呼也呈現同樣的特點，昔錫自注數分別爲 2 次和 1 次，而相注數爲 20 次，另有 2 次開合相混例，說明昔錫已經混同了。

昔、錫相注 138 次，擇要舉例如下：

24208	脊	精入開昔梗三	資昔：甑	精開3	子孕	錫	心入開錫梗四	先擊
24136	益	影入開昔梗三	伊昔：隱	影開3	於謹	錫	心入開錫梗四	先擊
24149	嫡	端入開錫梗四	都歷：典	端開4	多殄	益	影入開昔梗三	伊昔
24269	役	以入合昔梗三	營隻：永	云合3	于憬	鶪	見入合錫梗四	古闃

24764	鏰	幫入開昔梗三	必益：丙	幫開3	兵永	錫	心入開錫梗四	先擊
24755	堉	從入開昔梗三	秦昔：淺	清開3	七演	錫	心入開錫梗四	先擊
24244	擗	滂入開昔梗三	芳辟：丙	幫開3	兵永	錫	心入開錫梗四	先擊
24212	越	清入開昔梗三	七迹：甑	精開3	子孕	錫	心入開錫梗四	先擊
24704	肩	以入開昔梗三	羊益：隱	影開3	於謹	錫	心入開錫梗四	先擊
24721	狄	定入開錫梗四	徒歷：眺	透開4	他弔	益	影入開昔梗三	伊昔
24132	薂	見入開錫梗四	古歷：竟	見開3	居慶	益	影入開昔梗三	伊昔
24175	秢	來入開錫梗四	郎擊：亮	來開3	力讓	益	影入開昔梗三	伊昔
24128	觳	溪入開錫梗四	苦擊：竟	見開3	居慶	益	影入開昔梗三	伊昔
24147	覡	匣入開錫梗四	胡狄：向	曉開3	許亮	益	影入開昔梗三	伊昔
24144	閱	曉入開錫梗四	許激：向	曉開3	許亮	益	影入開昔梗三	伊昔
24763	蜥	心入開錫梗四	先擊：想	心開3	息兩	益	影入開昔梗三	伊昔
24792	䦏	見入合錫梗四	古闃：舉	見合3	居許	役	以入合昔梗三	營隻
24793	闃	溪入合錫梗四	苦鵙：郡	群合3	渠運	役	以入合昔梗三	營隻
24711	詄	曉入合錫梗四	呼昊：向	曉開3	許亮	益	影入開昔梗三	伊昔
24724	䠱**	透入開錫梗四	他歷：眺	透開4	他弔	益	影入開昔梗三	伊昔
24246	闢	並入開昔梗三	房益：品	滂開重3	丕飲	錫	心入開錫梗四	先擊
24245	擗	章入開昔梗三	之石：品	滂開重3	丕飲	錫	心入開錫梗四	先擊
24808	綼	幫入開錫梗四	北激：褊	幫開重4	方緬	役	以入合昔梗三	營隻

擗字的聲母與何氏音注也不相同，但《集韻》中已有滂母錫韻一讀，此條注音與《集韻》音相同。開口呼中昔、錫相混的聲母條件是幫滂並，精清從心，端透定，見溪影曉匣以諸母，合口呼字比較少，只涉及見、溪和以母。最後三條是開合相注，詄字《集韻》有開口讀音，綼爲唇音字不分開合。

綜上，三四等韻陌三、昔和錫在《韻史》中已經混而不分了。

②陌二、麥不分

陌二與麥韻是梗攝中的二等韻，開口呼中陌二韻字很少，只有4例，其中3例與麥相混，再結合舒聲中陌二與麥合流的情況，我們認爲入聲中的陌二與麥也合流了。

陌二、麥相注 3

24076	礐	溪入開陌梗二	苦格：	口	溪開1	苦后	策	初入開麥梗二	楚革
24650	�126*	娘入開陌梗二	昵格：	曩	泥開1	奴朗	策	初入開麥梗二	楚革
24696	袛**	明入開陌梗二	莫伯：	慢	明開2	謨晏	劃	匣入合麥梗二	胡麥

袛字聲母爲脣音明母，開合相混。合口呼中不存在陌二與麥相注的情況，主要是因爲用例太少。參照開口呼和舒聲韻的情況，我們認爲合口呼中陌二與麥也同樣合流了。

③二等與三四等相注

麥、昔相注 3

24112	洓	清入開昔梗三	七迹：	稍	生開2	所教	隔	見入開麥梗二	古核
24187	摘	知入開麥梗二	陟革：	軫	章開3	章忍	益	影入開昔梗三	伊昔
24133	矺*	溪入開麥梗二	克革：	竟	見開3	居慶	益	影入開昔梗三	伊昔

洓字的《廣韻》音在聲母方面也與何氏注音有別，《集韻》中有生母麥韻一讀，釋義也與《韻史》一致。

麥、錫相注 1

24780	簑g*	明入開麥梗二	莫獲：	面	明開重4	彌箭	錫	心入開錫梗四	先擊

陌二、昔相注 1

24708	幘	曉入開陌梗二	呼格：	向	曉開3	許亮	益	影入開昔梗三	伊昔

幘字《集韻》另有曉母錫韻一讀。錫與昔在《韻史》中合流了，所以《韻史》反切同《集韻》一致。

二等與三等、四等間的相注，說明梗攝入聲的主要元音是相同的，但由於數量比較少，我們認爲二等與三四等之間還是有洪細之別的。

④梗攝入聲與曾攝入聲的合流

從十六攝入聲相注情況來看，中古的梗攝、曾攝和宕攝之間的聯繫非常緊密。梗曾兩攝舒聲合流，入聲也是如此。曾攝入聲自注 263 次，與梗相注 32 次，本攝、他攝相注比率爲 12%。兩攝相關韻系的相注情況見下表：

表 3-67　梗攝、曾攝入聲韻相注統計表

次　數		開					合		
		麥	陌二	昔	德	職	麥	德	職
開	麥					1			
	昔					2			
	錫					1			
	德	7	1		68				
	職			3		176			
合	麥				1			4	2
	德						10	1	
	職								18

　　中古曾攝入聲德韻和職韻不混，也存在著開合對立。在和梗攝相注上，德韻與職韻也存在分組的趨勢。一等德韻多與梗攝二等相混，三等職韻多與梗攝三四等相混。

　　德、麥相注 22 次，其中開口呼相注 7 次，合口呼相注 14 次，開合相注 1 次。

德、麥相注 22

624	革	見入開麥梗二	古核：艮	見開1	古恨	德	端入開德曾一	多則

625	諽	見入開麥梗二	古核：艮	見開1	古恨	德	端入開德曾一	多則
627	翺	見入開麥梗二	古核：艮	見開1	古恨	德	端入開德曾一	多則
1284	緙	溪入開麥梗二	楷革：傲	疑開1	五到	克	溪入開德曾一	苦得
674	麥	明入開麥梗二	莫獲：莫	明開1	慕各	克	溪入開德曾一	苦得
655	𢛁*	知入開麥梗二	陟革：諍	莊開2	側迸	克	溪入開德曾一	苦得
1256	𩊚**	見入開麥梗二	古核：艮	見開1	古恨	德	端入開德曾一	多則

　　開口呼中德麥相注的聲母條件為見母、溪母、明母和知母。

685	或	匣入合德曾一	胡國：戶	匣合1	侯古	馘	見入合麥梗二	古獲
688	惑	匣入合德曾一	胡國：戶	匣合1	侯古	馘	見入合麥梗二	古獲
683	蟈	見入合麥梗二	古獲：古	見合1	公戶	惑	匣入合德曾一	胡國

677	馘	見入合麥梗二	古獲：古	見合1	公戶	惑	匣入合德曾一	胡國
1295	憌	見入合麥梗二	古獲：古	見合1	公戶	惑	匣入合德曾一	胡國
1296	聝	見入合麥梗二	古獲：古	見合1	公戶	惑	匣入合德曾一	胡國
1297	膕	見入合麥梗二	古獲：古	見合1	公戶	惑	匣入合德曾一	胡國
1298	摑	見入合麥梗二	古獲：古	見合1	公戶	惑	匣入合德曾一	胡國
1299	漍	見入合麥梗二	古獲：古	見合1	公戶	惑	匣入合德曾一	胡國
1300	蟈	見入合麥梗二	古獲：古	見合1	公戶	惑	匣入合德曾一	胡國
1301	虢	見入合麥梗二	古獲：古	見合1	公戶	惑	匣入合德曾一	胡國
1302	颲	見入合麥梗二	古獲：古	見合1	公戶	惑	匣入合德曾一	胡國
1309	謉	曉入合德曾一	呼或：戶	匣合1	侯古	馘	見入合麥梗二	古獲
1310	鄇	曉入合德曾一	呼或：戶	匣合1	侯古	馘	見入合麥梗二	古獲

合口呼中德麥相注時的聲母爲見、曉、匣母。

| 1316 | 鷅 | 透入開德曾一 | 他德：杜 | 定合1 | 徒古 | 馘 | 見入合麥梗二 | 古獲 |

鷅字大概在何氏語音中已帶有合口色彩。

德、陌二相注 1

| 1261 | 燨* | 曉入開陌梗二 | 郝格：漢 | 曉開1 | 呼旰 | 則 | 精入開德曾一 | 子德 |

職、昔相注 5

765	奭	書入開昔梗三	施隻：哂	書開3	式忍	力	來入開職曾三	林直
1399	襫	書入開昔梗三	施隻：哂	書開3	式忍	力	來入開職曾三	林直
24203	湜	禪入開職曾三	常職：始	書開3	詩止	益	影入開昔梗三	伊昔
24204	寔	禪入開職曾三	常職：始	書開3	詩止	益	影入開昔梗三	伊昔
1380	趞**	徹入開昔梗三	丑亦：寵	徹合3	丑隴	力	來入開職曾三	林直

職、錫相注 1

| 3006 | 歠 | 徹入開職曾三 | 恥力：仲 | 澄合3 | 直衆 | 激 | 匣入開錫梗四 | 胡狄 |

職昔、錫相注時的聲母爲徹、書、禪母。

職、麥相注 3

| 691 | 欻 | 曉入合職曾三 | 況逼：戶 | 匣合1 | 侯古 | 馘 | 見入合麥梗二 | 古獲 |
| 1307 | 惐* | 云入合職曾三 | 越逼：甕 | 影合1 | 烏貢 | 馘 | 見入合麥梗二 | 古獲 |

24675 遲** 禪入開職曾三　　時職：稍　生開2　所教　隔　見入開麥梗二　古核

歊字《集韻》有曉母麥韻一讀。

綜上，與舒聲相應，我們也將曾攝入聲併入梗攝，德韻與梗攝二等合併，職韻與梗攝三四等合併。

⑤江攝與梗、曾攝相注

江攝與梗曾攝相注共計 4 次，例證如下：

2158 靃 匣入開麥梗二　　下革：海　曉開1　呼改　搉　溪入開覺江二　苦角

1425 簹 並入開覺江二　　蒲角：范　奉合3　防鋑　弋　以入開職曾三　與職

2925 㮯* 娘入開陌梗二　　昵格：煖　泥合1　乃管　濁　澄入開覺江二　直角

24776 覗 滂入開覺江二　　匹角：品　滂開重3　丕飲　錫　心入開錫梗四　先擊

以上幾例從諧聲偏旁取聲。靃、㮯的聲符敫、弱爲藥韻字，藥覺同一來源；覗、簹的聲符覓、畐分別爲錫韻字和職韻字，與何氏注音相合。此處的相注也是何氏認爲的古讀。

③宕攝與梗、曾攝相注

中古宕攝入聲與江攝部分覺韻字共同形成《韻史》的各部，中古梗曾兩攝入聲合流形成《韻史》中的隔部，但同時宕攝與梗攝、曾攝也存著相注，尤其是與梗攝之間注音多達 200 次，占到了宕、梗兩攝自注的一半以上，數量之大不容忽視。宕攝與梗、曾兩攝的相注情況見下表：

表 3-68　梗攝、曾攝、宕攝入聲韻相注統計表

次　數		開							合		
		陌二	陌三	麥	昔	錫	職	藥	鐸	陌二	麥	昔
開	錫							2	1			
	藥	1	18	4	47	2	2			1		1
	鐸	80	1	3	28	1						1
合	鐸									8	1	

從表中可以看出，宕攝與曾攝有兩次相注，其餘都是與梗攝相混。這種現象與舒聲是一致的。

藥、職相注 2

7320 覷* 曉入開職曾三　　迄力：向　曉開3　許亮　略　來入開藥宕三　離灼

| 7366 | 皕 | 幫入開職曾三 | 彼側：丙 | 幫開 3 | 兵永 | 略 | 來入開藥宕三 | 離灼 |

曾攝的覤、皕兩字比較特殊，這兩個字都不見於何氏的音讀表，只出現在正文中。

宕攝與梗攝的相注牽涉到這兩攝中的所有韻類。整體上看，鐸與陌二、昔，藥與陌三、昔的相注最多。《韻史》將中古梗攝中的陌二與麥合流，昔與錫合流。藥韻基本上與三四等相注，鐸韻部分與昔相注，部分與梗攝二等相注。

鐸、陌二相注 88 次，擇要舉例如下：

8186	謉	見入合陌梗二	古伯：廣	見合 1	古晃	霍	曉入合鐸宕一	虛郭
8199	嚄	匣入合陌梗二	胡伯：腕	影合 1	烏貫	霍	曉入合鐸宕一	虛郭
8209	謋	曉入合陌梗二	虎伯：會	匣合 1	黃外	郭	見入合鐸宕一	古博
7388	擭	影入合陌梗二	一虢：腕	影合 1	烏貫	郭	見入合鐸宕一	古博

以上幾例陌韻字聲母爲喉牙音而與一等鐸韻相混，說明這些字所注爲古音。

7251	白	並入開陌梗二	傍陌：抱	並開 1	薄浩	各	見入開鐸宕一	古落
7253	怕	滂入開陌梗二	普伯：抱	並開 1	薄浩	各	見入開鐸宕一	古落
7112	客	溪入開陌梗二	苦格：口	溪開 1	苦后	各	見入開鐸宕一	古落
8041	蚱	莊入開陌梗二	側伯：諍	莊開 2	側迸	各	見入開鐸宕一	古落

8110	笘	幫入開陌梗二	博陌：保	幫開 1	博抱	各	見入開鐸宕一	古落
8058	軠	徹入開陌梗二	丑格：莇	昌開 1	昌紿	各	見入開鐸宕一	古落
8023	襗	澄入開陌梗二	場伯：代	定開 1	徒耐	各	見入開鐸宕一	古落
8054	泎	崇入開陌梗二	鋤陌：莇	昌開 1	昌紿	各	見入開鐸宕一	古落
7212	簎	初入開陌梗二	測戟：采	清開 1	倉宰	各	見入開鐸宕一	古落
8138	蛨	明入開陌梗二	莫白：冒	明開 1	莫報	各	見入開鐸宕一	古落
8068	糵	生入開陌梗二	山戟：稍	生開 2	所教	各	見入開鐸宕一	古落
8004	格	匣入開陌梗二	胡格：海	曉開 1	呼改	各	見入開鐸宕一	古落
8005	嚇	曉入開陌梗二	呼格：海	曉開 1	呼改	各	見入開鐸宕一	古落
7215	詻	疑入開陌梗二	五陌：我	疑開 1	五可	各	見入開鐸宕一	古落
8044	虴	知入開陌梗二	陟格：諍	莊開 2	側迸	各	見入開鐸宕一	古落

7107　輅*　見入開陌梗二　　各額：艮　見開1　古恨　落　來入開鐸宕一　　盧各

陌鐸相混時的聲母為重唇音，舌音知徹澄，齒音莊初生，牙音見溪，喉音匣曉疑，範圍很廣。

鐸、麥相注 5

7400　獲　匣入合麥梗二　　胡麥：會　匣合1　黃外　郭　見入合鐸宕一　　古博

8008　烀　曉入合麥梗二　　呼麥：海　曉開1　呼改　各　見入開鐸宕一　　古落

7211　嫧　初入開麥梗二　　楚革：采　清開1　倉宰　各　見入開鐸宕一　　古落

8046　尼　知入開麥梗二　　陟革：諍　莊開2　側迸　各　見入開鐸宕一　　古落

8069　溹　生入開麥梗二　　山責：稍　生開2　所教　各　見入開鐸宕一　　古落

獲字何氏音切與《集韻》相同。麥鐸相混發生在聲母為知、初、生、曉、匣時。

鐸、陌三相注 1

7235　檘*　並入開陌梗三　　弼碧：保　幫開1　博抱　各　見入開鐸宕一　　古落

鐸、昔相注 28 次，擇要舉例如下：

8070　鉐　禪入開昔梗三　　常隻：稍　生開2　所教　各　見入開鐸宕一　　古落

8066　卤　昌入開昔梗三　　昌石：茝　昌開1　昌給　各　見入開鐸宕一　　古落

8064　頟　徹入開昔梗三　　丑亦：茝　昌開1　昌給　各　見入開鐸宕一　　古落

7188　釋　書入開昔梗三　　施隻：稍　生開2　所教　各　見入開鐸宕一　　古落

8051　袥　章入開昔梗三　　之石：諍　莊開2　側迸　各　見入開鐸宕一　　古落

昔、鐸相注的聲母條件為舌齒音徹、章、昌、書和禪母。

鐸、錫相注 2

2330　槖*　透入開鐸宕一　　闥各：汧　並開重3　皮變　激　匣入開錫梗四　　胡狄

2165　櫟　來入開錫梗四　　郎擊：朗　來開1　盧黨　鶴　匣入開鐸宕一　　下各

《韻史》中麥和陌二、昔和陌三已經混而不分了，何氏將中古的梗攝麥、陌二、昔、陌三韻字同注為鐸韻字，體現了《韻史》的存古性。上古鐸部到中古分化出藥、鐸、陌二、陌三、昔等韻，上古藥部到中古分化出藥、鐸、沃、錫、覺等韻，陌二、陌三、昔、錫韻與鐸韻有相同的上古來源。藥韻與梗攝三四等相注也是反映古音的表現。

藥韻與梗攝三四等相注共計 70 次，與陌三、昔和錫都有交集。

藥、陌三相注 18 次，擇要舉例如下：

7368	檘	並入開陌梗三	弼戟：避	並開重4	毗義	略	來入開藥宕三	離灼
7284	虼	見入開陌梗三	几劇：几	見開重3	居履	略	來入開藥宕三	離灼
7295	惗	群入開陌梗三	奇逆：舊	群開3	巨救	略	來入開藥宕三	離灼
7293	卻	溪入開陌梗三	綺戟：舊	群開3	巨救	略	來入開藥宕三	離灼
8178	咢	疑入開陌梗三	宜戟：我	疑開1	五可	略	來入開藥宕三	離灼

惗卻的何氏音切與《集韻》相同。陌三與藥相混時的聲母爲並母和牙音聲母。

藥、昔相注 48 次，擇要舉例如下：

7334	射	船入開昔梗三	食亦：倡	昌開3	尺良	略	來入開藥宕三	離灼
7343	借	精入開昔梗三	資昔：甀	精開3	子孕	略	來入開藥宕三	離灼
7359	夕	邪入開昔梗三	祥易：小	心開3	私兆	略	來入開藥宕三	離灼
7303	亦	以入開昔梗三	羊益：隱	影開3	於謹	略	來入開藥宕三	離灼
7335	彳	徹入開昔梗三	丑亦：倡	昌開3	尺良	略	來入開藥宕三	離灼
7348	耤	從入開昔梗三	秦昔：淺	清開3	七演	略	來入開藥宕三	離灼
8183	惜	心入開昔梗三	思積：小	心開3	私兆	略	來入開藥宕三	離灼

昔、藥相注的聲母條件爲徹、精、從、心、邪、船、以諸母。

藥、錫相注 4

2240	趯	透入開錫梗四	他歷：隱	影開3	於謹	譴	曉入開藥宕三	虛約
8161	蟚	來入開錫梗四	郎擊：利	來開3	力至	若	日入開藥宕三	而灼
2297	斁	以入開藥宕三	以灼：羽	云合3	王矩	激	匣入開錫梗四	胡狄
2315	彴	禪入開藥宕三	市若：統	透合1	他綜	激	匣入開錫梗四	胡狄

趯彴二字與何氏音切還有聲母上的差別。《集韻》中趯另有以母藥韻一讀，彴另有定母錫韻一讀。《韻史》中以影合流了，濁音定母也已經清化爲透母，可見何氏注音與《集韻》相同。錫、藥相混時的聲母條件爲透、來、以、禪諸母。

藥與昔、錫的相注也是因爲它們有相同的上古來源。上古藥部到中古分化出藥、鐸、沃、錫、覺等韻，《韻史》中的昔與錫已混同，藥與昔、錫相混體現出《韻史》的存古色彩。這部分梗宕相混的字，我們也不做語音演變看待。

小　結

梗攝入聲在《韻史》中發生了如下變化：重紐韻陌三與昔之間無別，四等韻與三等韻合流；二等重韻合流。曾攝與梗攝相混，一等德韻按開合口的不同與梗攝洪音合併，三等職韻按開合口的不同與梗攝細音合併。江攝、宕攝與梗曾攝的相注，這些都是存古。所以，與舒聲相應，梗曾二攝在《韻史》中合流爲主要元音相同，存在開合對立的隔部，包含四個韻母：開口一二等[ək]（麥陌二德開口），[uˀk]（麥陌二德合口），[iˀk]（陌三昔錫職開口），[yˀk]（陌三昔錫職合口）

4）吉　部

吉部主要來自中古臻攝入聲，包括質、術、櫛、物、迄、沒六韻。這幾韻在《韻史》中的注音情況見下表：

表 3-69　臻攝入聲韻相注統計表

次　數		開					合				
		質	質B	質A	櫛	迄	術	術B	術A	物	沒
開	質	6		26	5						
	質B					10					
	質A	56	13	32	1	1					
	櫛	38			3						
	迄	3	7	1		6				1	
合	術			1			8		6		
	術B										
	術A	1					76	3	2	2	
	物									63	1
	沒						1			3	134

從表中來看，臻攝入聲也保持了開合分立。

①質、櫛、術、物、迄不分

三等韻的合流包括重紐韻 AB 類的合流和臻攝內部重紐韻與其他三等韻之

間的合流。

　　臻攝入聲中的重紐韻爲質和術，它們各自已經失去了 A、B 兩類的區別。

質 A、質 B 的相注 13

15434	乙	影入開質臻重三	於筆：漾	以開3	餘亮	吉	見入開質臻重四	居質
15531	密	明入開質臻重三	美筆：美	明開重3	無鄙	吉	見入開質臻重四	居質
15498	柲	幫入開質臻重三	鄙密：丙	幫開3	兵永	吉	見入開質臻重四	居質
15456	肸	曉入開質臻重三	羲乙：向	曉開3	許亮	吉	見入開質臻重四	居質
16115	耴	疑入開質臻重三	魚乙：仰	疑開3	魚兩	吉	見入開質臻重四	居質
16116	朄	疑入開質臻重三	魚乙：仰	疑開3	魚兩	吉	見入開質臻重四	居質
16064	懿	影入開質臻重三	於筆：漾	以開3	餘亮	吉	見入開質臻重四	居質
16071	肹**	曉入開質臻重三	許乙：向	曉開3	許亮	吉	見入開質臻重四	居質
15532	蔤	明入開質臻重三	美筆：美	明開重3	無鄙	吉	見入開質臻重四	居質
16133	眤	明入開質臻重三	美筆：美	明開重3	無鄙	吉	見入開質臻重四	居質
16134	滵	明入開質臻重三	美筆：美	明開重3	無鄙	吉	見入開質臻重四	居質
16135	鷭	明入開質臻重三	美筆：美	明開重3	無鄙	吉	見入開質臻重四	居質
16136	蜜*	明入開質臻重三	莫筆：美	明開重3	無鄙	吉	見入開質臻重四	居質

　　質 A、質的舌齒音相注 82 次，擇要舉例如下：

15424	吉	見入開質臻重四	居質：几	見開重3	居履	逸	以入開質臻三	夷質
15484	疾	從入開質臻三	秦悉：此	清開3	雌氏	吉	見入開質臻重四	居質
15488	悉	心入開質臻三	息七：小	心開3	私兆	吉	見入開質臻重四	居質
15515	鉍	並入開質臻重四	毗必：避	並開重4	毗義	逸	以入開質臻三	夷質
16128	肶	滂入開質臻重四	譬吉：避	並開重4	毗義	逸	以入開質臻三	夷質
16060	駃	溪入開質臻重四	去吉：几	見開重3	居履	逸	以入開質臻三	夷質
16065	嫕*	影入開質臻重四	益悉：几	見開重3	居履	逸	以入開質臻三	夷質
15425	佶	群入開質臻重四	巨乙：舊	群開3	巨救	逸	以入開質臻三	夷質
15472	叱	昌入開質臻三	昌栗：寵	徹合3	丑隴	吉	見入開質臻重四	居質
15467	扶	徹入開質臻三	丑栗：寵	徹合3	丑隴	吉	見入開質臻重四	居質

16106	諑	初入開質臻三	初栗：	此	清開3	雌氏	吉	見入開質臻重四	居質
16096	泚	精入開質臻三	資悉：	寵	徹合3	丑隴	吉	見入開質臻重四	居質
16086	篥	來入開質臻三	力質：	亮	來開3	力讓	吉	見入開質臻重四	居質
15460	貀	娘入開質臻三	尼質：	紐	娘開3	女久	吉	見入開質臻重四	居質
16108	薐	清入開質臻三	親吉：	此	清開3	雌氏	吉	見入開質臻重四	居質
15451	駚	以入開質臻三	夷質：	漾	以開3	餘亮	吉	見入開質臻重四	居質

質 A 與質的來、徹、娘、精、清、從、心、昌、初、以等聲母之間都出現了相注。

質 B 沒有與質的舌齒音相混的例子，但從質韻 A、B 類之間，質 A 與質的舌齒音的相注可以看出，質已不區分重紐了。

櫛韻自注 3 次，與質相注 44 次，說明質與櫛的主元音相同，二者合流了。

質、櫛相注 44 次，擇要列舉如下：

15351	日	日入開質臻三	人質：	若	日開3	而灼	瑟	生入開櫛臻三	所櫛
15331	窒	知入開質臻三	陟栗：	酌	章開3	之若	瑟	生入開櫛臻三	所櫛
15350	實	船入開質臻三	神質：	苣	昌開1	昌給	瑟	生入開櫛臻三	所櫛
15964	飋	生入開櫛臻三	所櫛：	稍	生開2	所教	質	章入開質臻三	之日
15959	鉄	澄入開質臻三	直一：	苣	昌開1	昌給	瑟	生入開櫛臻三	所櫛
15956	晊*	章入開質臻三	職日：	酌	章開3	之若	瑟	生入開櫛臻三	所櫛
16099	齜	莊入開櫛臻三	阻瑟：	寵	徹合3	丑隴	吉	見入開質臻重四	居質

質櫛相混時的聲母為知母、澄母、章母、船母、莊母、生母和日母。

質、迄相注 22

21234	尼 g*	娘入開質臻三	尼質：	念	泥開4	奴店	迄	曉入開迄臻三	許訖
21226	訖	見入開迄臻三	居乞：	竟	見開3	居慶	弼	並入開質臻重三	房密
22911	迄	曉入開迄臻三	許訖：	向	曉開3	許亮	弼	並入開質臻重三	房密
21229	乞	溪入開迄臻三	去訖：	儉	群開重3	巨險	弼	並入開質臻重三	房密
21228	气 g*	溪入開迄臻三	欺訖：	儉	群開重3	巨險	弼	並入開質臻重三	房密

21237	鵄	澄入開質臻三	直一：寵	徹合3	丑隴	汔	曉入開迄臻三	許訖
21236	颲	來入開質臻三	力質：亮	來開3	力讓	汔	曉入開迄臻三	許訖
21227	吃	見入開迄臻三	居乞：竟	見開3	居慶	弼	並入開質臻重三	房密
22909	鮣	見入開迄臻三	居乞：竟	見開3	居慶	弼	並入開質臻重三	房密
21230	汔	曉入開迄臻三	許訖：向	曉開3	許亮	弼	並入開質臻重三	房密
21231	釳	曉入開迄臻三	許訖：向	曉開3	許亮	弼	並入開質臻重三	房密
22912	誆	曉入開迄臻三	許訖：向	曉開3	許亮	弼	並入開質臻重三	房密
15455	肳*	曉入開迄臻三	許訖：向	曉開3	許亮	吉	見入開質臻重四	居質
21245	筆	幫入開質臻重三	鄙密：丙	幫開3	兵永	汔	曉入開迄臻三	許訖
22915	蹕	幫入開質臻重三	鄙密：丙	幫開3	兵永	汔	曉入開迄臻三	許訖
22916	潷	幫入開質臻重三	鄙密：丙	幫開3	兵永	汔	曉入開迄臻三	許訖
22917	瑹	幫入開質臻重三	鄙密：丙	幫開3	兵永	汔	曉入開迄臻三	許訖
21243	虩*	疑入開質臻重三	魚乙：仰	疑開3	魚兩	汔	曉入開迄臻三	許訖
21248	弼	並入開質臻重三	房密：品	滂開重3	丕飲	汔	曉入開迄臻三	許訖
21249	舝*	並入開質臻重三	薄宓：品	滂開重3	丕飲	汔	曉入開迄臻三	許訖
21247	邲*	並入開質臻重四	薄必：品	滂開重3	丕飲	汔	曉入開迄臻三	許訖
22910	齸	群入開迄臻三	其迄：儉	群開重3	巨險	弼	並入開質臻重三	房密

迄韻同時與質A、質B和質的舌齒音相混，再一次說明質已失重紐區別。

合口呼的術韻與質韻一樣，術A與術B的相注、術A與術的舌齒音的相注說明術韻重紐之間已無區別。稍有不同的是物韻，物韻自注63次，與術韻相注2次，他韻注與自注的比率為3.2%，雖然不足10%，但結合開口呼的情況，以及臻攝舒聲的情況，物韻也應當與術等其他三等韻合併。我們也不把物韻獨立。

質術、物迄之間還有3條開合相注

21532	齜	崇入開質臻三	仕叱：仲	澄合3	直眾	橘	見入合術臻重四	居聿
21246	鬻*	云入合物臻三	王勿：丙	幫開3	兵永	汔	曉入開迄臻三	許訖
16148	疅**	心入開質臻重四	雖一：敘	邪合3	徐呂	鴥	以入合術臻三	餘律

中古質與術為開合對立韻，二者主元音相同，差別在合口介音上。大概在何氏語音中，在崇母和心母條件下，齜疅二字在聽感上與術韻分別不清。鬻字

的聲母與《韻史》注音也有差別。何氏認爲鷺從鷥得聲，並依照鷥的讀音爲鷺加注反切。鷥爲幫母質韻字，《韻史》中質迄合併，如此看來，這一條音注是聲韻均合，不存在音變的。

綜上，臻攝入聲三等各韻已經合流了，這一點與臻攝舒聲三等韻的變化是一致的。

②一等與三等相注

入聲中只出現一等沒韻。戴震的《考定廣韻獨用同用四聲表》中，痕韻的入聲位置沒有字，也沒有說明。《韻鏡》與《七音略》同時以魂韻入聲沒韻配痕韻，所配沒韻中有麧字，《廣韻》麧小韻下有麧、矻、齕、紇、淈五字，下沒切，有人認爲這幾個字爲痕韻入聲附在了沒韻。這五個字在《韻史》中的注音分別爲：麧、齕、紇戶骨切；淈，古忽切；矻，竟器切。除了最後一條陰入相注外，其餘字均在沒韻。沒自注 134 次，與三等韻相注 5 次，他韻注、自注比爲 3.7%，所以沒韻在《韻史》中也是獨立的。

沒、術相注 1

| 21948 | 踤 | 從入合術臻三 | 慈䘏： | 措 | 清合1 | 倉故 | 忽 | 曉入合沒臻一 | 呼骨 |

踤字在《集韻》中有清母沒韻一讀，可以說《韻史》音注反切讀音在《集韻》中已經存在了。

沒、物相注 4

21907	顝	云入合物臻三	王勿：	甕	影合1	烏貢	骨	見入合沒臻一	古忽
21922	欻	曉入合物臻三	許勿：	戶	匣合1	侯古	骨	見入合沒臻一	古忽
21453	莏	見入合沒臻一	古忽：	去	溪合3	丘倨	物	微入合物臻三	文弗
21921	搴*	曉入合物臻三	許勿：	戶	匣合1	侯古	骨	見入合沒臻一	古忽

顝搴欻三字在喉音影響下失去 i 介音，從而與一等韻相混。莏字除韻類之外，聲母也與《廣韻》音有別。《集韻》中有溪母迄韻一讀，迄物中古只有開合的不同，莏字帶有合口色彩。

小 結

中古臻攝入聲在《韻史》中主要發生了如下變化：重紐韻的區別特徵消失且與其他三等韻合流，一等保持獨立，一等韻與三等有相注的情況，說明

臻攝入聲的主要元音相同了。臻攝入聲在《韻史》中合流爲吉部，包含四個韻母：[ət]（痕韻入聲），[uˀt]（部分沒），[iˀt]（質、櫛、迄），[yˀt]（術、物、部分沒）。

5）葛　部

葛部主要來自中古的山攝入聲。山攝入聲包括曷、末、黠、鎋、月、屑、薛七韻，曷末爲開合對立韻，其餘五韻各分開合。山攝入聲在《韻史》中按照洪細的不同有分化爲四類的趨勢，具體變化見下表：

表 3-70　山攝入聲韻相注統計表

次　數		開							合							
		曷	黠	鎋	薛	薛B	薛A	月	屑	末	黠	鎋	薛	薛B	薛A	月	屑
開	曷	96		17	1	1				4							
	黠		68	12						1							
	鎋																
	薛	1		1	61	27	12	12	69								
	薛B																
	薛A																
	月																
	屑				1	1			81								
合	末		2	1						115	22	14	2				
	黠																
	鎋																
	薛												2				11
	薛B																
	薛A																
	月					1					1	1	37	1	4	69	
	屑		1										12		1		31

從上表中可以看出山攝入聲也基本上是開合分立的。開合相注的情況發生在月韻與開合對立韻曷末上：

月韻的開合相注 1

23213　爇*　徹入開月山三　　丑伐：仲　澄合 3　直衆　髪　非入合月山三　　方伐

曷、末相注 4

| 21767 | 沫 | 明入合末山一 | 莫撥：莫 | 明開 1 | 慕各 | 達 | 透入開曷山一 | 他達 |

21768	濊	明入合末山一	莫撥：莫	明開 1	慕各	達	透入開曷山一	他達
23318	侏	明入合末山一	莫拔：莫	明開 1	慕各	達	透入開曷山一	他達
23320	騄*	明入合末山一	莫葛：莫	明開 1	慕各	達	透入開曷山一	他達

曷、末的相注出現在明母，明母是脣音，不分開合。

①屑、薛、月不分

山攝入聲開口呼主要發生了以下變化：重紐三等韻失去重紐特征；四等韻與三等韻合流；一二等韻合流。這與舒聲有所不同，舒聲部分一二等之間的相注很少，我們認爲一二等的主元音還存在差別。但入聲中二等韻與一等韻的相注非常明顯，它們的主要元音應當是相同的。

重紐薛韻沒有 A、B 兩類的相注，但 A 類出現的 12 次全部與薛韻舌齒音相混，薛 B 也與薛的舌齒音有 27 次相注，說明其重紐韻已沒有特別不同。

薛 A、薛的舌齒音相注 12

21262	孑	見入開薛山重四	居列：竟	見開 3	居慶	設	書入開薛山三	識列
21395	瞥	滂入開薛山重四	芳滅：品	滂開重 3	丕飲	列	來入開薛山三	良薛
21391	鱉	幫入開薛山重四	并列：丙	幫開 3	兵永	設	書入開薛山三	識列
22991	憋	幫入開薛山重四	并列：丙	幫開 3	兵永	設	書入開薛山三	識列
21412	滅	明入開薛山重四	亡列：面	明開重 4	彌箭	設	書入開薛山三	識列

21390	鷩	幫入開薛山重四	并列：丙	幫開 3	兵永	設	書入開薛山三	識列
22990	鶭	幫入開薛山重四	并列：丙	幫開 3	兵永	設	書入開薛山三	識列
22992	蟞	幫入開薛山重四	并列：丙	幫開 3	兵永	設	書入開薛山三	識列
22993	龞	幫入開薛山重四	并列：丙	幫開 3	兵永	設	書入開薛山三	識列
22983	嫳	並入開薛山重四	皮列：丙	幫開 3	兵永	設	書入開薛山三	識列
21260	揭	見入開薛山重四	居列：竟	見開 3	居慶	設	書入開薛山三	識列
21413	搣	明入開薛山重四	亡列：面	明開重 4	彌箭	設	書入開薛山三	識列

薛 B 與薛的舌齒音相注 27 次，擇要舉例如下：

21269	竭	群入開薛山重三	渠列：儉	群開重3	巨險	列	來入開薛山三	良薛
22985	箭	幫入開薛山重三	方別：丙	幫開3	兵永	設	書入開薛山三	識列
21297	妛	曉入開薛山重三	許列：向	曉開3	許亮	列	來入開薛山三	良薛
21354	闌	疑入開薛山重三	魚列：仰	疑開3	魚兩	列	來入開薛山三	良薛
22928	墢	溪入開薛山重三	丘竭：儉	群開重3	巨險	列	來入開薛山三	良薛

　　薛 A、薛 B 同時與薛的舌齒音相注，說明薛韻的重紐特徵已經消失了。

　　合口呼中薛韻內部不存在 A、B 兩類以及與舌齒音的互注情況，但我們看到無論薛 A 還是薛 B，或者是薛的舌齒音字，都能與月韻相注，所以可以推測出合口呼中薛的表現與開口呼是一致的，即重紐對立消失。

　　月韻在開口呼中出現 12 次，全部與薛韻相混，說明月薛主元音無別。這與元仙在臻攝中的表現是相一致的。

月、薛相注 12

21250	訐	見入開月山三	居竭：竟	見開3	居慶	設	書入開薛山三	識列
21253	揭	見入開月山三	居竭：竟	見開3	居慶	設	書入開薛山三	識列
21298	歇	曉入開月山三	許竭：向	曉開3	許亮	列	來入開薛山三	良薛
21261	羯	見入開月山三	居竭：竟	見開3	居慶	設	書入開薛山三	識列
21258	趆	見入開月山三	居竭：竟	見開3	居慶	設	書入開薛山三	識列
22920	鍻	見入開月山三	居竭：竟	見開3	居慶	設	書入開薛山三	識列
21299	猲	曉入開月山三	許竭：向	曉開3	許亮	列	來入開薛山三	良薛
22940	歟	曉入開月山三	許竭：向	曉開3	許亮	列	來入開薛山三	良薛
22941	蠍	曉入開月山三	許竭：向	曉開3	許亮	列	來入開薛山三	良薛
21289	謁	影入開月山三	於歇：隱	影開3	於謹	列	來入開薛山三	良薛
21291	暍	影入開月山三	於歇：隱	影開3	於謹	列	來入開薛山三	良薛
21293	厬	影入開月山三	於歇：隱	影開3	於謹	列	來入開薛山三	良薛

　　這 12 次月與薛相注的聲母條件為牙喉音見母、曉母和影母。合口呼中月韻自注 69 次，與薛韻相注 42 次（例證從略），與薛 A、薛 B 和薛都能相注，並且所涉及的聲母有來、知、章、書、莊、生、見、曉母，除了牙喉音外還有舌

音聲母，可見在《韻史》中月薛確已合流。

屑韻開口自注 81 次，與薛相注 71 次，說明純四等屑韻已經產生 i 介音，與同攝的三等韻合流了。

屑、薛相注 71 次，擇要舉例如下：

16019	扒	幫入開薛山重三	方別：丙	幫開 3	兵永	結	見入開屑山四	古屑
22989	鞢	幫入開屑山四	方結：丙	幫開 3	兵永	設	書入開薛山三	識列
22972	蕺	從入開屑山四	昨結：淺	清開 3	七演	設	書入開薛山三	識列
22944	嵽	定入開屑山四	徒結：眺	透開 4	他弔	列	來入開薛山三	良薛
21263	蒯	見入開屑山四	古屑：竟	見開 3	居慶	設	書入開薛山三	識列
22966	瀸	精入開屑山四	子結：甑	精開 3	子孕	列	來入開薛山三	良薛
22951	捩	來入開屑山四	練結：亮	來開 3	力讓	設	書入開薛山三	識列
22973	嚓	清入開屑山四	七結：淺	清開 3	七演	設	書入開薛山三	識列
22935	縢	匣入開屑山四	胡結：向	曉開 3	許亮	列	來入開薛山三	良薛
22937	擦	曉入開屑山四	虎結：向	曉開 3	許亮	列	來入開薛山三	良薛
22979	揳	心入開屑山四	先結：想	心開 3	息兩	列	來入開薛山三	良薛
21352	臬	疑入開屑山四	五結：仰	疑開 3	魚兩	列	來入開薛山三	良薛
22932	蠮	影入開屑山四	烏結：隱	影開 3	於謹	列	來入開薛山三	良薛
15409	糏	心入開薛山三	私列：小	心開 3	私兆	結	見入開屑山四	古屑
21397	蹩	並入開屑山四	蒲結：品	滂開重 3	丕飲	列	來入開薛山三	良薛
21392	丿	滂入開屑山四	普蔑：品	滂開重 3	丕飲	列	來入開薛山三	良薛
21282	挈	溪入開屑山四	苦結：儉	群開重 3	巨險	列	來入開薛山三	良薛
23013	纈**	明入開屑山四	亡結：務	微合 3	亡遇	設	書入開薛山三	識列

屑、薛之間的相注涉及到的聲母非常廣泛，包括唇音幫滂並明，舌音定來，齒音精清從心，牙音見溪疑和喉音影，並且屑與薛的舌齒音和薛 B 都能相注，說明屑薛兩韻開口已經合流了。合口呼中屑韻自注 31 次，與薛韻相注 24 次，相注的情況與開口呼相一致。

綜上，中古山攝四等的屑韻在《韻史》中與三等的月、薛韻合流爲一韻。

②曷、末、黠、鎋不分

　　與舒聲不同，山攝入聲一二等間的相注很多，一二等間的主要元音已經混同了。

　　山攝入聲中的二等韻黠鎋合併，這與它們在舒聲中情形相同。黠自注 68 次，鎋無自注例，開口 31 例中有 12 例與黠相注，例證如下：

黠、鎋相注 12

23033	瞎	曉入開鎋山二	許鎋：	向	曉開 3	許亮	戛	見入開黠山二	吉黠
16047	汛	崇入開鎋山二	查鎋：	掌	章開 3	諸兩	八	幫入開黠山二	博拔
23050	鍘	崇入開鎋山二	查鎋：	寵	徹合 3	丑隴	戛	見入開黠山二	吉黠
15419	齃	曉入開鎋山二	許鎋：	向	曉開 3	許亮	八	幫入開黠山二	博拔
23021	礤	曉入開鎋山二	許鎋：	竟	見開 3	居慶	察	初入開黠山二	初八
23035	勴	曉入開鎋山二	許鎋：	向	曉開 3	許亮	戛	見入開黠山二	吉黠
16048	聐	疑入開鎋山二	五鎋：	仰	疑開 3	魚兩	八	幫入開黠山二	博拔
23034	鬙	疑入開鎋山二	五鎋：	向	曉開 3	許亮	戛	見入開黠山二	吉黠
16039	扴	影入開鎋山二	乙鎋：	漾	以開 3	餘亮	八	幫入開黠山二	博拔
21422	閼	影入開鎋山二	乙鎋：	隱	影開 3	於謹	察	初入開黠山二	初八
23041	哳	知入開鎋山二	陟鎋：	掌	章開 3	諸兩	戛	見入開黠山二	吉黠
23042	喢	知入開鎋山二	陟鎋：	掌	章開 3	諸兩	戛	見入開黠山二	吉黠

　　在知母、崇母、疑母、影母、曉母條件下鎋黠無別。合口呼中沒有黠鎋相注的情況，黠與鎋絕大多數與一等末韻相混。

　　二等重韻合流後與一等相混，這是與山攝舒聲不同的地方。舒聲中，雖然一二等之間偶有相注，但還是明顯存在分組趨勢的，而入聲則是一二等合流了。開口呼中鎋出現 31 次，除上文提到的 12 次與黠相注外，有 17 次與一等韻曷相混。開合口都表現出了與一等韻合流的特點。綜合開合二呼，黠鎋與曷末相注共計 57 次，擇要例舉如下：

鎋、曷相注 17

23289	剎	初入開鎋山二	初鎋：	秩	澄開 3	直一	達	透入開曷山一	他達
23290	辴	日入開鎋山二	而鎋：	弱	日開 3	而灼	達	透入開曷山一	他達
23239	籋	曉入開鎋山二	許鎋：	侃	溪開 1	空旱	達	透入開曷山一	他達

| 23242 | 齃 | 影入開鎋山二 | 乙鎋：案 | 影開1 | 烏旰 | 達 | 透入開曷山一 | 他達 |
| 21720 | 揳* | 匣入開鎋山二 | 下瞎：漢 | 曉開1 | 呼旰 | 達 | 透入開曷山一 | 他達 |

鎋與曷相混時聲母爲初母、日母、匣母、曉母、影母。鎋與黠和曷相注時都出現了影母和曉母，可見鎋與黠一起與曷韻相混。

鎋、末相注 15（含開合相注 1 次）

23369	頒	徹入合鎋山二	丑刮：狀	崇開3	鋤亮	拔	並入合末山一	蒲撥
23376	劀	疑入合鎋山二	五刮：臥	疑合1	吾貨	拔	並入合末山一	蒲撥
21834	鵽	知入合鎋山二	丁刮：壯	莊開3	側亮	拔	並入合末山一	蒲撥
23404	帓	明入開鎋山二	莫鎋：慢	明開2	謨晏	拔	並入合末山一	蒲撥
23363	甈	娘入合鎋山二	女刮：煖	泥合1	乃管	拔	並入合末山一	蒲撥
21787	刮*	見入合鎋山二	古刹：古	見合1	公戶	拔	並入合末山一	蒲撥
21781	冎*	匣入合鎋山二	乎刮：古	見合1	公戶	拔	並入合末山一	蒲撥
23346	傄g*	曉入合鎋山二	荒爪：戶	匣合1	侯古	拔	並入合末山一	蒲撥

鎋母與末母相混時聲母爲微母、知母、徹母、娘母、見母、疑母、曉母和明母。唇音明母下的鎋末相注是開合相混。

黠、末相注 25（含開合相注 3 次）

21790	劀	見入合黠山二	古滑：古	見合1	公戶	拔	並入合末山一	蒲撥
21821	㓇	娘入合黠山二	女滑：煖	泥合1	乃管	拔	並入合末山一	蒲撥
23352	磆	匣入合黠山二	戶八：戶	匣合1	侯古	拔	並入合末山一	蒲撥
23341	䁖	曉入合黠山二	呼八：戶	匣合1	侯古	拔	並入合末山一	蒲撥
21843	黫	疑入合黠山二	五滑：臥	疑合1	吾貨	拔	並入合末山一	蒲撥
21796	歅	影入合黠山二	烏八：甕	影合1	烏貢	拔	並入合末山一	蒲撥
21833	綴	知入合黠山二	丁滑：壯	莊開3	側亮	拔	並入合末山一	蒲撥
21798	擖	影入開黠山二	烏黠：甕	影合1	烏貢	拔	並入合末山一	蒲撥
21439	泧	曉入合末山一	呼括：曬	書開3	式忍	戛	見入開黠山二	吉黠
23371	鷝**	初入開黠山二	初八：狀	崇開3	鋤亮	拔	並入合末山一	蒲撥

黠母與末母相混時聲母爲知母、娘母、見母、疑母、曉母、影母和初母。擖和鷝字在何氏語音中已讀同合口。泧字暫存疑。

綜上，山攝入聲二等重韻黠、鎋，一等韻曷、末主元音相同，合流爲一韻

並存在開合口對立。

　　③一二等與三四等相注

　　一二等與三四等之間還零星存在著幾條注音，這幾條例證如下：

曷、薛相注 3

21290	堨	影入開曷山一	烏葛：	隱	影開 3	於謹	列	來入開薛山三	良薛
23297	剹	來入開薛山三	良薛：	贊	精開 1	則旰	達	透入開曷山一	他達
23306	𡎺*	疑入開薛山重三	魚列：	傲	疑開 1	五到	達	透入開曷山一	他達

　　堨字何氏釋義爲「壁間隙，古義也……今義堰也，讀同壅遏」，說明他是按照堨字古義來注音的。堨字《集韻》中有疑母薛韻一讀，釋義與《韻史》相同，此例的中古音當依《集韻》。剹字《集韻》中另有精母曷韻，子末切一讀，與《韻史》反切音義皆合。

末、薛相注 2

| 21822 | 吶 | 娘入合薛山三 | 女劣： | 煓 | 泥合 1 | 乃管 | 拔 | 並入合末山一 | 蒲撥 |
| 21836 | 鑷 | 莊入合薛山三 | 側劣： | 壯 | 莊開 3 | 側亮 | 拔 | 並入合末山一 | 蒲撥 |

黠、薛相注 2

| 15552 | 䫻 | 匣入合黠山二 | 戶八： | 許 | 曉合 3 | 虛呂 | 劣* | 來入合薛山三 | 龍輟 |
| 16159 | 傄 | 曉入合黠山二 | 呼八： | 許 | 曉合 3 | 虛呂 | 劣* | 來入合薛山三 | 龍輟 |

黠、月相注 1

| 21638 | 䫻g* | 曉入合黠山二 | 呼八： | 許 | 曉合 3 | 虛呂 | 髮 | 非入合月山三 | 方伐 |

黠、屑相注 1

| 16160 | 密 | 明入開黠山二 | 莫八： | 謬 | 明開 3 | 靡幼 | 穴 | 匣入合屑山四 | 胡決 |

鎋、月相注 1

| 21691 | 刖 | 疑入合鎋山二 | 五刮： | 馭 | 疑合 3 | 牛倨 | 髮 | 非入合月山三 | 方伐 |

鎋、薛相注 1

| 21360 | 鸛* | 疑入開鎋山二 | 牛轄： | 仰 | 疑開 3 | 魚兩 | 列 | 來入開薛山三 | 良薛 |

　　刖字《集韻》有疑母月韻一讀，《韻史》音注與《集韻》一致。

　　在二等與三四等相注的例子中，有 4 例喉牙音字。開口二等喉牙音在《韻

史》中多與一等相注，與三四等相注的是個別情況，我們認爲《韻史》中的開口二等喉牙音沒有產生 i 介音，此處的幾條相注是《韻史》的存古性所致。上古月部到中古分化出曷、末、鎋、月、薛、屑、黠等韻，以上的相注例是因爲相關韻類的上古來源相同。

④臻攝與山攝相注

與舒聲一樣，臻山兩攝的入聲也有很多交集。具體涉及的韻系及相注情況見下表：

表 3-71　臻攝、山攝入聲韻相注統計表

次　　數		開			合				
		質	質A	迄	術	沒	黠	薛	屑
開	薛	2		1					
	屑	4	1		2				
合	術								6
	術A							1	2
	沒						1		
	物							1	
	末				1				

從表中來看，臻山兩攝相混主要發生在四等屑韻與三等韻的相注上。

屑、術相注 8

21495	憰	見入合屑山四	古穴：舉	見合3	居許	律	來入合術臻三	呂邮
21496	譎	見入合屑山四	古穴：舉	見合3	居許	律	來入合術臻三	呂邮
21498	潏	見入合屑山四	古穴：舉	見合3	居許	律	來入合術臻三	呂邮
21499	矞	見入合屑山四	古穴：舉	見合3	居許	律	來入合術臻三	呂邮
23096	橘	見入合屑山四	古穴：舉	見合3	居許	律	來入合術臻三	呂邮
23097	鷸*	見入合屑山四	古穴：舉	見合3	居許	律	來入合術臻三	呂邮
21521	瞲	曉入合屑山四	呼決：許	曉合3	虛呂	橘	見入合術臻重四	居聿
23120	瞲	曉入合屑山四	呼決：許	曉合3	虛呂	橘	見入合術臻重四	居聿

屑術相注出現在見、曉母中。

屑、質相注 5

| 15378 | 跌 | 知入開質臻三 | 陟栗：體 | 透開4 | 他禮 | 結 | 見入開屑山四 | 古屑 |

15394　呭　徹入開質臻三　　丑栗：苾　昌開 1　昌紿　結　見入開屑山四　　古屑

15402　剎　初入開質臻三　　初栗：此　清開 3　雌氏　結　見入開屑山四　　古屑

15984　蛭　知入開質臻三　　陟栗：體　透開 4　他禮　結　見入開屑山四　　古屑

16023　佖　並入開質臻重四　毗必：避　並開重 4　毗義　結　見入開屑山四　　古屑

　　欧蛭字《集韻》另有徒結切一讀，佖字《集韻》有屑韻一讀，《韻史》對此三字的注音與《集韻》相同。屑與質的相注發生在知母、徹母、初母和並母個別字中。

質、薛相注 2

22968　扻　精入開質臻三　　資悉：甀　精開 3　子孕　列　來入開薛山三　　良薛

22969　虳　精入開質臻三　　資悉：甀　精開 3　子孕　列　來入開薛山三　　良薛

　　質薛相混的這兩例在《集韻》中已經有薛韻的讀音了，也就是說《韻史》所注反切讀音在《集韻》中已經出現了。

屑、沒相注 2

16007　紲　清入合沒臻一　　倉沒：此　清開 3　雌氏　結　見入開屑山四　　古屑

16008　扔　清入合沒臻一　　倉沒：此　清開 3　雌氏　結　見入開屑山四　　古屑

　　沒屑相混的這兩例在《集韻》中已經有屑韻讀音了，《韻史》反切與《集韻》相同。

迄、薛相注 1

21280　芞*　溪入開迄臻三　　欺訖：儉　群開重 3　巨險　列　來入開薛山三　　良薛

薛、術相注 1

21526　頣　章入合薛山三　　職悅：翥　章合 3　章恕　橘　見入合術臻重四　居聿

　　頣字《韻史》注音與《集韻》同音。

薛、物相注 1

21455　蚷　章入合薛山三　　職悅：去　溪合 3　丘倨　物　明入合物臻三　　文弗

黠、沒相注 1

21960　黜　疑入合黠山二　　五滑：臥　疑合 1　吾貨　骨　見入合沒臻一　　古忽

　　黜字《集韻》中有沒韻一讀，何氏反切與此同。

術、末相注 1

21825 窋　知入合術臻三　　竹律：壯　莊開 3　側亮 拔　並入合末山一　蒲撥

　　窋字《集韻》有知母黠韻一讀。黠與末在《韻史》中合流，何氏的注音與《集韻》相同。

　　同舒聲一樣，臻山兩攝的入聲也經常相注，這主要是因爲這兩攝諸韻的上古來源有密切聯繫。上古月部到中古分化出曷、末、鎋、月、薛、屑、黠韻，上古物部分化出沒、屑、黠、迄、物、質、術等韻，上古質部分化出屑、黠、質、術、櫛等部。《韻史》中的吉部與葛部的主元音有別，兩部間的相注源自相關韻部的上古來源相同。表現了《韻史》音注的古音性質。

小　結

　　山攝入聲在《韻史》中發生了合流的音變，主要合流方向爲：二等重韻合併且與一等韻相混；三等重紐失去區別特徵且與同攝其他三四等韻相混；開合口分立。臻山兩攝入聲在《韻史》中也有多次相注，這些都是古音的反映。所以，我們認爲葛部包含四個韻母：[ɑt]（曷末黠鎋開口），[uɑt]（曷末黠鎋合口），[iɛt]（月屑薛開口），[yɛt]（月屑薛合口）。山攝入聲與舒聲的表現不同，主要體現在入聲二等不獨立上。

6）咠　部

　　咠部主要來自中古深攝入聲。從十六攝統計表來看，深攝自注 139 次，與其他韻攝相注共計 8 次，緝韻基本上保持了獨立。這一點與深攝舒聲在《韻史》中保持獨立是一致的。深攝緝韻自注情況見下表：

表 3-72　深攝入聲韻相注統計表

	緝	緝 B	緝 A
緝	61	31	
緝 B	32	12	3
緝 A			

　　從表中可以看出，《韻史》沒有使用緝 A 類字作反切下字。我們認爲這並不意味著緝 A 類有什麼特殊性，主要是因爲何萱的反切用字比較固定。從緝 A、緝 B 相注、緝 B 與緝的舌齒音字相注多次來看，緝韻的重紐特徵也已經失去了。

小　結

深攝入聲緝韻在《韻史》中基本保持獨立，並且已經消失了重紐區別特徵，入聲的表現與舒聲相一致，擬音爲[iˀp]。

7）頰　部

頰部主要來自中古咸攝。咸攝諸韻在《韻史》中呈現三分的趨勢。具體注音情況見下表：

表 3-73　咸攝入聲韻相注統計表

	合	盍	洽	狎	葉	葉B	葉A	帖	業	乏
合	97	44								
盍	29	31		1						
洽			6	1						
狎	2	1	64	40				1		10
葉			4		90	1	4		31	
葉B										
葉A										
帖					26	1		24	13	
業								51		
乏										

①葉、帖、業不分

重紐韻的對立消失這一變化在咸攝入聲中並不明顯，因爲葉韻的唇牙喉音字在《韻史》中出現的並不多。雖然數量很少，但葉A有4次、葉B有1次都與葉的舌齒音相相注，再結合舒聲葉韻重紐特徵已經消失的特點，我們認爲葉韻的重紐區別也不存在了。這5條相注例見下：

9231　厭　影入開葉咸重四　於葉：漾　以開3　餘亮　攝　書入開葉咸三　書涉

9227　裛　影入開葉咸重三　於輒：漾　以開3　餘亮　攝　書入開葉咸三　書涉

9230　擪　影入開葉咸重四　於葉：漾　以開3　餘亮　攝　書入開葉咸三　書涉

9977　醫　影入開葉咸重四　於葉：漾　以開3　餘亮　攝　書入開葉咸三　書涉

9979　靨*　影入開葉咸重四　益涉：漾　以開3　餘亮　攝　書入開葉咸三　書涉

以上被注字本有重三與重四的區別，但在《韻史》中都被注爲漾攝反，可見重三、重四之間已經混同了。

三等韻葉、業，四等韻帖混而不分。葉自注 95 次，帖自注 24 次，葉帖相注 27 次，超過了帖自注總數，可見葉帖主元音已經相同了。

葉、帖相注 27

9265	攝	書入開葉咸三	書涉：始	書開 3	詩止	帖	透入開帖咸四	他協
9226	极	群入開葉咸重三	其輒：舊	群開 3	巨救	帖	透入開帖咸四	他協
9266	楫	精入開葉咸三	即葉：紫	精開 3	將此	帖	透入開帖咸四	他協
9248	躡	娘入開葉咸三	尼輒：紐	娘開 3	女久	帖	透入開帖咸四	他協
9260	韘	昌入開葉咸三	叱涉：掌	章開 3	諸兩	帖	透入開帖咸四	他協
9262	跕	昌入開葉咸三	叱涉：齒	昌開 3	昌里	帖	透入開帖咸四	他協
9247	聶	娘入開葉咸三	尼輒：紐	娘開 3	女久	帖	透入開帖咸四	他協
9250	鑷	娘入開葉咸三	尼輒：紐	娘開 3	女久	帖	透入開帖咸四	他協
9995	爉	娘入開葉咸三	尼輒：紐	娘開 3	女久	帖	透入開帖咸四	他協
9997	鑷	娘入開葉咸三	尼輒：紐	娘開 3	女久	帖	透入開帖咸四	他協
9998	鑷	娘入開葉咸三	尼輒：紐	娘開 3	女久	帖	透入開帖咸四	他協
9249	喦	日入開葉咸三	而涉：紐	娘開 3	女久	帖	透入開帖咸四	他協
9258	讘	日入開葉咸三	而涉：掌	章開 3	諸兩	帖	透入開帖咸四	他協
9996	曣	書入開葉咸三	書涉：紐	娘開 3	女久	帖	透入開帖咸四	他協
9252	摺	章入開葉咸三	之涉：掌	章開 3	諸兩	帖	透入開帖咸四	他協
9254	慴	章入開葉咸三	之涉：掌	章開 3	諸兩	帖	透入開帖咸四	他協
9256	讋	章入開葉咸三	之涉：掌	章開 3	諸兩	帖	透入開帖咸四	他協
9257	謺	章入開葉咸三	之涉：掌	章開 3	諸兩	帖	透入開帖咸四	他協
9259	攝	章入開葉咸三	之涉：掌	章開 3	諸兩	帖	透入開帖咸四	他協
10021	稧	清入開葉咸三	七接：此	清開 3	雌氏	帖	透入開帖咸四	他協
10022	檆	清入開葉咸三	七接：此	清開 3	雌氏	帖	透入開帖咸四	他協
10020	灄	書入開葉咸三	書涉：始	書開 3	詩止	帖	透入開帖咸四	他協
10013	褶	章入開葉咸三	之涉：掌	章開 3	諸兩	帖	透入開帖咸四	他協
10015	獵	章入開葉咸三	之涉：掌	章開 3	諸兩	帖	透入開帖咸四	他協
9263	儑*	昌入開葉咸三	尺涉：齒	昌開 3	昌里	帖	透入開帖咸四	他協

10012	嚁*	章入開葉咸三	質涉：掌	章開 3	諸兩	帖	透入開帖咸四	他協
10016	沾**	透入開葉咸三	吐涉：齒	昌開 3	昌里	帖	透入開帖咸四	他協

葉帖相注的聲母條件爲透、娘、精、清、章、昌、書、日、生、群母。說明純四等帖韻在以上聲母中帶有 i 介音，與三等韻合併。

業韻沒有自注的情況，與葉相注 31 次，與帖相注 64 次，說明業韻主元音也與葉、帖混同了。

業、葉相注 31

10978	砝	見入開業咸三	居怯：几	見開重 3	居履	捷	從入開葉咸三	疾葉
10445	俺 g*	影入開業咸三	又業：漾	以開 3	餘亮	捷	從入開葉咸三	疾葉
10979	晸	見入開業咸三	居怯：几	見開重 3	居履	捷	從入開葉咸三	疾葉
10980	紨	見入開業咸三	居怯：几	見開重 3	居履	捷	從入開葉咸三	疾葉
10983	蜐	見入開業咸三	居怯：几	見開重 3	居履	捷	從入開葉咸三	疾葉
10426	狯	溪入開業咸三	去劫：舊	群開 3	巨救	葉	以入開葉咸三	與涉
10984	抾	溪入開業咸三	去劫：舊	群開 3	巨救	葉	以入開葉咸三	與涉
10987	呿	溪入開業咸三	去劫：舊	群開 3	巨救	葉	以入開葉咸三	與涉
10989	厺	溪入開業咸三	去劫：舊	群開 3	巨救	葉	以入開葉咸三	與涉
10990	痃	溪入開業咸三	去劫：舊	群開 3	巨救	葉	以入開葉咸三	與涉
10991	疨	溪入開業咸三	去劫：舊	群開 3	巨救	葉	以入開葉咸三	與涉
11083	嶪	疑入開業咸三	魚怯：仰	疑開 3	魚兩	捷	從入開葉咸三	疾葉
11084	㦜	疑入開業咸三	魚怯：仰	疑開 3	魚兩	捷	從入開葉咸三	疾葉
11085	嶫	疑入開業咸三	魚怯：仰	疑開 3	魚兩	捷	從入開葉咸三	疾葉
11086	譺	疑入開業咸三	魚怯：仰	疑開 3	魚兩	捷	從入開葉咸三	疾葉
11087	嶪	疑入開業咸三	魚怯：仰	疑開 3	魚兩	捷	從入開葉咸三	疾葉
11088	寱	疑入開業咸三	魚怯：仰	疑開 3	魚兩	捷	從入開葉咸三	疾葉
11089	澲	疑入開業咸三	魚怯：仰	疑開 3	魚兩	捷	從入開葉咸三	疾葉
11090	驜	疑入開業咸三	魚怯：仰	疑開 3	魚兩	捷	從入開葉咸三	疾葉
11091	鸈	疑入開業咸三	魚怯：仰	疑開 3	魚兩	捷	從入開葉咸三	疾葉
11092	鱳	疑入開業咸三	魚怯：仰	疑開 3	魚兩	捷	從入開葉咸三	疾葉
11093	鸑	疑入開業咸三	魚怯：仰	疑開 3	魚兩	捷	從入開葉咸三	疾葉

10995	讘	以入開業咸三	余業：漾	以開 3	餘亮	捷	從入開葉咸三	疾葉
10999	裺	影入開業咸三	於業：漾	以開 3	餘亮	捷	從入開葉咸三	疾葉
11001	鞥	影入開業咸三	於業：漾	以開 3	餘亮	捷	從入開葉咸三	疾葉
11003	鍹	影入開業咸三	於業：漾	以開 3	餘亮	捷	從入開葉咸三	疾葉
11004	椲	影入開業咸三	於業：漾	以開 3	餘亮	捷	從入開葉咸三	疾葉
11005	餶	影入開業咸三	於業：漾	以開 3	餘亮	捷	從入開葉咸三	疾葉
11006	敮	影入開業咸三	於業：漾	以開 3	餘亮	捷	從入開葉咸三	疾葉
11008	殗	影入開業咸三	於業：漾	以開 3	餘亮	捷	從入開葉咸三	疾葉
11009	晻	影入開業咸三	於業：漾	以開 3	餘亮	捷	從入開葉咸三	疾葉

業韻與葉韻混同主要在見、溪、疑、以、影母條件下。

業、帖相注 64 次，擇要舉例如下：

9973	祂	見入開業咸三	居怯：几	見開重 3	居履	帖	透入開帖咸四	他協
10977	秡	見入開帖咸四	古協：几	見開重 3	居履	捷	從入開葉咸三	疾葉
9974	皈	群入開業咸三	巨業：舊	群開 3	巨救	帖	透入開帖咸四	他協
9975	皲	溪入開業咸三	去劫：舊	群開 3	巨救	帖	透入開帖咸四	他協
9234	脅	曉入開業咸三	虛業：向	曉開 3	許亮	帖	透入開帖咸四	他協
9243	玷	端入開帖咸四	丁愜：眺	透開 4	他弔	攝	書入開葉咸三	書涉
11027	鰈	定入開帖咸四	徒協：眺	透開 4	他弔	葉	以入開葉咸三	與涉
11075	瓶	精入開帖咸四	子協：紫	精開 3	將此	葉	以入開葉咸三	與涉
11030	坍	泥入開帖咸四	奴協：紐	娘開 3	女久	葉	以入開葉咸三	與涉
11024	諜	透入開帖咸四	他協：眺	透開 4	他弔	葉	以入開葉咸三	與涉
10428	医	溪入開帖咸四	苦協：舊	群開 3	巨救	葉	以入開葉咸三	與涉
10455	綊	匣入開帖咸四	胡頰：向	曉開 3	許亮	捷	從入開葉咸三	疾葉
10997	曄	曉入開帖咸四	呼牒：向	曉開 3	許亮	捷	從入開葉咸三	疾葉
10464	屧	心入開帖咸四	蘇協：眺	透開 4	他弔	葉	以入開葉咸三	與涉

業韻與帖韻混同時的聲母為端、透、定、泥、精、心、見、溪、群、曉、匣諸母。

綜上，咸攝入聲的三等韻葉、業與四等韻帖合併，它們的主要元音是一致的。

②合、盍不分，洽、狎不分

咸攝入聲中的一等重韻爲合、盍，二等重韻爲洽、狎，這兩大類內部的相注比較明顯，但一、二等之間存在著分組趨勢，所以我們分開討論。首先是一等重韻的合流情況。

合自注 97 次，盍自注 31 次，合盍相注 73 次，相注次數是盍自注的 2 倍多，一等重韻合盍已經合併了。

合、盍相注 73 次，擇要列舉如下：

10847	蹹	定入開合咸一	徒合：代	定開1	徒耐	臘	來入開盍咸一	盧盍
9335	鈶	定入開盍咸一	徒盍：代	定開1	徒耐	荅	端入開合咸一	都合
10356	郃	見入開盍咸一	古盍：艮	見開1	古恨	沓	定入開合咸一	徒合
10865	臘	來入開盍咸一	盧盍：朗	來開1	盧黨	沓	定入開合咸一	徒合
10849	魶	泥入開盍咸一	奴盍：奈	泥開1	奴帶	沓	定入開合咸一	徒合
10095	囃	清入開盍咸一	倉雜：采	清開1	倉宰	荅	端入開合咸一	都合
10357	榼	溪入開盍咸一	苦盍：口	溪開1	苦后	沓	定入開合咸一	徒合
10797	篕	匣入開盍咸一	胡臘：海	曉開1	呼改	沓	定入開合咸一	徒合
10795	欱	曉入開盍咸一	呼盍：海	曉開1	呼改	沓	定入開合咸一	徒合
10879	靸	心入開盍咸一	私盍：燥	心開1	蘇老	沓	定入開合咸一	徒合
10876	儑	疑入開盍咸一	五盍：傲	疑開1	五到	沓	定入開合咸一	徒合
10790	姶	影入開盍咸一	安盍：挨	影開1	於改	沓	定入開合咸一	徒合
10368	餂*	透入開合咸一	託合：代	定開1	徒耐	臘	來入開盍咸一	盧盍
10875	趿*	從入開盍咸一	疾盍：采	清開1	倉宰	沓	定入開合咸一	徒合
10077	獺*	透入開盍咸一	託盍：代	定開1	徒耐	荅	端入開合咸一	都合

盍合相注出現在透母、定母、泥母、來母、清母、從母、心母、見母、溪母、疑母、影母、曉母和匣母中。

二等重韻洽自注 6 次，狎自注 40 次，洽狎相注 65 次，遠遠超過洽自注的次數，二等重韻洽與狎在《韻史》中也已經合流了。

洽、狎相注 65 次，擇要舉例如下：

| 9285 | 壓 | 影入開狎咸二 | 烏甲：漾 | 以開3 | 餘亮 | 洽 | 匣入開洽咸二 | 侯夾 |

10046	䶂	徹入開洽咸二	丑図：	齒	昌開3	昌里	壓	影入開狎咸二	烏甲
10964	䤴	崇入開洽咸二	士洽：	此	清開3	雌氏	甲	見入開狎咸二	古狎
9280	瞉	溪入開洽咸二	苦洽：	舊	群開3	巨救	壓	影入開狎咸二	烏甲
10929	硤	匣入開洽咸二	侯夾：	向	曉開3	許亮	甲	見入開狎咸二	古狎
10031	䶎	曉入開洽咸二	呼洽：	向	曉開3	許亮	壓	影入開狎咸二	烏甲
10908	䦧	影入開洽咸二	烏洽：	漾	以開3	餘亮	甲	見入開狎咸二	古狎
10934	䫲	莊入開洽咸二	側洽：	掌	章開3	諸兩	狎	匣入開狎咸二	胡甲
9295	図	娘入開洽咸二	女洽：	紐	娘開3	女久	壓	影入開狎咸二	烏甲
10955	偮*	初入開洽咸二	測洽：	齒	昌開3	昌里	甲	見入開狎咸二	古狎
10946	驞*	船入開洽咸二	實洽：	齒	昌開3	昌里	甲	見入開狎咸二	古狎
10963	渪*	生入開洽咸二	色洽：	齒	昌開3	昌里	甲	見入開狎咸二	古狎
10897	鵊	見入開洽咸二	古洽：	几	見開重3	居履	狎	匣入開狎咸二	胡甲

洽狎在徹母、娘母、莊母、初母、崇母、生母、船母、見母、溪母、影母、曉母、匣母等聲母下出現了相注。範圍很廣，二等重韻也已經合併了。

③一二等與三四等相注

咸攝入聲一二等合流，三四等合流，形成洪細兩大陣營。但在洪細之間也有個別相注，不過數量很少，沒有形成規模。

合、狎相注 2

| 10049 | 哈 | 疑入開合咸一 | 五合： | 始 | 書開3 | 詩止 | 壓 | 影入開狎咸二 | 烏甲 |

| 10414 | 霅 | 心入開合咸一 | 蘇合： | 想 | 心開3 | 息兩 | 甲 | 見入開狎咸二 | 古狎 |

哈字的《廣韻》注音與《韻史》聲韻皆不合，且意義有別，而《集韻》中的色洽切一讀與何氏注音聲韻相合，並且這一讀音的釋義與《韻史》一致，哈的中古音注當依《集韻》，爲生母洽韻字。《韻史》中生書合流，洽狎合流，此條音注相當於沒有發生音變。

盍、狎相注 2

| 10898 | 鴿 | 見入開盍咸一 | 居盍： | 几 | 見開重3 | 居履 | 狎 | 匣入開狎咸二 | 胡甲 |
| 10869 | 魑** | 崇入開狎咸二 | 士甲： | 苴 | 昌開1 | 昌紿 | 臘 | 來入開盍咸一 | 盧盍 |

帖、狎相注 1

9291	挾	匣入開帖咸四	胡頰：向	曉開 3	許亮	壓	影入開狎咸二	烏甲

洽、葉相注 4

11013	渫	崇入開洽咸二	士洽：向	曉開 3	許亮	捷	從入開葉咸三	疾葉
10485	媷	初入開洽咸二	楚洽：齒	昌開 3	昌里	葉	以入開葉咸三	與涉
11065	臿刂	初入開洽咸二	測洽：齒	昌開 3	昌里	葉	以入開葉咸三	與涉
10976	庲	匣入開洽咸二	侯夾：几	見開重 3	居履	捷	從入開葉咸三	疾葉

媷字《集韻》有葉韻讀音。合、盍、帖與狎的相注，洽與葉的相注，體現了《韻史》的存古性。中古的盍、狎、業、乏、葉、合、帖、洽同源於上古的盍部。

④乏　韻

咸攝入聲除了乏韻爲合口之外，其餘只有開口。乏韻出現 10 次，均與狎韻相混。這一表現與舒聲凡韻的表現相一致，即乏韻主要與同攝二等韻混同。

乏、狎相注 10

9300	乏	奉入合乏咸三	房法：缶	非開 3	方久	壓	影入開狎咸二	烏甲
10416	灋	非入合乏咸三	方乏：缶	非開 3	方久	狎	匣入開狎咸二	胡甲
10417	法	非入合乏咸三	方乏：缶	非開 3	方久	狎	匣入開狎咸二	胡甲
9303	姂	奉入合乏咸三	房法：缶	非開 3	方久	壓	影入開狎咸二	烏甲
10931	崊	娘入合乏咸三	女法：紐	娘開 3	女久	狎	匣入開狎咸二	胡甲
10932	淋	娘入合乏咸三	女法：紐	娘開 3	女久	狎	匣入開狎咸二	胡甲
10933	㺳	娘入合乏咸三	女法：紐	娘開 3	女久	狎	匣入開狎咸二	胡甲
10973	鍅	匣入合乏咸三	乎法：缶	非開 3	方久	狎	匣入開狎咸二	胡甲
10942	貓*	徹入合乏咸三	昵法：齒	昌開 3	昌里	甲	見入開狎咸二	古狎
10051	疺*	奉入合乏咸三	扶法：缶	非開 3	方久	壓	影入開狎咸二	烏甲

乏韻在非母、奉母、徹母、娘母和匣母條件下混入狎韻。

⑤深攝與咸攝相注

深攝與咸攝相注 6 次，主要是緝韻與葉、業、合、盍的相注。具體例證詳下：

9246	聾	清入開緝深三	七入：眺	透開 4	他弔	攝	書入開葉咸三	書涉
10093	瞖	邪入開緝深三	似入：宰	精開 1	作亥	荅	端入開合咸一	都合
9208	謵	昌入開葉咸三	叱涉：此	清開 3	雌氏	立	來入開緝深三	力入
11099	肷**	從入開葉咸三	慈葉：向	曉開 3	許亮	裸	清入開緝深三	七入
9899	鮷	影入開業咸三	於業：漾	以開 3	餘亮	及	群入開緝深重三	其立
9213	卅*	心入開盍咸一	悉盍：小	心開 3	私兆	及	群入開緝深重三	其立

聾字《集韻》另有透母帖韻一讀，《韻史》中葉帖混同，注音與《集韻》同。瞖字在全書中兩見，何氏並沒有標注異讀，此處疑爲衍字。謵和鮷的相注是何氏根據諧聲偏旁所注的古讀。通常，從中古到近代，深咸兩攝因爲主元音不同並不相混，深咸兩攝相注體現出《韻史》保存古讀的特點。

小　結

中古的咸攝入聲在《韻史》中發生了合流，一等重韻、二等重韻分別合併，一二等之間偶有相注，但仍爲兩個不同韻母。三四等合流。乏韻混入二等狎韻。深咸兩攝入聲有個別相注現象，是《韻史》存古的表現。所以咸攝入聲在《韻史》中合流爲頰部，包含三個韻母：[ɑp]（合、盍），[ap]（洽、狎、乏），[iɛp]（葉、帖、業）。

綜上，在沒有分析《韻史》同尾入聲七部的情況下，我們可以明確的是他攝、他韻相注基本上都是在表現古音。這也體現了《韻史》音注的特點，作者何萱一直抓住諧聲偏旁這根主線來爲《說文》等古書注音，是希望可以讓人們通古音，明古義，我們通過對《韻史》韻部的分析發現書中所錄也大體與這些字的古音相合。有這樣的成就，得益於他從諧聲入手注音的正確性。但同時，從他的反切用字中我們也可以發現從中古到近代的語音變化。

（2）異尾入聲韻

1）-p 尾韻與-t 尾韻相注

咸、山相注 6

| 21746 | 納 | 泥入開合咸一 | 奴答：曩 | 泥開 1 | 奴朗 | 達 | 透入開曷山一 | 他達 |

| 21300 | 鎋 | 娘入開葉咸三 | 尼輒：念 | 泥開 4 | 奴店 | 設 | 書入開薛山三 | 識列 |

21295	饁	云入開業咸三	于劫：	隱	影開3	於謹	列	來入開薛山三	良薛
21318	擸	來入開葉咸三	良涉：	亮	來開3	力讓	設	書入開薛山三	識列
23036	湁*	娘入開洽咸二	昵洽：	念	泥開4	奴店	戛	見入開黠山二	吉黠
23368	硰**	來入開盍咸一	盧盍：	路	來合1	洛故	拔	並入合末山一	蒲撥

　　咸山攝的相注發生在來母、泥母、娘母和云母中。咸攝舒聲與山攝舒聲在《韻史》中就呈現出了一定的對應關係，只是因為韻尾的緣故才沒有合併。入聲咸攝與山攝也按照一等、二等、三四等形成對應關係，咸山攝各類的主要元音相同。上面這些例字我們今天看來分屬上古的不同韻部，但在何氏分部中，全部歸在古韻第十五部物部中。

深、臻相注 1

| 9930 | 紏** | 以入合術臻三 | 之聿： | 掌 | 章開3 | 諸兩 | 立 | 來入開緝深三 | 力入 |

　　紏字的中古音與何氏注音還有聲母上的差別。此字也是何氏按照聲旁來注音的，十為禪母緝韻字，與《韻史》反切正合，這是一種「讀半邊」現象。

　　2）-p 尾韻與-k 尾韻相注

咸、通相注 1

| 10854 | 朒* | 娘入合屋通三 | 女六： | 奈 | 泥開1 | 奴帶 | 沓 | 定入開合咸一 | 徒合 |

　　朒字與妠、䄚、衲等字在同一小韻內，何氏認為這幾個字同音。注朒為奈沓切，是古音音讀。

咸、宕相注 1

| 7302 | 狚 | 溪入開業咸三 | 去劫： | 舊 | 群開3 | 巨救 | 略 | 來入開藥宕三 | 離灼 |

咸、曾相注 1

| 1281 | 搦** | 澄入開盍咸一 | 直闔： | 茝 | 昌開1 | 昌給 | 德 | 端入開德曾一 | 多則 |

　　搦字的《韻史》注音為茝德切有問題，這個反切位置在音讀表中是無字的。搦字全書兩見，釋義完全相同，而何氏並沒有注是異讀字，我們懷疑此處的搦字為衍字。

深、通相注 3

| 9152 | 昱 | 以入合屋通三 | 余六： | 漾 | 以開3 | 餘亮 | 及 | 群入開緝深重三 | 其立 |

| 9153 | 峪 | 以入合屋通三 | 余六：漾 | 以開3 | 餘亮 | 及 | 群入開緝深重三 | 其立 |
| 9154 | 煜 | 以入合屋通三 | 余六：漾 | 以開3 | 餘亮 | 及 | 群入開緝深重三 | 其立 |

　　這三例都是屋三與緝韻相注，聲母條件爲以母。中古屋三與緝的主要元音相差較遠，韻尾又各不同，之所以造成相注，是何氏刻意爲之。他在煜下明確說明，煜從立聲，古音在緝部。他完全是按照諧聲偏旁來爲煜字注音的。煜古音當在覺部，峪煜也是如此。何氏所注爲他心目中的古音，與我們今天的認識相比有些偏差。

深、梗相注 1

| 9931 | 圊 | 知入開麥梗二 | 陟革：掌 | 章開3 | 諸兩 | 立 | 來入開緝深三 | 力入 |

深、曾相注 1

| 9155 | 翊 | 以入開職曾三 | 與職：漾 | 以開3 | 餘亮 | 及 | 群入開緝深重三 | 其立 |

翊字的性質與煜字相同，是何萱從諧聲偏旁立字入手，爲其注的古讀。

3）-t 尾韻與 -k 尾韻相注

臻、通相注 5

15536	虙	奉入合屋通三	房六：缶	非開3	方久	吉	見入開質臻重四	居質
15540	㯑	奉入合屋通三	房六：缶	非開3	方久	吉	見入開質臻重四	居質
23470	朒*	娘入合屋通三	女六：煥	泥合1	乃管	骨	見入合沒臻一	古忽
23506	麘*	清入合屋通三	七六：普	滂合1	滂古	忽	曉入合沒臻一	呼骨
23511	蔏*	清入合屋通三	七六：普	滂合1	滂古	忽	曉入合沒臻一	呼骨

臻、梗相注 7

684	圣	溪入合沒臻一	苦骨：苦	溪合1	康杜	馘	見入合麥梗二	古獲
24137	溢	以入開質臻三	夷質：隱	影開3	於謹	錫	心入開錫梗四	先擊
16147	殈	曉入合錫梗四	呼臭：敘	邪合3	徐呂	鳲	以入合術臻三	餘律
1315	聑	匣入合沒臻一	戶骨：戶	匣合1	侯古	馘	見入合麥梗二	古獲
24693	硊*	疑入合沒臻一	五忽：臥	疑合1	吾貨	劃	匣入合麥梗二	胡麥
15533	冖	明入開錫梗四	莫狄：美	明開重3	無鄙	吉	見入開質臻重四	居質
15534	鼏	明入開錫梗四	莫狄：美	明開重3	無鄙	吉	見入開質臻重四	居質

臻梗攝相注時的聲母爲明、溪、曉、匣、疑、以諸母。

臻、曾相注 17

663	不	非入合物臻三	分勿：保	幫開1	博抱	德	端入開德曾一	多則
15444	抑	影入開職曾三	於力：漾	以開3	餘亮	吉	見入開質臻重四	居質
15543	侐	曉入合職曾三	況逼：許	曉合3	虛呂	鴥	以入合術臻三	餘律
15544	洫	曉入合職曾三	況逼：許	曉合3	虛呂	鴥	以入合術臻三	餘律
15474	即	精入開職曾三	子力：紫	精開3	將此	逸	以入開質臻三	夷質
1359	匿蟲	娘入開質臻三	尼質：念	泥開4	奴店	力	來入開職曾三	林直
746	騭	章入開質臻三	之日：軫	章開3	章忍	弋	以入開職曾三	與職
790	暱	娘入開質臻三	尼質：仰	疑開3	魚兩	弋	以入開職曾三	與職
16097	脚	精入開職曾三	子力：紫	精開3	將此	逸	以入開質臻三	夷質
16098	曌	精入開職曾三	子力：紫	精開3	將此	逸	以入開質臻三	夷質
16101	鵖	精入開職曾三	子力：紫	精開3	將此	逸	以入開質臻三	夷質
16102	鯽	精入開職曾三	子力：紫	精開3	將此	逸	以入開質臻三	夷質
1355	暱*	娘入開質臻三	尼質：念	泥開4	奴店	力	來入開職曾三	林直
15487	堲	從入開職曾三	秦力：此	清開3	雌氏	吉	見入開質臻重四	居質
16067	垉*	影入開職曾三	乙力：漾	以開3	餘亮	吉	見入開質臻重四	居質
16068	㽕*	影入開職曾三	乙力：漾	以開3	餘亮	吉	見入開質臻重四	居質
22918	皕**	並入開職曾三	扶力：品	滂開重3	丕飲	汔	曉入開迄臻三	許訖

梗曾兩攝入聲在《韻史》中合爲隔部，其主要元音爲 ə，韻尾爲-k，臻攝入聲內部各韻合流後形成吉部，主要元音也爲 ə，韻尾爲-t，以上幾例，在何萱的古韻分部中分屬不同韻部，此處的混注體現的是古音現象。

山、通相注 1

23028	鵴**	群入合屋通三	巨六：儉	群開重3	巨險	戛	見入開黠山二	吉黠

山、梗相注 4

1303	勂	溪入合黠山二	口滑：苦	溪合1	康杜	臧	見入合麥梗二	古獲
24146	㝗	匣入開屑山四	胡結：向	曉開3	許亮	益	影入開昔梗三	伊昔
24222	霓	疑入開屑山四	五結：仰	疑開3	魚兩	錫	心入開錫梗四	先擊

24756　峞**　疑入開屑山四　　魚結：仰　　疑開 3　　魚兩　錫　　心入開錫梗四　　先擊

　　　霓字《韻史》反切與《集韻》相同。

山、曾相注 2

1255　　樺　　見入開黠山二　　古黠：艮　　見開 1　　古恨　德　　端入開德曾一　　多則

1275　　髶　　日入開鎋山二　　而轄：囊　　泥開 1　　奴朗　克　　溪入開德曾一　　苦得

　　　樺字是何氏依照諧聲偏旁革來注音的，是他心目中的古音。

　　　《中原音韻》的入聲三尾已經脫落了，入聲韻在北方方言中基本不存在，入聲韻尾脫落後與相同主元音的陰聲韻合併。南方有入聲韻的地區也基本上是弱化爲[-ʔ]，不存在完整地三尾對立局面。在清末江淮官話中，閉口韻[-m]消失，[-n]尾韻併入[-ŋ]尾韻，入聲韻尾合併爲[-ʔ]。在早期通泰方言中[-m]尾消失，原帶有閉口韻尾的字，在韻尾消失後主要元音鼻化。入聲三尾合併爲[-ʔ]（參顧黔 2001：483）。《韻史》中入聲尾相混與分立相比，可以說是極少數，而且就是這極少數，也是存古現象。我們推測何氏的語音中入聲韻尾很可能也弱化爲喉塞音了，只不過在《韻史》這部書中三尾的對立還完整地保留著。

　　　3、舒聲韻部與入聲韻部相注

　　　（1）陰聲韻與入聲韻相注

　　　上古入聲韻部除緝、盍之外，兼配陰陽；中古入聲韻有九部，與陽聲韻相配，不配陰聲韻；宋元韻圖《切韻指掌圖》、《四聲等子》中入聲兼承陰陽；宋末詞韻開始有入配陰的現象出現。這種入配陰的變化到元代就漸趨明朗（馬君花 2008：203）。魯國堯（1986：146）先生認爲「陰入相叶表明宋金時代北方話的入聲處在削弱消變的過程中，入聲韻尾比較微弱，故偶爾與主元音相同的陰聲字押韻。」對於入配陰，周祖謨（2004a：600）說：「至於入聲字，《廣韻》本不與陰聲韻相承，今圖中於陰聲韻下皆配以入聲，是入聲字之收尾久已失去，以其元音與所配之陰聲韻相近或相同，故列爲一貫耳。然其聲調當較短較促，自與平上去不同。進而論之，入聲之承陰聲，不兼承陽聲者，正元明以降入派三聲之漸。」

　　　如此看來，入配陰的情形在上古和近代都存在。上古的入配陰，是二者主要元音相同的表現，近代的入配陰，則是入聲韻尾脫落的表現，二者性質不同。《韻史》中也存在陰入相注的現象，但總數並不多，具體例證見下：

1）-p 尾入聲韻與陰聲韻相注

上文我們已經說明，《韻史》中的咸深兩攝保持獨立，咸深兩攝與陰聲韻相注總數有限，只有 7 次。

咸攝、止攝 1

20603 劦 匣入開帖咸四 胡頰：亮 來開 3 力讓 器 溪去開脂止重三 去冀

咸攝、蟹攝 5

10870 魶 日去合祭蟹三 而銳：弱 日開 3 而灼 臘 來入開盍咸一 盧盍

11061 𤶃 徹去開祭蟹三 丑例：齒 昌開 3 昌里 葉 以入開葉咸三 與涉

10432 瘱 影去開齊蟹四 於計：舊 群開 3 巨救 葉 以入開葉咸三 與涉

10078 徻* 匣去合泰蟹一 黃外：代 定開 1 徒耐 荅 端入開合咸一 都合

10457 茵g* 影去開祭蟹重三 於例：向 曉開 3 許亮 捷 從入開葉咸三 疾葉

深攝、流攝 1

3279 矗 崇入開緝深三 仕戢：甫 非合 3 方矩 幽 影平開幽流三 於虯

劦字的注音與《集韻》相同。魶字《集韻》有合韻讀音。徻、矗二字何氏按半邊取聲。所注為被注字的古音。

2）-t 尾入聲韻與陰聲韻的相注

臻山兩攝與陰聲韻相注共 52 次，其中有 49 次發生在臻山攝與蟹止攝之間。這其中基本上是何萱不管字的今音為何，而是堅持按照他所認定的諧聲偏旁來注的古音，目的是展現被注字的古讀。

臻攝、止攝 29

22827 聿 以入合術臻三 餘律：饔 影合 1 烏貢 貴 見去合微止三 居胃

21477 沸 非去合微止三 方味：甫 非合 3 方矩 物 明入合物臻三 文弗

沸字何氏放在以弗為聲符的小韻中，是按照聲符取音。沸魅髴躓字注音與《集韻》相同。

15330 至 章去開脂止三 脂利：酌 章開 3 之若 瑟 生入開櫛臻三 所櫛

15436 懿 影去開脂止重三 乙冀：漾 以開 3 餘亮 吉 見入開質臻重四 居質

15327	躓	知去開脂止三	陟利：酌	章開3	之若	瑟	生入開櫛臻三	所櫛
15468	魅	徹去開之止三	丑吏：寵	徹合3	丑隴	吉	見入開質臻重四	居質
21525	矕	來去合脂止三	力遂：呂	來合3	力舉	橘	見入合術臻重四	居聿
977	扐*	來入合沒臻一	勒沒：儉	群開重3	巨險	怡	以平開之止三	與之
15458	豷	曉去合脂止重三	許位：向	曉開3	許亮	吉	見入開質臻重四	居質
20481	秅*	見入開迄臻重三	居乙：竟	見開3	居慶	器	溪去開脂止重三	去冀
15328	疐	知去開脂止三	陟利：酌	章開3	之若	瑟	生入開櫛臻三	所櫛
15946	懥	章去開脂止三	脂利：酌	章開3	之若	瑟	生入開櫛臻三	所櫛
16093	痓	昌去開脂止三	充自：寵	徹合3	丑隴	吉	見入開質臻重四	居質
16095	媤	清去開脂止三	七四：寵	徹合3	丑隴	吉	見入開質臻重四	居質
15437	懿	影去開脂止重三	乙冀：漾	以開3	餘亮	吉	見入開質臻重四	居質
15438	饐	影去開脂止重三	乙冀：漾	以開3	餘亮	吉	見入開質臻重四	居質

塢饐的注音與《集韻》相同。

15443	黯*	影去開脂止重三	乙冀：漾	以開3	餘亮	吉	見入開質臻重四	居質
15453	欭	影去開脂止重三	乙冀：漾	以開3	餘亮	吉	見入開質臻重四	居質
15491	毖	幫去開脂止重三	兵媚：丙	幫開3	兵永	吉	見入開質臻重四	居質
15492	閟	幫去開脂止重三	兵媚：丙	幫開3	兵永	吉	見入開質臻重四	居質
15493	祕	幫去開脂止重三	兵媚：丙	幫開3	兵永	吉	見入開質臻重四	居質
15494	眑	幫去開脂止重三	兵媚：丙	幫開3	兵永	吉	見入開質臻重四	居質

眑字的注音與《集韻》相同。

15516	卭	幫去開脂止重三	兵媚：避	並開重4	毗義	逸	以入開質臻三	夷質
16059	姞	溪去開脂止重四	詰利：舊	群開3	巨救	逸	以入開質臻三	夷質

姞字注音與《集韻》相同。

15537	鑫	並去開脂止重三	平祕：缶	非開3	方久	吉	見入開質臻重四	居質
16141	灞*	並去開脂止重三	平祕：缶	非開3	方久	吉	見入開質臻重四	居質
16094	妣*	幫上開脂止重四	補履：寵	徹合3	丑隴	吉	見入開質臻重四	居質
15538	纛**	滂去開脂止重三	匹備：缶	非開3	方久	吉	見入開質臻重四	居質
15525	痺	並去開脂止重四	毗至：避	並開重4	毗義	逸	以入開質臻三	夷質

山攝、止攝 3

20444	準	章入合薛山三	職悅：壯	莊開 3	側亮 偉	云上合微止三	于鬼
19877	擨	並入開屑山四	蒲結：品	滂開重 3	丕飲 衣	影平開微止三	於希
20592	鴷	來入開薛山三	良薛：亮	來開 3	力讓 器	溪去開脂止重三	去冀

擨字《集韻》另有滂母齊韻讀音，鴷字《集韻》另有來母祭韻讀音，《韻史》中齊微不分，祭也併入止攝，此二字的注音和釋義均與《集韻》相同。

臻攝、蟹攝 9

15459	嚏	端去開齊蟹四	都計：邸	端開 4	都禮 吉	見入開質臻重四	居質
21194	吻	微入合物臻三	文弗：慢	明開 2	謨晏 對	端去合灰蟹一	都隊
15439	曀	影去開齊蟹四	於計：漾	以開 3	餘亮 吉	見入開質臻重四	居質
15441	壹	影去開齊蟹四	於計：漾	以開 3	餘亮 吉	見入開質臻重四	居質
15442	殪	影去開齊蟹四	於計：漾	以開 3	餘亮 吉	見入開質臻重四	居質
16061	譩	影去開齊蟹四	於計：漾	以開 3	餘亮 吉	見入開質臻重四	居質
16072	僀	端去開齊蟹四	丁計：邸	端開 4	都禮 吉	見入開質臻重四	居質
16073	鬄*	端去開齊蟹四	丁計：邸	端開 4	都禮 吉	見入開質臻重四	居質
15526	薜	並去開齊蟹四	蒲計：避	並開重 4	毗義 逸	以入開質臻三	夷質

曀壹殪譩諸字與臻攝入聲與止攝相混時出現的懿擪饐嚏等字同屬一個小韻，何氏按照聲旁為它們注音，是他心目中的古音。

山攝、蟹攝 11

21742	泰	透去開泰蟹一	他蓋：坦	透開 1	他但 槃	心入開曷山一	桑割
20207	頁	匣入開屑山四	胡結：儉	群開重 3	巨險 禮	來上開齊蟹四	盧啟
21365	顠	來上合灰蟹一	落猥：仰	疑開 3	魚兩 列	來入開薛山三	良薛
20817	忦	見入開黠山二	古黠：仰	疑開 3	魚兩 介	見去開皆蟹二	古拜
22952	晢	章去開祭蟹三	征例：掌	章開 3	諸兩 設	書入開薛山三	識列
15391	普	透去開齊蟹四	他計：體	透開 4	他禮 結	見入開屑山四	古屑
21872	宋	滂去開佳蟹二	匹卦：普	滂合 1	滂古 括	見入合末山一	古活

20909	刉*	見入合末山一	古活：	艮	見開1	古恨	泰	透去開泰蟹一	他蓋
22778	啐*	匣入合鎋山二	乎刮：	戶	匣合1	侯古	快	溪去合夬蟹二	苦夬
23185	懞**	見去合祭蟹三	姑衛：	去	溪合3	丘倨	髮	非入合月山三	方伐
21398	㿹	幫去開祭蟹重四	必袂：	品	滂開重3	丕飲	列	來入開薛山三	良薛

忭字的《廣韻》音與何氏注音還有聲母上的不同。此字《集韻》有疑母皆韻一讀，釋義和讀音都與《韻史》一致。該字可以不作爲音變考慮。

臻攝、流攝 2

5897	呎	心入開質臻重四	息必：	始	書開3	詩止	晝	知去開尤流三	陟救
21939	宄*	來平開尤流三	力求：	洞	定合1	徒弄	骨	見入合沒臻一	古忽

山攝、流攝 1

4382	荌**	莊入合鎋山二	側刮：	掌	章開3	諸兩	守	書上開尤流三	書九

臻山兩攝與陰聲韻攝的相混基本上是存古的表現。

3）-k 尾入聲韻與陰聲韻相注

-k 尾入聲韻與陰聲韻相注共計 56 次，主要發生在止蟹攝與曾梗攝之間，效攝與宕攝之間，都是何萱的刻意存古。

止攝、通攝 2

24631	斸*	定入合屋通一	徒谷：	舉	見合3	居許	恚	影去合支止重四	於避
6097	盘**	溪上開之止三	墟里：	儉	群開重3	巨險	蔟	清入合屋通一	千木

止攝、梗攝 1

22402	遆*	定入開錫梗四	亭歷：	路	來合1	洛故	偉	云上合微止三	于鬼

遆字的注音與中古音相比聲韻都有變化，原因是何氏以半邊取音，他按照自己的諧聲原則來爲遆字注音。

止攝、曾攝 3

130	盡	曉入開職曾三	許極：	向	曉開3	許亮	基	見平開之止三	居之
1327	醷	影上開之止三	於擬：	隱	影開3	於謹	力	來入開職曾三	林直
1216	值*	知入開職曾三	竹力：	軫	章開3	章忍	記	見去開之止三	居吏

蟹攝、通攝 2

| 22876 | 鋅 | 精入合沃通一 | 將毒： | 纂 | 精合1 | 作管 | 對 | 端去合灰蟹一 | 都隊 |
| 1066 | 瞽 | 心入合屋通一 | 桑谷： | 散 | 心開1 | 蘇旱 | 改 | 見上開咍蟹一 | 古亥 |

鋅字的注音與《集韻》相同。

蟹攝、梗攝 6

15	核	匣入開麥梗二	下革：	艮	見開1	古恨	哉	精平開咍蟹一	祖才
24145	歑	透去開齊蟹四	他計：	向	曉開3	許亮	益	影入開昔梗三	伊昔
24352	狔*	影入開麥梗二	乙革：	軫	章開3	章忍	雞	見平開齊蟹四	古奚
24353	軶*	影入開麥梗二	乙革：	軫	章開3	章忍	雞	見平開齊蟹四	古奚
24645	罭*	影去開佳蟹二	烏懈：	案	影開1	烏旰	策	初入開麥梗二	楚革
23980	迟*	溪入開陌梗三	乞逆：	儉	群開重3	巨險	係	見去開齊蟹四	古詣

核字的注音與《集韻》相同。狔軶二字從厄取聲，厄爲章母支韻字，《韻史》中齊併入止攝，此二例可認作沒有發生音變。

蟹攝、曾攝 1

| 21025 | 戴 | 初入開職曾三 | 初力： | 措 | 清合1 | 倉故 | 快 | 溪去合夬蟹二 | 苦夬 |

戴字《集韻》有清母泰韻一讀，《韻史》泰夬合併，此處的音注與《集韻》音相同。

遇攝、通攝 2

| 5338 | 鼓 | 見上合模遇一 | 公戶： | 酌 | 章開3 | 之若 | 僕 | 並入合屋通一 | 蒲木 |
| 5461 | 窳 | 以平合虞遇三 | 羊朱： | 永 | 云合3 | 于憬 | 曲 | 溪入合燭通三 | 丘玉 |

窳字音注與《集韻》音相同。

遇攝、宕攝 8

7829	惹	日入開藥宕三	而灼：	顐	日合3	而兗	許	曉上合魚遇三	虛呂
7126	輅	來去合模遇一	洛故：	海	曉開1	呼改	各	見入開鐸宕一	古落
7214	醋	清去合模遇一	倉故：	采	清開1	倉宰	各	見入開鐸宕一	古落
7218	遻	疑去合模遇一	五故：	我	疑開1	五可	各	見入開鐸宕一	古落
7494	怕	定入開鐸宕一	徒落：	狀	崇開3	鋤亮	姑	見平合模遇一	古胡

6942	酢	從入開鐸宕一	在各：寸	清合1	倉困	固	見去合模遇一	古暮
7777	簿	並入開鐸宕一	傍各：佩	並合1	蒲昧	古	見上合模遇一	公戶
7762	蠹	以入開藥宕三	以灼：磊	來合1	落猥	古	見上合模遇一	公戶

遷醋字與《集韻》音相同。其中醋《集韻》有從母鐸韻音，《韻史》清從合併，此處注音與《集韻》合。

遇攝、梗攝 2

| 6670 | 趣 | 徹入開陌梗二 | 丑格：狀 | 崇開3 | 鋤亮 | 古 | 見上合模遇一 | 公戶 |
| 6698 | 蓦 | 明入開陌梗二 | 莫白：漫 | 明合1 | 莫半 | 古 | 見上合模遇一 | 公戶 |

蓦字注音與《集韻》音相同。

效攝、通攝 5

3542	梫	見入合屋通三	居六：侃	溪開1	空旱	早	精上開豪效一	子晧
3758	莫	明入合沃通一	莫沃：莫	明開1	慕各	誥	見去開豪效一	古到
3903	蠨	心平開蕭效四	先彫：想	心開3	息兩	菊	見入合屋通三	居六
4760	晧*	匣去開豪效一	後到：浩	匣開1	胡老	篤	端入合沃通一	冬毒
4793	趉*	從上開豪效一	在早：戶	匣合1	侯古	槃	明入合屋通一	莫蔔

梫字的注音與《廣韻》音相比還有聲母的差別，《集韻》另有溪母豪韻一讀，即何氏音注在《集韻》中已經存在。莫字注音也與《集韻》相同。蠨字何氏認爲聲旁爲肅而不是蕭，他是按照聲符注音的。

效攝、江攝 2

| 2809 | 趵 | 幫入開覺江二 | 北角：布 | 幫合1 | 博故 | 皃 | 明去開肴效二 | 莫教 |
| 2011 | 斷* | 知入開覺江二 | 竹角：壯 | 莊開3 | 側亮 | 豹 | 幫去開肴效二 | 北教 |

效攝、宕攝 5

1697	爵	精入開藥宕三	即略：俊	精合3	子峻	宵	心平開宵效三	相邀
2511	狗	章入開藥宕三	之若：羽	云合3	王矩	宵	心平開宵效三	相邀
2902	禪*	徹去開肴效二	敕此：茞	昌開1	昌絕	鶴	匣入開鐸宕一	下各
1602	辵	徹入開藥宕三	丑略：齒	昌開3	昌里	驕	見平開宵效重三	舉喬
1782	爒 g*	書入開藥宕三	式灼：呂	來合3	力舉	翹	群平開宵效重四	渠遙

效攝、梗攝 1

1481　諕　曉入合陌梗二　　虎伯：海　曉開1　呼改　毛　明平開豪效一　莫袍

　　諕字注音與《集韻》相同。

流攝、通攝 9

5443　鬪　端去開侯流一　　都豆：寵　徹合3　丑隴　蔟　清入合屋通一　千木

3990　蝥　明平開尤流三　　莫浮：昧　明合1　莫佩　哭　溪入合屋通一　空谷

3452　朒　娘入合屋通三　　女六：念　泥開4　奴店　九　見上開尤流三　舉有

4360　忸　娘入合屋通三　　女六：念　泥開4　奴店　九　見上開尤流三　舉有

4483　嗕　日入合燭通三　　而蜀：念　泥開4　奴店　究　見去開尤流三　居祐

3715　勖*　曉入合屋通三　　許六：莫　明開1　慕各　瘦　生去開尤流三　所祐

6015　穎*　滂平開侯流一　　普溝：磊　來合1　落猥　卜　幫入合屋通一　博木

5336　穀*　見去開侯流一　　居候：海　曉開1　呼改　僕　並入合屋通一　蒲木

4777　嗖*　生去開尤流三　　所救：稍　生開2　所教　篤　端入合沃通一　多毒

　　朒、忸、鬪三字注音與《集韻》相同。穎字何氏是按照聲符錄字取聲的。蝥與稴、桼、鞏、鶩等字同列在一個小韻中，何氏認爲它們的聲符相同。

流攝、江攝 1

4851　齱　崇入開覺江二　　士角：酌　章開3　之若　鉤　見平開侯流一　古侯

　　齱字《集韻》有莊母尤韻一讀。《韻史》中的莊章合流，尤韻在莊母後的 i 介音丟失與侯合併。此條音注與《集韻》相合。

流攝、宕攝 1

4104　崜*　知入開藥宕三　　陟略：體　透開4　他禮　求　群平開尤流三　巨鳩

流攝、梗攝 1

3170　蓨　透入開錫梗四　　他歷：體　透開4　他禮　求　群平開尤流三　巨鳩

流攝、曾攝 1

3681　匐　滂入開德曾一　　匹北：范　奉合3　防錄　究　見去開尤流三　居祐

　　匐字注音與《集韻》相同。

果攝、梗攝 1

25230　厄　影入開麥梗二　　於革：五　疑合 1　疑古　果　見上合戈果一　古火

　　《廣韻》中厄字的於革切一讀，釋義爲「同厄」，是按照厄字來注音並釋義的，與《韻史》音義有別，不能用來比較。《集韻》中有疑母戈韻一讀，與何氏反切音義相合，所以此條的中古音當依《集韻》。

假攝、宕攝 1

7265　霸　幫去開麻假二　　必駕：抱　並開 1　薄浩　各　見入開鐸宕一　古落

　　霸字除韻母外，聲母的中古音與何氏注音也存在著差別，《集韻》另有滂母陌韻一讀。《韻史》滂並合流，梗宕二攝中的陌二與鐸也是分不清楚的，所以引條可以看作陌二與鐸的相注例。

假攝、梗攝 1

24674　跂*　初去開麻假二　　楚嫁：萓　昌開 1　昌給　隔　見入開麥梗二　古核

　　入聲韻與陰聲韻的相注，和異尾入聲韻的相注在音變上具有相同的性質，體現的是上古讀音。「從現代有入聲的方言分佈上看，北方多半已失落入聲，南方則大致保存，夾在南北中間的地區則往往有個喉塞音韻尾，例如吳語就是。……像這種活語言留下的痕跡，說明了入聲韻尾不是一下子就失落的，它必有個弱化的過程。」（竺家甯：1994b）通泰地區也屬於「南北中間的地區」，但我們從《韻史》中不容易看到入聲韻尾的弱化現象，因爲何萱本意是在注古音。他攝注和他韻注是因爲存古造成的，而不是語音演變現象。所以《韻史》中還完整地保留著-p、-k、-t 尾。

（2）陽聲韻與入聲韻相注

通、江相注 1

12245　麩*　曉入合屋通一　　呼木：海　曉開 1　呼改　絳　見去開江江二　古巷

通、臻相注 1

4606　鞠**　群去開欣臻三　　巨斤：几　見開重 3　居履　育　以入合屋通三　余六

通、山相注 1

6141　豙**　徹去開先山四　　丑練：處　昌合 3　昌與　曲　溪入合燭通三　丘玉

　　何氏認爲麩、鞠、豙三字分別從空、菊、豕得聲，按照諧聲偏旁注音。

臻、宕相注 1

17034　䚷** 群入開藥宕三　其虐：紫　精開 3　將此　巾　見平開真臻重三　居銀

臻、梗相注 2

17210　嵎　泥入開錫梗四　奴歷：紐　娘開 3　女久　謹　見上開欣臻三　居隱

24787　𢿏** 微平合文臻三　武分：面　明開重 4　彌箭　錫　心入開錫梗四　先擊

嵎字的反切與《集韻》相同。

山、宕相注 1

19618　䦷　云入合藥宕三　王縛：几　見開重 3　居履　晏　影去開刪山二　烏澗

山、梗相注 1

19551　鍘*　初入開麥梗二　測革：稍　生開 2　所教　旦　端去開寒山一　得按

山、曾相注 3

1343　鳶　以平合仙山三　與專：隱　影開 3　於謹　力　來入開職曾三　林直

19735　稄　莊入開職曾三　阻力：敘　邪合 3　徐呂　萬　微去合元山三　無販

1441　鳶　以平合仙山三　與專：羽　云合 3　王矩　㰟　曉入合職曾三　況逼

山、咸相注 1

18586　甈　來入開帖咸四　盧協：亮　來開 3　力讓　片　滂去開先山四　普麵

何氏認爲「䚷嵎𢿏䦷鍘稄鳶（含鳶）甈」八字分別從「卂忍鬲閒冊夋弋㽕」得聲，按照諧聲偏旁注音。其中㽕字屬仙韻，《韻史》仙先合流。

宕、梗相注 1

24720　蔏** 書平開陽宕三　舒羊：眺　透開 4　他弔　益　影入開昔梗三　伊昔

梗、咸相注 1

9019　夾　書入開昔梗三　施隻：始　書開 3　詩止　冄　日上開鹽咸三　而琰

夾字《集韻》爲鹽韻，說明夾字讀爲鹽韻字在《集韻》中已經出現。《集韻》音與《韻史》注音相同。

曾、咸相注 1

1397　䁢** 書平開鹽咸三　式冉：哂　書開 3　式忍　力　來入開職曾三　林直

蕳睊二字同樣按聲旁商、仄注音，其中商字錫韻，《韻史》錫昔不分。

綜上，陽聲韻尾與入聲韻尾的相注基本上是何氏嚴格按照他的「同聲同部」原則注音造成的，主要是古音的體現。

（三）《韻史》自注反切的韻母表

上文我們討論了《韻史》的韻部情況，與中古十六攝不同，《韻史》韻部對十六攝諸韻進行了重新整合與分配，最後的結果是由中古的十六攝變爲《韻史》的 20 部，陰聲韻 6 部，分別爲：幾部、該部、高部、姑部、鳩部、柯部；陽聲韻 7 部，分別爲：江部、岡部、耕部、臤部、干部、金部、甘部；入聲韻 7 部，分別爲綮部、各部、隔部、吉部、葛部、忍部、頰部。另有大量他攝注和他韻注，我們留待「音系性質」一節中討論。我們先看一下《韻史》的 20 部所含韻母情況。

1、元　音

《廣韻》依照主元音的不同將中古韻母劃分爲 206 韻，早期韻圖《韻鏡》、《七音略》又依照主要元音相同或相近、韻尾相同的條件將韻母進行了歸併，劃分成了 16 攝，而在《四聲等子》、《切韻指掌圖》、《經史正音切韻指南》等宋元後期韻圖中江宕同圖、梗曾同圖、果假同圖，將 16 攝進一步合併成 13 攝。馮蒸先生（1997d：237）認爲此種情況「似乎暗示著同一攝的主要元音此時已基本上或完全趨於相同（我們當然知道詩詞押韻並不要求主元音完全一樣了）。我認爲『攝』這一名稱的起源與同攝諸韻主元音相同的情況一定有某種聯繫，否則『攝』這一名稱的出現就沒什麽意義了。」又，「宋元等韻圖以及明清等韻圖的『攝』都是指主要元音和韻尾完全相同而只是介音不同的一組韻而言」（馮蒸 1997d：231）。我們分析《韻史》韻母系統時也發現，除了臻、山、咸攝主要元音有所不同外，其餘各部的主要元音基本上混同了，具體來說有以下九個：

[i]——幾部，金部、忍部，臤部、吉部、耕部、隔部三等開口主元音；

[u]——姑部一等合口，臤部、吉部、耕部、隔部一等合口主元音；

[y]——姑部三等合口，臤部、吉部、耕部、隔部三等合口主元音；

[ə]——鳩部，臤部、吉部、耕部、隔部一等開口主元音；

[o]——江部、鬆部，干部一等合口主元音；

[ɑ]——岡部、各部、高部，干部、葛部、甘部和頼部一等開口主元音；

[a]——該部，干部、甘部和頼部二等開口主元音；

[ɛ]——干部、葛部、甘部和頼部三四等主元音；

[ɔ]——柯部主元音。

2、介　音

《韻史》中韻母的大量合併，同部中的主元音基本相同，按照介音的不同而分化為幾個韻母。從材料中來看，書中沒有按照四等分類，而是明確出現開、齊、合、撮四呼名稱並按照四呼排字分類，我們認為《韻史》中存在著[-i-]、[-u-]、[-y-]三類介音。

3、韻　尾

中古陽聲韻和入聲韻分別保持三類韻尾不混，這種情況在《韻史》中依然存在。雖然異尾陽聲、異尾入聲存在互注的情況，但從比率上來看可以忽略不計。

表 3-74　入聲韻尾相注情況統計表

類別	入－入									陰－入		
	同　攝			異　攝								
				同　尾			異　尾					
	-k	-t	-p	-k	-t	-p	-k/-t	-k/-p	-t/-p	-k/-	-t/-	-p/-
次數	1525	1304	711	444	22	6	12	8	5	56	56	7

從表中來看，同尾入聲相注最明顯，主要是因為同收-k尾的江宕二攝入聲、梗曾攝入聲在《韻史》中合併為各部和隔部造成的。其餘的異攝同尾、異攝異尾和陰入相混，基本上都是刻意存古造成的。所以，雖然不同入聲韻尾存在相互為注的情況，但實際上不是音變現象，對異尾三分的格局沒有造成影響。

表 3-75　陽聲韻尾相注情況統計表

類別	同　攝			異　攝					
				同　尾			異　尾		
	-ŋ	-n	-m	-ŋ	-n	-m	-ŋ/-n	-ŋ/-m	-n/-m
次數	2751	2945	1122	351	171	13	158	31	9

從表中來看，同尾陽聲相注和異尾-ŋ 與-n 之間相注比較明顯。同尾相注主要是因爲同收-ŋ 尾的梗曾二攝在《韻史》中合併爲岡部，同時由於存古的原因有大量江攝字與通攝字合流形成江部導致的。-ŋ 與-n 之間相注主要因爲存古，但也有何氏語音中前後鼻音不分的原因。其餘相注類型基本上是古音體現。雖然有一定數量他攝注，但與同尾自注相比還是處於弱勢地位，陽聲韻尾三分的格局依舊。

我們根據上述分析，爲《韻史》擬出韻母（57 個）表：

表 3-76 《韻史》反切韻母表

	開	齊	合	撮
柯部	ɔ		uɔ	
姑部			u	y
該部	ai		uai	
幾部		i	ui	
高部	ɑu	iɑu		
鳩部	əu			
干部	ɑn		uon	
	an			
		iɛn		yɛn
葛部	ɑt		uɑt	
		iɛt		yɛt
甘部	ɑm			
	am			
		iɛm		
頰部	ɑp			
	ap			
		iɛp		
金部	iᵊm			
急部	iᵊp			
艮部	ən	iᵊn	uᵊn	yᵊn
吉部	ət	iᵊt	uᵊt	yᵊt
耕部	əŋ	iᵊŋ	uᵊŋ	yᵊŋ
隔部	ək	iᵊk	uᵊk	yᵊk
岡部	ɑŋ	iɑŋ	uɑŋ	
各部	ak	iak	uak	yak
江部	oŋ	ioŋ		yoŋ
縠部	ok	iok		yok

需要說明的是，《韻史》韻母不等同於何氏所操語音系統中的韻母，由於材料所限，很多語音現象是無法體現的。

三、聲調系統

現代漢語方言的聲調和《切韻》一系韻書中四聲的分合有很大的差異。現代的方言平聲都分爲陰平和陽平兩類，陰平都是古清聲母字，陽平都是古濁聲母字。上、去兩聲有些方言也隨著聲母的清濁各分爲兩類，即陰上、陽上，陰去、陽去。但大多數方言的全濁上聲字都變成了去聲。入聲在有些方言還保留，在有些方言則讀爲平聲或去聲；保留入聲的又有跟平聲一樣分爲陰入、陽入兩類的，也有的則不分。因爲調類的分合不同，各處方言的調類的數目也就不一樣：少的有四個調、五個調，多的有六個調、七個調、八個調、九個調。北方方言通常四個調，南京官話有五個調，客家話有六個調，福州話、廈門話有七個調，吳語有八個調，廣州話有九個調。韻書反映的聲調系統以及現代方言聲調調類的數目不一，要求我們分析文獻著作時應當注意到其時代和地域的因素。何萱是清代通泰方言區的人，他所著的《韻史》的聲調系統有幾個調類是我們所關注的問題。

（一）《韻史》聲調系統的考證方法和步驟 [註22]

我們在談到何萱的上古聲調時曾經引用過他在《答吳百盃論韻史書》中的一段話，主要是分析他的古聲調觀；現在我們還要再一次提出來，主要是爲了考察《韻史》實際的聲調狀況。在《答吳百盃論韻史書》中，何氏說「入聲每字皆含陰陽二聲，視水土之輕重而判。輕則清矣，其出音也送之不足而爲陰；重則濁矣，其出音也送之足而爲陽。」這句話被羅常培先生和魯國堯先生看作是他實際口語音入聲分陰陽的證據。羅先生對何萱的這段話作過評述，認爲他的方音中入聲本有陰、陽之別，但是拘執方以智的五聲之說，即使是有分別，也要把它們合在一起。魯先生從現代泰興方言聲調出發，認爲何氏的送氣足與不足，就是聲母送氣與否的問題。今通泰方言陽入逢塞音、塞擦音聲母皆吐氣，陰入則否。何氏的說法剛好與之相符。內部參證法是我們研究的重要方法之一，何氏的這些自述重要性自不必說。但因爲何氏著書旨趣的影響，我們拋開他自

〔註22〕關於研究聲調的方法，我們參考馮蒸先生1997e，此處一併說明，引文不再一一標注。

定的聲調類別，仍然從反切入手，通過比較、統計和歸納的方法來求證《韻史》的聲調系統。具體操作步驟爲：

第一步：以中古四聲爲基礎，將《韻史》韻字按照平上去入分爲四聲。在不考慮聲母的清濁和聲母的其他音變，以及韻母的音變的情況下，統計同調自注和異調混注的情況，得出《韻史》的大調類。

第二步：考察每一個大調類內部的情況。通過分析同調自注和異調混注，去掉誤讀的例子和已經發生的、卻沒有合理音理解釋的音變例，以保證我們對材料的分析研究是在條件相同的情況下進行的，以求證聲母清濁不同，大調類內部是否存在清濁的對立。也就是說，查看每個大調類內部是否還有下屬調類，我們暫稱之爲小調類。

第三步：統計數據，根據總量和比例明確大調類和小調類，得出《韻史》的聲調系統。

統計之前需要明確的問題是：

1、清濁音的分類問題

在中古音平上去入四個聲調的基礎上，我們把各聲調的字又做了如下分類：清聲母字、次濁聲母字和全濁聲母字。次濁聲母的聲調一般不獨立，而是或併在清類中，或併在全濁類中。所以我們在統計的時候，雖然是分成清、次濁，全濁三類分別加以統計，但是並不認爲這三類聲母可導致三個聲調。也就是說，現代漢語方言的聲調演變基本上沒有清、次濁，全濁三分的局面，次濁類可以併入相應的清類或全濁類中，二者又是因大調類的情況而異的。《韻史》的次濁類如何歸屬，本文的處理是：次濁在上聲中歸入清類，在平、去、入三聲中歸入全濁類。影母本身爲清音，但「在近代漢語音韻文獻和漢語方言中影母有全清和次濁兩種發展方向」（馮蒸 1997e：151），我們也采取這樣的處理方法：影母自注按清音類統計，影母和云、以等次濁聲母混注按次濁類統計。

2、清濁類的對比統計問題

關於清濁類的對比問題，我們參照馮蒸先生在《〈爾雅音圖〉的聲調》（1997e）一文中的原則。即：「統計出各聲調的清濁自注、混注數量和比例之後，如果清濁各類的自注比例大於混注比例，我們就認爲聲調內部的清類

和濁類有別，反之，即認爲該聲調內的清類和濁類無別。這裡的『清類』和『濁類』是聲母的清和濁，但也有聲母的清濁無別，而只是聲調的陰陽問題。」

3、清濁數量對比的解釋問題。

對清濁數量對比的解釋，我們依然參照馮蒸先生在《〈爾雅音圖〉的聲調》（1997e）一文中的原則，按照音系中是否有完整的全濁聲母來分兩方面考慮：（1）如果音系中保存有完整的全濁聲母。那么只能是以清注清，以濁注濁，不可能存在清濁混注的情況。因爲此時清濁的對立爲聲母的對立，同一調內的清濁聲母在聲調上表現出的不同是一種伴隨現象。（2）如果音系中的全濁聲母業已消失，而分別來自中古清、濁聲母的兩組字仍然是以自注爲主，那麼這種清濁自注就可以認爲是聲調的陰陽造成的分組趨勢。此時肯定會有大量的清、濁混注，這是濁音清化後，清、濁分別不清的表現。

從下文的統計結果來看，清濁混注占有相當比例，不但平、上、去、入四聲內都有，而且遍及全部十二個中古全濁聲母，總計有 4208 例，這顯然不是一個偶然現象。不過在各聲調之內，清類和濁類還是以自注爲主的。《韻史》中的全濁聲母已清化，所以《韻史》的「清濁類」自注優勢反映的是聲調的陰陽問題。

（二）中古四聲在《韻史》中的變化 〔註23〕

按照上文所確定的步驟，我們首先檢查一下中古音的平、上、去、入四聲在《韻史》中的變化情況，統計結果見下表：

表 3-77　《韻史》反切聲調與中古聲調相注情況統計表

	平	上	去	入
平	7665	60	90	18
上	62	3691	116	15
去	57	79	3647	31
入	9	6	57	4020
總數	7793	3836	3910	4084
同調自注比例	98.4%	96.2%	93.3%	98.4%

〔註23〕雖然何氏明確指出《韻史》有陰平、陽平、上、去、入五調，實際語音入聲也分陰陽，但因爲何萱本人也沒有一個嚴格的標準，所以我們拋開何氏的框架，從反切入手自行考察。上文已有說明。

從上表來看，同調自注的比例非常高，平均達到 96.6%，異調混注的比例平均只有 3.4%，自注與混注的比例差距明顯，所以《韻史》中存在平、上、去、入四個聲調是沒有疑議的。值得注意的是，雖然異調混注的比例不大，但由於基數大，所以混注的數量並不在少數，平上混注 122 例，平去混注 147 例，平入混注 27 例，上去混注 195 例，上入混注 21 例，去入混注 88 例，我們下面逐一分析混注的情況。

1、中古四聲在《韻史》中的混注

（1）上去混注

以上混注類型中，最值得注意的是上去的混注。近代聲調的演變中，濁上變去是個重要變化，《韻史》中上去混注的數量最多，我們對這類混注給予高度關注，按照聲母的清濁，把上去兩聲混注例的具體情況列表如下：

表 3-78　上去混注統計表

次　　數		上			去		
		清	次濁	全濁	清	次濁	全濁
上	清				46		15
	次濁				1	32	1
	全濁				8	2	11
去	清	28		27			
	次濁		9				
	全濁	8	1	6			

在 195 例上去混注中，有 54 例爲全濁上聲與去聲混注。

全濁上聲變去聲例 33

全濁、全濁 6

16765	盾	船上合諄臻三	食尹：	狀	崇開 3	鋤亮	困	溪去合魂臻一	苦悶

25354	徛	群上開支止重三	渠綺：	儉	群開重 3	巨險	駕	見去開麻假二	古訝
18466	毈	定上合桓山一	徒管：	杜	定合 1	徒古	宦	匣去合刪山二	胡慣
529	悑*	並上開佳蟹二	部買：	抱	並開 1	薄浩	岱	定去開咍蟹一	徒耐
4562	纛*	定上開豪效一	杜晧：	代	定開 1	徒耐	誥	見去開豪效一	古到

17301　儃*　定上合魂臻一　　杜本：杜　定合1　徒古　困　溪去合魂臻一　　苦悶

聲母涉及並、定、群、船（崇）

全濁、清 27

5876　蓓　並上開咍蟹一　　薄亥：普　滂合1　滂古　聚　從去合虞遇三　　才句

16799　限　匣上開山山二　　胡簡：向　曉開3　許亮　近　群去開欣臻三　　巨靳

5268　韽　並上開侯流一　　蒲口：普　滂合1　滂古　聚　從去合虞遇三　　才句

7080　駔　從上合模遇一　　徂古　翠　清合3　七醉　據　見去合魚遇三　　居御

9107　簟　定上開添咸四　　徒玷：眺　透開4　他弔　念　泥去開添咸四　　奴店

1957　號　匣上開豪效一　　胡老：海　曉開1　呼改　到　端去開豪效一　　都導

18710　瑑　澄上合仙山三　　持兗：處　昌合3　昌與　萬　微去合元山三　　無販

18707　顓　崇上合仙山三　　士兗：處　昌合3　昌與　萬　微去合元山三　　無販

16864　儁　從上合仙山三　　徂兗：醉　精合3　將遂　運　云去合文臻三　　王問

14386　姘　從上開清梗三　　疾郢：淺　清開3　七演　敬　見去開庚梗三　　居慶

14387　阱　從上開清梗三　　疾郢：淺　清開3　七演　敬　見去開庚梗三　　居慶

25335　坐　從上合戈果一　　徂果：措　清合1　倉故　課　溪去合戈果一　　苦臥

18604　銜　從上開仙山三　　慈演：此　清開3　雌氏　線　心去開仙山三　　私箭

16870　麩　奉上合文臻三　　房吻：甫　非合3　方矩　運　云去合文臻三　　王問

18646　揵　群上開元山三　　其偃：去　溪合3　丘倨　萬　微去合元山三　　無販

10753　黬　匣上開咸咸二　　下斬：向　曉開3　許亮　鑑　見去開銜咸二　　格懺

17336　屵　匣上開山山二　　胡簡：向　曉開3　許亮　近　群去開欣臻三　　巨靳

18572　晛　匣上開先山四　　胡典：向　曉開3　許亮　片　滂去開先山四　　普麵

19510　罕　匣上開寒山一　　胡笴：海　曉開1　呼改　旦　端去開寒山一　　得按

10748　礛*　匣上開銜咸二　　戶黬：向　曉開3　許亮　鑑　見去開銜咸二　　格懺

10751　礛*　匣上開銜咸二　　戶黬：向　曉開3　許亮　鑑　見去開銜咸二　　格懺

14766　犷*　匣上開豪效一　　下老：海　曉開1　呼改　諍　莊去開耕梗二　　側迸

5875　飜**　奉上開尤流三　　裴負：普　滂合1　滂古　聚　從去合虞遇三　　才句

12344　神**　澄上合鍾通三　　直勇：處　昌合3　昌與　眾　章去合東通三　　之仲

18343　敦**　匣上合桓山一　　何滿：海　曉開1　呼改　旦　端去開寒山一　　得按

| 22654 | 噦** | 群上合脂止重四 | 求癸： | 去 | 溪合3 | 丘倨 | 邃 | 邪去合脂止三 | 徐醉 |
| 22617 | 狴* | 並上開脂止重四 | 並履： | 品 | 滂開重3 | 丕飲 | 利 | 來去開脂止三 | 力至 |

全濁上變清去從數量上來說相對多一些，主要因為《韻史》中的全濁聲母已經清化了。聲母涉及並、澄（崇）、從、奉、群、匣。

《韻史》用全濁上聲字為中古去聲字注音例21

全濁、全濁 11

17171	馱	並去合模遇一	薄故：	佩	並合1	蒲昧	緄	見上合魂臻一	古本
19252	澣	匣去合桓山一	胡玩：	戶	匣合1	侯古	版	幫上開刪山二	布綰
20425	蜽	匣去合灰蟹一	胡對：	戶	匣合1	侯古	偉	云上合微止三	于鬼
19481	饌	邪去合仙山三	辝戀：	敘	邪合3	徐呂	返	非上合元山三	府遠
18009	撣	定去開寒山一	徒案：	代	定開1	徒耐	罕	曉上開寒山一	呼旱
12128	胴	定去合東通一	徒弄：	杜	定合1	徒古	滃	影上合東通一	烏孔
12140	哃	定去合東通一	徒弄：	杜	定合1	徒古	滃	影上合東通一	烏孔
15168	辦	並去開山山二	蒲莧：	避	並開重4	毗義	演	以上開仙山三	以淺
18040	瀚*	匣去合桓山一	胡玩：	戶	匣合1	侯古	版	幫上開刪山二	布綰
1071	骳**	並去合魂臻一	蒲悶：	抱	並開1	薄浩	乃	泥上開咍蟹一	奴亥
17144	踵**	匣去合魂臻一	胡困：	戶	匣合1	侯古	本	幫上合魂臻一	布忖

聲母涉及並、定、匣、邪。

清、全濁 8

11450	統	透去合冬通一	他綜：	杜	定合1	徒古	滃	影上合東通一	烏孔
5071	�	透去開侯流一	他候：	代	定開1	徒耐	口	溪上開侯流一	苦后
12189	洪g*	見去開江宕二	古巷：	舊	群開3	巨救	勇	以上合鍾通三	余隴
20465	誹	非去合微止三	方味：	奉	奉合3	扶隴	偉	云上合微止三	于鬼
20468	菲	非去合微止三	方味：	奉	奉合3	扶隴	偉	云上合微止三	于鬼
18037	旰	見去開寒山一	古案：	戶	匣合1	侯古	版	幫上開刪山二	布綰
17160	玔*	昌去合仙山三	樞絹：	狀	崇開3	鋤亮	緄	見上合魂臻一	古本
17190	嘽**	溪去開眞臻三	丘引：	舊	群開3	巨救	謹	見上開欣臻三	居隱

聲母涉及崇、奉、群、匣、定。

次濁、全濁 2

19325　言 g*疑去開元山三　　牛堰：舊　群開 3　　巨救　顯　曉上開先山四　　呼典

5163　寠*　來去合虞遇三　　龍遇：郡　群合 3　　渠運　庚　以上合虞遇三　　以主

聲母爲群母。

　　從用例來看，全濁聲母除了禪、俟外，並、奉、定、澄、從、邪、船、崇、群、匣諸母都存在上聲變去聲的情況。

　　全濁上聲變去聲是中古以來發生的一項重要的聲調演變，指的是中古時期的全濁的塞音、塞擦音、擦音聲母的上聲字在許多漢語方言尤其是官話區方言中變爲去聲。這一演變，自唐時即已發生。李涪《刊誤》嘗詆《切韻》曰：「吳音乖舛，不亦甚乎？上聲爲去，去聲爲上。……恨怨之恨則在去聲，很戾之很則在上聲。又言辯之辯則在上聲，冠弁之弁則在去聲。又舅甥之舅則在上聲，故舊之舊則在去聲。又皓白之皓則在上聲，號令之號則在去聲。又以恐字恨字俱去聲：今士君子於上聲呼恨，去聲呼恐，得不爲有識之所笑乎？」這裏所舉的「很」、「辯」、「舅」、「皓」等字都是全濁上聲字，「恨」、「弁」、「舊」、「號」等字都是全濁去聲字。李涪既以《切韻》所分爲非，可知當時洛陽音全濁上聲與全濁去聲已經讀的一樣了，即其方音中必已不分全濁上去了。李涪《刊誤》成於公元 895 年放死嶺南之前，距《切韻》成書公元 601 年將近晚 300 年。300 年不到的時間，語音中已有不辨全濁上、去。（馬君花 2008：240）

　　蔣冀騁、吳福祥（1997）認爲，全濁上聲變去聲，始於中晚唐，五代以後蔚爲大觀，成爲一種較爲普遍的語言現象。但眞正被文人所認可、反映在音注等著作中，則是宋代的事。明確地把中古全濁上聲字和去聲字看成是同音字而編排在一起的最早的文獻，學術界公認是《中原音韻》（1324 年）。《韻史》成書於清代，雖然撰著者想反映古音，但是在反切中已經不可避免地體現出濁上變去的現象。《韻史》中全濁上聲字的注音有 1070 條，其中上聲自注 995 條（與清上 756 次，與次濁上 6 次，與全濁上 233 次），與去聲混注 53 條（與清去 35 次，與次濁去 1 次，與全濁去 17 次），與平聲混注 19 條（與清平 10 次，次濁平 1 次，全濁平 8 次），與入聲混注 3 條（與清入、次濁入

和全濁入各 1 次），與去聲混注和自注的比例爲 22.7%，這說明《韻史》中濁上變去已經發生。但是，已經發生變化不等於全部濁音上聲字都變成了去聲，除去與平聲和入聲的混注之外，依然爲上聲字的也不在少數。馮蒸先生在考察《爾雅音圖》的濁上變去情況時，對《音圖》中存在的濁上沒有變去現象運用「詞匯擴散理論」進行了解釋，我們也可以參照。

「詞匯擴散理論」（Lexical diffusion theory）的內容有兩點：第一點，音變在詞匯上的變化是漸漸的，不是全盤的，但是在變的過程里，雖然詞匯上的變化是漸漸的，但是語音上的變化倒是突然的、即時的，簡言之，「詞匯擴散理論」的看法是詞匯漸變，語音突變；第二點，音變是通過「異讀」來進行的。運用這個理論對濁上不變去的情況進行解釋，也要區分音系中全濁聲母的存在與否。

在一個音系中如果尚保存有完整的全濁聲母，這時它的一部分全濁上聲字已變爲去聲，而另一部分尚未發生這項音變，可以認爲是演變剛剛開始或者說是正在演變途中，也就是說演變還沒有完成，因爲詞匯是漸變，故不可能所有的全濁上聲字全部一起變爲去聲。這時該音系中的全濁上聲字往往有上聲和去聲兩讀。

至於全濁聲母已經消失的方言音系，從邏輯上來推測，濁上變去一定在先，而濁音清化一定在後，否則濁音聲母如果已經清化，就不可能再發生濁上變去的現象了。《韻史》中的全濁聲母已經清化，所以那些聲母已經清化的原全濁上聲字當然不變成去聲，有些在形式上表現爲全濁上聲自注的例子，實際上相當於清音自注。也就是說，《韻史》的全濁上聲變去聲還沒有完成，而聲母的濁音清化就已發生，那些未及變的全濁上聲字因爲聲母已經清化，完全失去了濁上變去的條件，不可能再發生「濁上變去」的現象，所以仍然留在上聲的範疇內，成爲一種音變的殘餘（residue）。而《韻史》中也不存在同一全濁上聲字另有讀去聲的情況。

以上分析對我們下文將要統計的上聲和去聲的清濁混注情況至關重要。《韻史》的全濁聲母已經清化，有一部分全濁上聲字在清化前轉化爲去聲，有一部分全濁上聲字在沒來得及變去之前就遭遇到了濁音清化，所以依然保持在上聲。那麼我們在統計數字的時候，就要把全濁上聲做一個分類：

在上聲自注例中，全濁上聲與清上的互注，放在上聲清濁混注類統計；全濁上聲與次濁上聲的互注，放在上聲濁類統計；全濁上的自注放在上聲濁類統計。

在上去聲混注例中，全濁上聲與清去的混注，放在去聲清濁混注類統計；全濁上聲與次濁去聲的混注，放在去聲濁類統計；全濁上聲與全濁去聲的混注，放在去聲濁類中統計。

除了全濁上聲字變去聲外，次濁上聲和清上都有變去聲的現象，下面我們分別舉例。

次濁上聲變去聲

次濁上聲變去聲例 10

18519	邁	明上開仙山重三	亡辨：昧	明合 1	莫佩	宦	匣去合刪山二	胡慣
18593	赧	日上開仙山三	人善：攘	日開 3	人漾	片	滂去開先山四	普麵
13023	卬	疑上開陽宕三	魚兩：我	疑開 1	五可	宕	定去開唐宕一	徒浪
18398	岸	疑上開元山三	語偃：傲	疑開 1	五到	旦	端去開寒山一	得按
10320	棪	以上開鹽咸三	以冉：代	定開 1	徒耐	濫	來去開談咸一	盧瞰
22733	攋 g*	來上開皆蟹二	洛駭：老	來開 1	盧晧	帶	端去開泰蟹一	當蓋
18520	勱	明上開仙山重三	亡辨：昧	明合 1	莫佩	宦	匣去合刪山二	胡慣
2029	鐐	來上開宵效三	力小：利	來開 3	力至	廟	明去開宵效重三	眉召
23974	傫*	來上合灰蟹一	魯猥：路	來合 1	洛故	萎	影去合支止重三	於僞
3676	務	明上開豪效一	武道：面	明開重 4	彌箭	宙	澄去開尤流三	直祐

聲母涉及來、明、日、疑諸母。

《韻史》用次濁上聲字爲中古去聲字注音例 34

5142	禺	疑去合虞遇三	牛具：仰	疑開 3	魚兩	主	章上合虞遇三	之庾
15839	撛	來去開真臻三	良刃：亮	來開 3	力讓	引	以上開真臻三	余忍
20261	叕	來去開齊蟹四	郎計：亮	來開 3	力讓	啓	溪上開齊蟹四	康禮
25215	臝	來去合戈果一	魯過：磊	來合 1	落猥	果	見上合戈果一	古火
25219	嬴	來去合戈果一	魯過：磊	來合 1	落猥	果	見上合戈果一	古火

3531	稴	明去開侯流一	莫候：莫	明開1	慕各	姿	心上開侯流一	蘇后
3594	暓	明去開豪效一	莫報：莫	明開1	慕各	早	精上開豪效一	子晧
13705	瞢	明去開庚梗二	莫更：莫	明開1	慕各	朗	來上開唐宕一	盧黨
15876	泖	明去開先山四	莫甸：謬	明開3	靡幼	鉉	匣上合先山四	胡畎
17217	胭	日去合諄臻三	如順：攘	日開3	人漾	謹	見上開欣臻三	居隱
17218	朋	日去開眞臻三	而振：攘	日開3	人漾	謹	見上開欣臻三	居隱
22450	糒	微去合微止三	無沸：晚	微合3	無遠	卉	曉上合微止三	許偉
10272	焱	以去開鹽咸三	以贍：漾	以開3	餘亮	詔	徹上開鹽咸三	丑琰
15175	靷	以去開眞臻三	羊晉：漾	以開3	餘亮	領	來上開清梗三	良郢
7801	稶	以去合魚遇三	羊洳：永	云合3	于憬	許	曉上合魚遇三	虛呂
16603	膏	影去開欣臻三	於靳：漾	以開3	餘亮	謹	見上開欣臻三	居隱
6739	霴	云去合虞遇三	王遇：永	云合3	于憬	許	曉上合魚遇三	虛呂
8523	矒*	明去開登曾一	毋亙：莫	明開1	慕各	鄧	滂上開登曾一	普等
22283	臡*	娘去開脂止三	女利：念	泥開4	奴店	啓	溪上開齊蟹四	康禮
22318	齯*	疑去開齊蟹四	研計：仰	疑開3	魚兩	啓	溪上開齊蟹四	康禮
17192	檼*	影去開欣臻三	於靳：漾	以開3	餘亮	謹	見上開欣臻三	居隱
19277	妟*	影去開刪山二	於諫：漾	以開3	餘亮	柬	見上開山山二	古限
15178	儊*	澄去開眞臻三	直刃：漾	以開3	餘亮	領	來上開清梗三	良郢
9708	燫**	來去開鹽咸三	力焰：利	來開3	力至	冄	日上開鹽咸三	而琰
17161	鑭**	日去合仙山三	人絹：汭	日合3	而鋭	本	幫上合魂臻一	布忖
25892	庖**	以去開祭蟹三	弋勢：漾	以開3	餘亮	哆	昌上開支止三	尺氏
23969	諉	娘去合支止三	女恚：煖	泥合1	乃管	傫*來上合灰蟹一		魯猥
23970	鋖*	娘去合支止三	女恚：煖	泥合1	乃管	傫*來上合灰蟹一		魯猥
8952	袵	日去開侵深三	汝鴆：攘	日開3	人漾	錦	見上開侵深重三	居飲
1856	尞	來去開宵效三	力照：利	來開3	力至	矯	見上開宵效重三	居夭
442	苺	明去開侯流一	莫候：面	明開重4	彌箭	起	溪上開之止三	墟里
448	痗*	明去開侯流一	莫候：面	明開重4	彌箭	起	溪上開之止三	墟里
20253	屍	徹去開脂止重四	丑利：念	泥開4	奴店	啓	溪上開齊蟹四	康禮
1888	邈*	明去開宵效重四	弭沼：面	明開重4	彌箭	矯	見上開宵效重三	居夭

聲母涉及來、明、泥、日、微、疑、以、云諸母。

　　也就是說，中古次濁音（含影母）除了娘母，都存在變去聲的情況。《韻史》中次濁上聲字的注音有 1141 條，其中上聲自注 1047 條（與清上 8 次、與次濁上 1036 次、與全濁上 3 次），與去聲混注 43 條（與次濁去 42 次、與全濁去 1 次），與平聲混注 43 條（與清平 2 次、次濁平 41 次），與入聲混注 8 條（與清入 1 次、次濁入 6 次、全濁入 1 次），與去聲混注和自注的比例爲 4.1%，這說明《韻史》中的次濁上變去是個別字音的轉變，沒有形成規模。次濁上在《韻史》中的表現基本上還是上聲。

　　清上變去

清音上聲變去聲例 36

19527	担	端上開寒山一	多旱：	帶	端開1	當蓋	炭	透去開寒山一	他旦
16811	診	章上開眞臻三	章忍：	掌	章開3	諸兩	近	群去開欣臻三	巨靳

9123	嗛	溪上開添咸四	苦簟：	向	曉開3	許亮	泛	敷去合凡咸三	孚梵
9098	鉆	端上開添咸四	多忝：	邸	端開4	都禮	念	泥去開添咸四	奴店
9099	剁	端上開添咸四	多忝：	邸	端開4	都禮	念	泥去開添咸四	奴店
502	洓	精上合灰蟹一	子罪：	贊	精開1	則旰	代	定去開咍蟹一	徒耐
7984	駐	書上開麻假三	書冶：	舜	書合3	舒閏	據	見去合魚遇三	居御
1985	燥	心上開豪效一	蘇老：	散	心開1	蘇旱	到	端去開豪效一	都導
7093	魯	心上開麻假三	悉姐：	選	心合3	蘇管	據	見去合魚遇三	居御
5834	揎	端上合桓山一	都管：	代	定開1	徒耐	漏	來去開侯流一	盧候
8584	孔*	溪上合東通一	苦動：	寵	徹合3	丑隴	嫟	曉去開蒸曾三	許應
9860	壏*	溪上開覃咸一	苦感：	口	溪開1	苦后	撢	透去開覃咸一	他紺
4570	蹧*	精上開豪效一	子晧：	粲	清開1	蒼案	誥	見去開豪效一	古到
1153	忋*	見上開咍蟹一	己亥：	艮	見開1	古恨	代	定去開咍蟹一	徒耐
6908	瓦*	曉上開麻假二	許下：	會	匣合1	黃外	固	見去合模遇一	古暮
13059	懬	溪上開唐宕一	苦朗：	苦	溪合1	康杜	壯	莊去開陽宕三	側亮
25317	齓	初上開眞臻三	初謹：	會	匣合1	黃外	課	溪去合戈果一	苦臥
17328	劤	溪上開欣臻三	丘謹：	舊	群開3	巨救	靳	見去開欣臻三	居焮

14352	厱	端上開青梗四	都挺：朓	透開4	他弔	敬	見去開庚梗三	居慶
11550	崠	端上合東通一	多動：睹	端合1	當古	貢	見去合東通一	古送
16737	頣	見上開痕臻一	古很：改	見開1	古亥	恨	匣去開痕臻一	胡艮
18406	㪚	心上開寒山一	蘇旱：燥	心開1	蘇老	旦	端去開寒山一	得按
13047	髣*	非上開陽宕三	甫兩：抱	並開1	薄浩	宕	定去開唐宕一	徒浪
22588	觜*	精上開支止三	蔣氏：淺	清開3	七演	利	來去開脂止三	力至
13155	僒*	見上合陽宕三	俱往：舉	見合3	居許	況	曉去合陽宕三	許訪
13834	菫*	見上開庚梗二	古杏：改	見開1	古亥	宕	定去開唐宕一	徒浪
17305	綧*	章上合諄臻三	主尹：壯	莊開3	側亮	寸	清去合魂臻一	倉困
12267	湅**	端上合東通一	丁動：睹	端合1	當古	貢	見去合東通一	古送
19531	刐**	端上開寒山一	得旱：帶	端開1	當蓋	炭	透去開寒山一	他旦
19732	飆**	心上合仙山三	思兗：敘	邪合3	徐呂	萬	微去合元山三	無販
18440	揎g*	影上開刪山二	鄔版：甕	影合1	烏貢	宦	匣去合刪山二	胡慣
13046	驓g*	幫上開唐宕一	補朗：抱	並開1	薄浩	宕	定去開唐宕一	徒浪
22495	欯	影上開之止三	於己：向	曉開3	許亮	器	溪去開脂止重三	去冀
9852	闞**	滂上開山山二	匹限：避	並開重4	毗義	泛	敷去合凡咸三	孚梵
9821	鐱*	曉上開鹽咸重三	虛檢：向	曉開3	許亮	念	泥去開添咸四	奴店
24621	貏*	幫上開支止重三	補靡：品	滂開重3	丕飲	係	見去開齊蟹四	古詣

聲母涉及幫、非、端、精、心、章、書、見、溪、影、曉諸母。

《韻史》用清音上聲字為中古去聲字注音例61

5130	附	奉去合虞遇三	符遇：普	滂合1	滂古	取	清上合虞遇三	七庾
9125	泛	敷去合凡咸三	孚梵：缶	非開3	方久	嗛	溪上開添咸四	苦簟
1958	到	端去開豪效一	都導：帶	端開1	當蓋	燥	心上開豪效一	蘇老
2750	倒	端去開豪效一	都導：帶	端開1	當蓋	燥	心上開豪效一	蘇老
18023	卵	見去合刪山二	古患：古	見合1	公戶	版	幫上開刪山二	布綰
9853	梵	奉去合凡咸三	扶泛：缶	非開3	方久	嗛	溪上開添咸四	苦簟
23968	䄎	影去合支止重三	於僞：甕	影合1	烏貢	儡	來上合灰蟹一	魯猥
16593	瑾	群去開眞臻重三	渠遴：几	見開重3	居履	隱	影上開欣臻三	於謹

18101	斆	初去合元山三	又万：寵	徹合3	丑隴	柬	見上開山山二	古限
19416	㟪	溪去合廢蟹三	丘吠：去	溪合3	丘倨	返	非上合元山三	府遠
25167	敤	溪去合戈果一	苦臥：曠	溪合1	苦謗	瑣	心上合戈果一	蘇果
25171	卆	溪去合麻假二	苦化：曠	溪合1	苦謗	瑣	心上合戈果一	蘇果
3477	酎	澄去開尤流三	直祐：齒	昌開3	昌里	九	見上開尤流三	舉有
13656	逿	定去開唐宕一	徒浪：坦	透開1	他但	朗	來上開唐宕一	盧黨
9124	汎	敷去合凡咸三	孚梵：缶	非開3	方久	嗛	溪上開添咸四	苦簟
3578	俕*	幫去開豪效一	博号：博	幫開1	補各	考	溪上開豪效一	苦浩
1959	到	端去開豪效一	都導：帶	端開1	當蓋	燥	心上開豪效一	蘇老
1962	罩	端去開肴效二	都教：帶	端開1	當蓋	燥	心上開豪效一	蘇老
20229	越	端去開齊蟹四	都計：典	端開4	多殄	禮	來上開齊蟹四	盧啟
25134	疼	端去開歌果一	丁佐：帶	端開1	當蓋	可	溪上開歌果一	枯我
25187	娺	端去合戈果一	都唾：董	端合1	多動	瑣	心上合戈果一	蘇果
17985	旰	見去開寒山一	古案：改	見開1	古亥	坦	透上開寒山一	他但
25159	裸	見去合桓山一	古玩：古	見合1	公戶	瑣	心上合戈果一	蘇果
1058	縡	精去開咍蟹一	作代：贊	精開1	則旰	乃	泥上開咍蟹一	奴亥
25242	簸	幫去合戈果一	補過：貝	幫開1	博蓋	果	見上合戈果一	古火
5174	昫	曉去合虞遇三	香句：訓	曉合3	許運	庾	以上合虞遇三	以主
1130	㾴	心去開脂止三	息利：想	心開3	息兩	起	溪上開之止三	墟里
25234	膻	心去合戈果一	先臥：巽	心合1	蘇困	果	見上合戈果一	古火
25910	灕	心去合支止三	思累：選	心合3	蘇管	夥	溪上開齊蟹四	康禮
5135	罣	章去合虞遇三	之戌：掌	章開3	諸兩	耦	疑上開侯流一	五口
9734	魳	知去開咸咸二	陟陷：掌	章開3	諸兩	摻	生上開咸咸二	所斬
25226	邁	知去合虞遇三	中句：壯	莊開3	側亮	瑣	心上合戈果一	蘇果
18181	膳	禪去開仙山三	時戰：始	書開3	詩止	淺	清上開仙山三	七演
22302	齏	從去開齊蟹四	在詣：甀	精開3	子孕	禮	來上開齊蟹四	盧啟
17280	蟦	奉去合微止三	父尾：甫	非合3	方矩	允	以上合諄臻三	余準
15816	贙	匣去開山山二	侯襇：向	曉開3	許亮	竘	精上開仙山三	即淺
24575	秲	生去開佳蟹二	所賣：稍	生開2	所教	蠏*匣上開佳蟹二		下買

24576	醺	生去開佳蟹二	所賣：	稍	生開2	所教	蠏*匣上開佳蟹二	下買
24587	稜	心去合支止三	思累：	巽	心合1	蘇困	傝*來上合灰蟹一	魯猥
15847	嘁*	精去開眞臻三	即刃：	此	清開3	雌氏	引 以上開眞臻三	余忍
9855	屹*	敷去合凡咸三	孚梵：	缶	非開3	方久	嗛 溪上開添咸四	苦簟
9787	鏒*	清去開覃咸一	七紺：	燥	心開1	蘇老	禫 定上開覃咸一	徒感
19341	悅*	溪去開先山四	輕甸：	向	曉開3	許亮	淺 清上開仙山三	七演
25239	㢊*	幫去合戈果一	補過：	貝	幫開1	博蓋	果 見上合戈果一	古火
15802	䟗*	章去開眞臻三	之刃：	酌	章開3	之若	腎 禪上開眞臻三	時忍
19390	瓧*	禪去開仙山三	時戰：	始	書開3	詩止	淺 清上開仙山三	七演
9854	甂*	奉去合凡咸三	扶泛：	缶	非開3	方久	嗛 溪上開添咸四	苦簟
17198	寅**	端去開先山四	丁見：	邸	端開4	都禮	謹 見上開欣臻三	居隱
13614	蓋**	見去開侯流一	雇后：	改	見開1	古亥	朗 來上開唐宕一	盧黨
4474	孢**	並去開肴效二	平巧：	普	滂合1	滂古	爪 莊上開肴效二	側絞
24544	猭g*	從去合脂止三	秦醉：	線	清合3	七絹	癙 以上合支止三	羊捶
15821	荼g*	透去開添咸四	他念：	體	透開4	他禮	演 以上開仙山三	以淺
1867	姚	透去開蕭效四	他弔：	齒	昌開3	昌里	杪 明上開宵效重四	亡沼
1861	隉	章去開宵效三	之少：	掌	章開3	諸兩	矯 見上開宵效重三	居夭
20383	孿	匣去合先山四	黃練：	許	曉合3	盧呂	揆 群上合脂止重四	求癸
14314	姘	幫去開清梗三	畀政：	貶	幫開重3	方斂	挺 定上開青梗四	徒鼎
14316	屏	並去開清梗三	防正：	貶	幫開重3	方斂	挺 定上開青梗四	徒鼎
24549	旘	溪去合脂止重三	丘愧：	苦	溪合1	康杜	磊 來上合灰蟹一	落猥
19410	㢃	見去合仙山重三	居倦：	舉	見合3	居許	返 非上合元山三	府遠
22263	膉	影去開祭蟹重三	於罽：	隱	影開3	於謹	禮 來上開齊蟹四	盧啟
19450	豢**	章去合仙山重三	主倦：	鬶	章合3	章恕	返 非上合元山三	府遠

聲母涉及幫、滂、非、端、透、徹、精、清、心、莊、生、章、昌、書、見、溪、影、曉諸母。

也就是說，除了敷、初、知母外，其他清音聲母上聲字都存在變去聲的情況。《韻史》中清音上聲字的注音有 2071 條，其中上聲自注 1894 條（與清上 1644 次，與次濁上 8 次，與全濁上 242 次），與去聲混注 110 條（與清去 74 次，

與次濁去 1 次，與全濁去 35 次），與平聲混注 57 條（與清平 43 次，次濁平 1 次，全濁平 13 次），與入聲混注 10 條（與清入 9 次、全濁入 1 次），與去聲混注和自注的比例爲 5.8%，這說明《韻史》中的清音上聲變去聲是個別字音的轉變，沒有形成規模。清上在《韻史》中的表現基本上還是上聲。

（2）平去混注

表 3-79　平去混注統計表

次　數		平			去		
		清	次濁	全濁	清	次濁	全濁
平	清				43		12
	次濁				1	18	
	全濁				8		8
去	清	20	1	8			
	次濁	1	19				
	全濁	4	4				、

《韻史》中平聲自注 7665 次，去聲自注 3647 次，平去混注 147 次，混注與自注的比率分別爲 1.9%和 4.0%。比例很小，但由於基數大，所以從總量上來看，147 次也不在少數。擇要舉例如下：

19508	趄*	群平開元山三	渠言	：	海	曉開 1	呼改	旦	端去開寒山一	得按
8636	闖	徹去開侵深三	丑禁	：	齒	昌開 3	昌里	金	見平開侵深重三	居吟

5676	瘺	疑去合虞遇三	牛具	：	仰	疑開 3	魚兩	廚	澄平合虞遇三	直誅
18561	蜒	以平開仙山三	以然	：	漾	以開 3	餘亮	片	滂去開先山四	普麵
5810	軀	影平合虞遇三	憶俱	：	挨	影開 1	於改	豆	定去開侯流一	徒候
5643	姝	章去合虞遇三	之戍	：	掌	章開 3	諸兩	輸	書平合虞遇三	式朱
25407	膝	知去開麻假二	陟駕	：	諍	莊開 2	側迸	多	端平開歌果一	得何
936	胑*	莊去開之止三	側吏	：	軫	章開 3	章忍	基	見平開之止三	居之
15783	皰*	邪去合諄臻三	徐閏	：	敘	邪合 3	徐呂	勻	以平合諄臻三	羊倫
12342	瞢	來平合冬通一	力冬	：	呂	來合 3	力舉	仲	澄去合東通三	直衆
8483	鄭	明去合東通三	莫鳳	：	慢	明開 2	謨晏	宏	匣平合耕梗二	戶萌
14794	聲	泥平開青梗四	奴丁	：	念	泥開 4	奴店	敬	見去開庚梗三	居慶

11626	胖	滂去開江江二	匹絳：	倍	並開1	薄亥	涳	溪平開江江二	苦江
17843	趡	清去開尤流三	七溜：	翠	清合3	七醉	幡	敷平合元山三	孚袁
19713	讘	日平合諄臻三	如匀：	汝	日合3	人渚	萬	微去合元山三	無販
21004	瓎*	書平合灰蟹一	始回：	戶	匣合1	侯古	快	溪去合夬蟹二	苦夬
16503	閿**	微去合文臻三	亡云：	武	微合3	文甫	雲	云平合文臻三	王分
15278	鄑	精平開支止三	即移：	紫	精開3	將此	信	心去開眞臻三	息晉
22890	曪*	敷平合微止三	芳微：	奉	奉合3	扶隴	對	端去合灰蟹一	都隊
12051	漴	崇去開江江二	士絳：	處	昌合3	昌與	戎	日平合東通三	如融
25501	毄	初去合脂止三	楚愧：	餐	清開1	七安	河	匣平開歌果一	胡歌
17356	拵	從平合魂臻一	徂尊：	此	清開3	雌氏	近	群去開欣臻三	巨靳
5219	鸙	定平開侯流一	度侯：	代	定開1	徒耐	漏	來去開侯流一	盧侯
13852	艡*	端平開唐宕一	都郎：	帶	端開1	當蓋	宕	定去開唐宕一	徒浪
12577	雄	非去合陽宕三	甫妄：	奉	奉合3	扶隴	光	見平合唐宕一	古黃
3737	燽	澄平開尤流三	直由：	代	定開1	徒耐	誥	見去開豪效一	古到
24824	疨	溪去開麻假二	枯駕：	案	影開1	烏旰	多	端平開歌果一	得何
5821	鞣*	匣平開侯流一	胡溝：	海	曉開1	呼改	豆	定去開侯流一	徒候
4479	瘊	曉平開尤流三	許尤：	向	曉開3	許亮	究	見去開尤流三	居祐
17823	㫉	禪去合仙山三	時釧：	翥	章合3	章恕	幡	敷平合元山三	孚袁
8759	痁*	昌去開鹽咸三	昌艷：	齒	昌開3	昌里	兼	見平開添咸四	古甜
8226	鮚g*	見去開登曾一	居鄧：	改	見開1	古亥	登	端平開登曾一	都縢
3626	筄g*	徹平開尤流三	丑鳩：	體	透開4	他禮	究	見去開尤流三	居祐
17957	爨	奉去合元山三	符万：	甫	非合3	方矩	權	群平合仙山重三	巨員
20010	駿*	心去合諄臻三	須閏：	選	心合3	蘇管	脽	曉平合脂止重四	許維
9558	溓	並去開銜咸二	蒲鑑：	避	並開重4	毗義	咸	匣平開咸咸二	胡讒
25650	佊*	幫去開支止重三	彼義：	品	滂開重3	丕飲	加	見平開麻假二	古牙

　　聲母涉及重唇音，輕唇音，舌音知組、端定泥來諸母，齒音莊初崇、章書禪、精組、日母，牙音和喉音曉匣以母。其中㫉閿瘊趡胖痳等字的音注讀音與《集韻》相同，漴毄雄胕鄑墮趡讘疨眰跰膵等字在《集韻》中分別另有平聲東韻、平聲戈韻、平聲唐韻、平聲虞韻、去聲諄韻、去聲多韻、平聲諄韻、去聲

仙韻、影母平聲歌韻、去聲仙韻、平聲眞韻、平聲麻韻等的讀音，這些例證音
注讀音都與《集韻》相同。

（3）平上混注

表 3-80　平上混注統計表

次　　數		平			上		
		清	次濁	全濁	清	次濁	全濁
平	清				15		6
	次濁				1	24	1
	全濁				9		4
上	清	28	2	6			
	次濁		17	1			
	全濁	4		4			

《韻史》中平聲自注 7665 次，上聲自注 3691 次，平上混注 122 次，混注
與自注的比率分別爲 1.6% 和 3.3%。比例很小，但由於基數大，所以從總量上
來看，122 次也不在少數。我們擇要舉例如下：

13650　倘*　透平開唐宕一　他郎：坦　透開 1　他但　朗　來上開唐宕一　盧黨

13256　牓　幫上開唐宕一　北朗：倍　並開 1　薄亥　岡　見平開唐宕一　古郎

4346　鮑*　並上開肴效二　部巧：普　滂合 1　滂古　頮　來平開肴效二　力嘲

23678　徥　禪上開支止三　承紙：哂　書開 3　式忍　奚　匣平開齊蟹四　胡雞

22418　觰*　昌平合脂止三　川佳：狀　崇開 3　鋤亮　偉　云上合微止三　于鬼

24907　羘*　崇上開麻假二　仕下：粲　清開 1　蒼案　河　匣平開歌果一　胡歌

15159　劗*　從平開先山四　才先：紫　精開 3　將此　演　以上開仙山三　以淺

14695　崢*　定平開青梗四　唐丁：眺　透開 4　他弔　警　見上開庚梗三　居影

17853　橎　非上合元山三　府遠：甫　非合 3　方矩　跧　莊平合仙山三　莊緣

5029　痀　見平合虞遇三　舉朱：艮　見開 1　古恨　口　溪上開侯流一　苦后

14965　蕆　精上開仙山三　即淺：此　清開 3　雌氏　賢　匣平開先山四　胡田

12150　憃*　來平合東通一　盧東：磊　來合 1　落猥　瀺　影上合東通一　烏孔

6327　笯　泥上合模遇一　奴古：㷉　泥合 1　乃管　胡　匣平合模遇一　戶吳

14700　鏳　娘平開耕梗二　女耕：念　泥開 4　奴店　挺　定上開青梗四　徒鼎

16562	墫	清平合諄臻三	七倫：措	清合 1	倉故	緄	見上合魂臻一	古本
5789	趜	群平合虞遇三	其俱：郡	群合 3	渠運	庾	以上合虞遇三	以主
426	諰	生平開佳蟹二	山佳：想	心開 3	息兩	起	溪上開之止三	墟里
9514	呥*	日上開鹽咸三	而琰：攘	日開 3	人漾	廉	來平開鹽咸三	力鹽
913	悔*	微上合虞遇三	罔甫：莫	明開 1	慕各	來	來平開咍蟹一	落哀
1044	䪨*	溪平開咍蟹一	丘哀：口	溪開 1	苦后	乃	泥上開咍蟹一	奴亥
18870	鬘	匣上合刪山二	戶板：戶	匣合 1	侯古	蠻	明平合刪山二	莫還
10633	欦*	曉平開嚴咸三	虛嚴：口	溪開 1	苦后	膽	端上開談咸一	都敢
19101	罿*	心上合仙山三	須兗：敘	邪合 3	徐呂	幡	敷平合元山三	孚袁
16517	敳	疑平開咍蟹一	五來：口	溪開 1	苦后	很	匣上開痕臻一	胡墾
15195	苭	云平合諄臻三	爲贇：羽	云合 3	王矩	筍	心上合諄臻三	思尹
16700	肫	章平合諄臻三	章倫：翥	章合 3	章恕	允	以上合諄臻三	余準
6781	齟	莊平合魚遇三	側魚：蠢	昌合 3	尺尹	許	曉上合魚遇三	虛呂
13769	瘶*	影平開庚梗三	於驚：隱	影開 3	於謹	兩	來上開陽宕三	良獎
2562	瞀	以上開宵效三	以沼：羽	云合 3	王矩	翹	群平開宵效重四	渠遙
16389	揢*	明上開眞臻三	美隕：美	明開重 3	無鄙	勤	群平開欣臻三	巨斤
17857	瀌**	滂上開宵效重三	孚表：甫	非合 3	方矩	跧	莊平合仙山三	莊緣

聲母涉及重唇音，輕唇音非微，舌音透定泥來娘日，齒音精清從心、章昌禪、莊崇生，牙喉音溪疑曉匣影。其中，牓䂳鐏諰鬘瞀肫諸字音注讀音在《集韻》中已有記錄，偍幡二字在《集韻》中分別另有平聲支韻、平聲元韻。音注讀音與《集韻》相同。

（4）去入、上入、平入的混注

中古入聲韻到元代消變爲陰聲韻後，其調値受聲母清濁的影響發生了分化，雖然有關《中原音韻》中是否有入聲的爭論持續至今，但書中確實是把入聲字排列在平上去三聲的後面，並且標明「入聲作平聲陽」、「入聲作上聲」、「入聲作去聲」的。其入聲演變的規律是：全濁變陽平，次濁變去聲，清音變上聲。《韻史》的大調類是有入聲的，但同時入聲也存在與平、上、去混注的現象，數量分別爲 27、21 和 88 次。具體演變方向見下表：

表 3-81　《韻史》入聲調演變情況統計表

	平	上	去	總　數	自注混注比
清入（2150）	20	10	51	81	3.8%
全濁入（825）	4	3	13	20	2.4%
次濁入（1045）	3	8	24	35	3.3%
總數（4020）	27	21	88	136	3.4%

　　清入、全濁入和次濁入最主要的發展方向是去聲。但是，無論從《韻史》體例上來看，還是從我們考察反切得出的大調類來看，《韻史》都是有入聲調的。雖然入聲與平上去都有混注的情況，但比例很低，均不超過 4%。

　　上文主要是對《韻史》聲調考察的第一步，即《韻史》有平上去入四個大調類，但四調之間有混注的情況。其中上去二聲的混注數量最多，比例最高，主要是因為《韻史》中已經發生了全濁上聲字變去聲的情況，同時還有部分清音和次濁音的上聲字也變為了去聲。平去、平上、平入、上入、去入之間的混注都沒有形成規模，只是個別字在《韻史》中的特殊讀音。

　　下文主要是聲調考察的第二步，即平上去入四個大調類內部是否還有小調類。

2、中古四聲在《韻史》中的清濁混注

（1）平聲清濁混注

　　《韻史》作者何萱明確說明平聲是分陰陽的，並且在書的體例中也是把陰平字和陽平字分開表示。我們現在從反切的角度對此說法進一步考證。

　　平聲的清濁自注混注情況見下表：

表 3-82　平聲清濁相注統計表

	次　數	比　例	自　注　比	混　注　比
清	3060	39.9%	39.9%	
全濁	836	10.9%		77.3%
次濁	2013	26.3%	37.4%	
全濁/次濁	15	0.2%		
清/濁	1741	22.7%	22.7%	22.7%
總數	7665	100%	100%	100%

　　從上表可以看出：

平聲的清類自注和濁類自注比例相當，都接近總數的 40%。由於《韻史》的全濁聲母已經清化，所以平聲此時已經一分爲二，來自清聲母的變爲陰平，來自濁聲母的變爲陽平。這個結果可以與何氏在《韻史》中分陰平和陽平的體例相印證。

次濁聲母自注 2013 次，在平聲總數中也占有相當比例，但在很多方言中，次濁平聲的聲調與全濁平聲相同，當讀同陽平。

清濁相混 1741 次，占到了 22.7%，這是個很重要的現象。《韻史》的全濁聲母清化後多數讀爲送氣清音，少數爲不送氣清音。在這 1741 次清濁混注中，有 1042 次爲全濁聲母與送氣清音相混，674 次爲全濁聲母與不送氣清音相混，與聲母方面濁音清化的結果相統一。其他大調類的清濁相混多次，也是由於這個原因，在此一併說明。

小結：《韻史》的平聲按照聲母清濁的不同分爲兩類，來自中古清聲母的爲陰平，來自中古濁聲母的爲陽平。

（2）上聲清濁混注

上聲的情況與其他聲調有所不同，主要體現在以下幾個方面：

1）「濁上變去」的演變在《韻史》中已然發生，並且已經完成濁音聲母的清化，所以我們把濁上自注例放在清音類統計。

2）次濁上聲在《韻史》中自爲一類，雖然有個別字變爲去聲，但並沒有形成規模，所以我們還是把這些字放在上聲中統計。同時上文已說明，次濁音在平上去三聲中看成與濁音同類，但在上聲中看成與清音同類。

具體自注混注情況見下表：

表 3-83　上聲清濁相注統計表

	次　數	比　例	自　注　比	混　注　比
清	1644	44.5%	72.8%	79.1%
次濁	1036	28.1%		
清/次濁	8	0.2%		
全濁	233	6.3%	6.3%	20.9%
全濁/次濁	6	0.2%	20.9%	
清/全濁	764	20.7%		
總數	3691	100.0%	100.0%	100.0%

　　根據有關漢語音韻史料和現代漢語方言的實際情況，次濁在上聲中均讀同清上，現代泰興方言也是如此。從數據上來看，上聲與平聲分陰陽有所不同。清類自注和濁類自注與總數的比例有很大差距。清類爲 72.8%，濁類僅爲 6.3%，同時，清濁類的混注也比較高。換句話說，上聲並沒有按照聲母的清濁而明顯分爲陰陽兩類，而是只有陰上一類。

　　小結：上聲並沒有按照聲母的清濁而明顯分爲陰陽兩類，而是只有陰上一類。

（3）去聲清濁混注

　　由於濁上變去的情況存在，去聲的情況要較平上聲複雜一些。除了原來的清去、次濁去、全濁去外，還要將上去混注中的全濁上聲字加入進來。具體情況見下表：

表 3-84　去聲清濁相注統計表

	次　數	比　例	自　注　比	混　注　比
清	1662	44.9%	44.9%	
全濁	292	7.9%		
次濁	904	24.4%		77.9%
全濁/次濁	2	0.1%	33.0%	
全濁上/全濁去	17	0.5%		
全濁上/次濁去	2	0.1%		
清/濁	787	21.2%	22.1%	22.1%
全濁上/清去	35	0.9%		
總數	3701	100.0%	100.0%	100.0%

　　去聲的統計結果與平聲相類似。清類自注和濁類自注的比例比較接近，雖然清濁混注占到了 22.1%，但清、濁自注仍爲主流，同時我們也注意到，清類與濁類之間相差 11.9 個百分點，比平聲清濁類之間的差距要大。但是濁類自注的比例還是比清濁互注類高出近 10 個百分點，我們還是把濁類獨立出來，也就是說，去聲按照聲母清濁的不同分爲陰去和陽去兩類。但同時陰陽兩類的界線確實不如平聲那樣明顯，這可以看作是現代泰興方言去聲不分陰陽的先兆。

　　從反切入手得出的結果與《韻史》去聲不分陰陽的體例不一致，這可以從

作者著書旨趣來解釋。何氏的本意是要考古音古義，聲調本來就不應分陰陽。他平聲分陰陽一來是受自身語音的影響，二來是有《中原音韻》這樣在書中明確分陰陽的先例。至於去聲，即使在話語間清去和濁去有差別，何氏也不會輕易明確地在書中體現陰陽分類，就像他對入聲的處理一樣，囿於舊韻書的體例，將陰陽兩類合在一起。另外，去聲分陰陽不像平聲那樣明顯，或許何氏自己也沒有覺察出來，再加上沒有資料可以借鑒，在《韻史》中合為一類也是很自然的事情。

小結：《韻史》中的去聲按照聲母清濁的不同分為兩類，清音為陰去，濁音為陽去。

（4）入聲清濁混注

《韻史》雖然沒有明確入聲陰陽分列，但是他卻說過「入聲每字皆含陰、陽二聲」的話，所以羅常培先生和魯國堯先生都認為在何氏的實際語音中入聲是分陰陽的，只不過拘泥於舊傳統而沒有在書中表現出來。我們考察入聲的具體情況見下表：

表 3-85　入聲清濁相注統計表

	次　數	比　例	自　注　比	混　注　比
清	1874	46.6%	46.6%	
全濁	307	7.6%		80.2%
次濁	1041	25.9%	33.6%	
全濁/次濁	4	0.1%		
清/濁	794	19.8%	19.8%	19.8%
總數	4020	100%	100%	100%

入聲的清、混自注類比例為 80.2%，是平上去入四個聲調中最高的。清濁混注為 19.8%，自注明顯大於混注，說明入聲還是清濁有別的。清類和濁類在總數中所占的比例分別為 46.6%和 33.6%，雖然相差 13 個百分點，但是還沒有哪一方有絕對優勢。並且清類或濁類的自注比例，比清濁混注的比例還是要高出不少，所以入聲這個大調類中分為陰入和陽入兩類。《韻史》的體例雖然沒有體現出陰入和陽入的分類，但反切中已經顯現了出來。

小結：《韻史》的入聲按照聲母的清濁分為兩類，清音為陰入，濁音為陽入。

（三）《韻史》自注反切的聲調表

關於聲調的演變，羅常培先生曾提到：

「孫愐《唐韻序·後論》云：『切韻者，本乎四聲，引字調者，各自有清、濁。』是清、濁各有四聲，由來已久。然清、濁何時演變爲陰、陽調，則文獻無徵，未可臆斷。惟周德清《中原音韻·自序》云：『字別陰、陽者，陰、陽字平聲有之，上去俱無。上、去各止一聲，平聲獨有二聲。』……又日本沙門了尊撰《悉曇輪略圖抄》卷一論八聲事云：『右先明四聲輕重者，《私頌》云：平聲重、初後俱低，平聲輕、初昂後低；上聲重、初低後昂，上聲輕、初後俱昂；去聲重、初低後偃，去聲輕、初昂後偃；入聲重、初後俱低，入聲輕、初後俱昂。……四聲各輕重八聲。』……《周韻》成於元泰定元年甲子（公元 1324），圖抄寫於日本貞和二年，與元順帝至正六年丙戌（公元 1345）相當，則平聲之分陰、陽與夫四聲之演化爲八聲，至晚亦當實現於元朝末葉也。降至明世，範善溱《中州全韻》及王鵕《中州音韻輯要》平、去兩聲遂各分陰、陽，而周昂《增訂中州全韻》更於陽平、陽去之外分立陽上，於是八聲系統乃漸臻完備。然四聲之分化在方言中約有三途：其一，清、濁聲與陰、陽調並存，吳語是也；其二，平仄皆分陰、陽而聲母之清、濁不辨，閩、粵、客家是也；其三，全濁聲母平聲變同次清而聲之陰、陽尚分，仄聲變同全清而聲調之陽、陰亦混，『官話』是也。（羅常培 2004a：466-467）

「本來，照孫愐《唐韻序論》所說『切韻者，本乎四聲……引字調音，各自有清、濁』，我們可以設想在隋唐的時候，漢字只有平上去入四個聲調，所謂清、濁只是聲母的不同，和聲調毫無關係。如端團、短斷、鍛段、掇奪（按：每組例字前清後濁，四組依次爲平上去入），除了聲母的不同之外，其餘都一樣。後來因爲濁聲的影響，聲調漸漸分化，發生了聲調的高低升降的變化，同時聲母的清濁仍舊保持對立。這種聲母和聲調的區別並存的狀況算是第一種演變。在這種狀況之下，要是忽略聲調的差別，仍舊把這兩套字認作清濁的不同，還不算絕對的錯誤。可在別的方言裏，全濁聲母有變成次清的，於是就發生了第二種演變：即聲調表現爲陰和陽的對立，而聲母表現爲清和由濁變來的次清的對立。這種演變，全濁和次清的差異只在聲調高低之間，可是在耳朵不好的人聽起來，就分辨不出這種細微的聲調差異，只覺得清、濁是不送氣和送氣的區別。

「還有許多方言，全濁聲母在平聲分化成另一個聲調，而本身又變成次清；在仄聲卻因為聲調的影響先把送氣的成素消失，慢慢地再和全清混併起來，於是濁聲的遺跡一點兒都看不出來了。這是第三種變化：即在平聲裏有陰陽調的區別，同時聲母還保持者清與由濁音變來的次清的對立，而在上、去、入三個調中，沒有陰陽的區別，聲母也沒有了對立，上、去、入的音高表現為高低升降的不同。

「這三種類型可以作為漢字聲調從四聲蛻變成八聲或五聲的假定程式。在現代方言裏，吳語屬於第一種；閩、粵屬於第二種；官話屬於第三種。操第一種方言的人對於清、濁的觀念認識較深；操第二種方言的人對於陰、陽的觀念認識較深；操第三種方言的人只知道平聲有陰、陽的區別，既不承認仄聲也有陰、陽，更不瞭解清、濁是聲母的差異。我們現在要確認：清、濁是聲母的不帶音或帶音，陰、陽是聲調的高低升降。陰、陽調是由清、濁演變成的，但既經變成陰、陽調後，就和清、濁完全是兩回事了。」（羅常培 2004b：436-438）

「現代方言裏，吳語是濁聲和陽調並存的，例如蘇州除保持古濁母外平、去、入俱分陰、陽，上海除保持古濁母外平、上、去、入俱分陰、陽；粵、閩、客家、贛徽等處方言是由濁聲蛻變為陽調的，例如廣州平、上、去、入俱分陰、陽且有中入，廈門、福州、臨川除上聲外俱分陰、陽；客家平、入分陰、陽，上、去不分；歙縣績溪平、去分陰、陽，上、入不分；都是調的區別。而不是聲的區別。因為在這幾種方言裏全濁聲母都消滅了。」（羅常培 2004b：440-441）

周祖謨先生對聲調的演變也有論述：

「（1）平上去入四聲在唐代已經因為聲母清濁之不同而有了不同的讀法，調類的數目也有所增加。（2）唐代大多數方言中平聲已經分化為兩個調類。安然說表金兩家和正法師聰法師兩家平聲都分別輕重就是一個證明。（3）唐代有些方言中的聲調因聲母清濁之不同有了分化。可能比較普遍的是上聲全濁字與去聲全濁字讀成一調。白居易和李涪的音就是如此。（4）唐代有些方言四聲各有輕重，跟現代吳語粵語四聲各分陰陽相似。」（2004c：494-500）

以上幾種引述，都傳達出下面幾條信息：

1、中古原只有平上去入四聲，後來聲調分陰陽是受了聲母清濁的影響。

2、音韻學上的清濁與陰陽是兩回事。清濁是聲母方面的概念，指聲母的帶音或不帶音，也就是發音時聲帶是否顫動；陰陽是聲調方面的概念，指聲調的高低升降。但陰陽哪個爲高，哪個爲低，哪個爲升，哪個爲降，在各個方言中有不同的表現，不能一概而論。古人往往將清濁和陰陽混爲一談，這是造成聲調模糊難辨的原因之一。

3、聲調分陰陽是有一定先後順序的。一般來說由平聲，而入聲，而去聲，而上聲。

4、聲調的種類在不同方言中主要有三種表現。

對比上文，我們總結《韻史》的聲調特點如下：

《韻史》的聲調是四聲七調系統。平、去、入三聲按照聲母的清濁分爲陰陽兩調，上聲不受聲母清濁的影響，只有一調。體現出了與粵、閩、客家、贛、徽等處方言聲調相同的特點。〔註24〕全濁上聲字變爲去聲業已出現，同時也出現了次濁上和清上變去聲的現象。但因爲《韻史》中沒有全濁音，所以仍有大量全濁上聲字沒來得及演變，上聲依然存在。在平入混注中，無論清入、次濁入還是全濁入，主要變化方向都是去聲，混注的比例較低，入聲依然存在。

《韻史》的聲調爲：陰平、陽平、上聲、陰去、陽去、陰入、陽入。

〔註24〕對於這一點，我們認爲首先是與何萱自己的通泰方音相同，而通泰方言聲調全濁仄聲的演變據顧黔先生考證，「透示了與贛、客、晉西南方言的淵源關係。」（顧黔 2001：508）

第四章 《韻史》的性質

　　上文我們從古音、自注反切兩個角度對《韻史》作了全面分析，發現它是一部將古今語音巧妙融合在一起的作品。人們對所謂「異質」類的作品往往評價不高，認爲這類作品雜亂無章，任意拼湊，沒有多大研究價值。與此看法不同，我們認爲與其對這類作品批判或是摒棄，倒不如多一些對作品作者有如此高超的融匯古今能力的感嘆。而且，選擇合適的研究角度，將「異質」類作品中的異質成分剝離，同質成分合併，一樣可以發現許多有價值的內容。我們對《韻史》的研究就是這樣的一種嘗試。

第一節　《韻史》的文獻性質

　　有關《韻史》的研究並不多，但就這不多的幾家對其定性也缺乏一致性。有的認爲是韻書，有的認爲是訓詁學著作。我們認爲《韻史》是一部字典，或者說，是一部古漢語字典。之所以這樣定性，主要基於以下幾個方面考慮：

一、從《韻史》自身的體例來看，基本符合字典的編排規則

　　《韻史》稿本我們無法看到，但商務印書館第一次出版時就將《韻史》分十四冊，將《韻史》的十七部韻目獨立爲第一冊，對第一冊中小韻收字的注釋分置於第二至十四冊。我們推測其稿本體例大概也是如此。第一冊「序言」之後爲「《韻史》全書總目」，按照何氏自定的古韻十七部排序，每一部

又按四呼排序，這相當於總目錄。「總目」之後分別爲「切字簡易灋」和「字母」，大致相當於現代字典中的「凡例」。不同點在於「凡例」只提到了聲母，沒有說明韻母和聲調，那是因爲何萱將韻母和聲調分置於每一部之後了。「凡例」後面分別爲十七部韻目，這相當於「檢字表」。我們如今常用的字典有的按部首檢字，有的按音序檢字，有的按四角號碼檢字。何萱的「檢字表」相當於按音序檢字。十七部韻目之後就是「正文」。正文收字與韻目是一一對應的，相當於字典的「正文」。如此看來，何萱的編排體例與我們常用的字典體例十分相似，只不過他的「檢字表」更爲詳細，爲「檢字表」中同音字組的代表字以韻圖的形式注了音。

二、從何萱的撰書旨趣來看，《韻史》有字典的功能

何萱著書的目的在他的《答吳百盉論韻史書》中有所涉及。他認爲「談古義者益鮮」，同時批判了對於《說文》釋文「兼蓄併收，注疏望文生說」式的說解。所以他決定編一部書，重新整理《說文》、《玉篇》、《廣韻》中的收字，進行古音、古義上的考證，以達到「使學者眞識字而無難」的目的。所以，何萱以濃墨重彩對字義進行闡釋，確定字音是爲確定字義服務的。羅常培先生說《韻史》「所以嘉惠來學者，乃在訓詁，不在音韻」（羅常培 2004d：526），就是抓住了《韻史》字典釋義方面的功能。

三、從吳存義的序言來看，「《韻史》」與「字典」併提

吳存義是何萱的學生，在何萱去世之後受其同門師兄所托爲《韻史》作序。與何萱的《答吳百盉論韻史書》不同，他的序言重在說明考訂古音的重要性。在《吳序》中我們了解到，吳存義懷有「應試者既曰《詩》韻，韻何以不遵《詩》」的感嘆，本想自己寫一部按《詩》韻分部的書卻一直沒能實現。後來入何萱門下，發現其師殫精竭慮所著《韻史》一書與自己的著書初衷一致。這說明《韻史》有爲文人作詩檢字服務的目的。同時他也指出，語音地各不同，若要達到「齊所不齊」的目的，很是需要一部在古韻學方面統一讀音的字典，而《韻史》就塡補了這項空白。即是說《韻史》這部字典是專門性的工具書，是專爲漢字訂古音、考古義的古漢語字典。

綜上，我們將《韻史》的文獻性質定爲字典。

第二節 《韻史》自注反切音系性質

　　《韻史》在文獻學方面既然是一部字典，而且還是古人編寫的古漢語字典，不是專門的韻書，其目的不是爲了描述一個完整的語音系統，所以我們也不希冀從中考證出完整的語音系統。但並不是說音系就不可考，因爲語音也是字典不可或缺的組成部分。面對這樣一部古漢語字典，我們在考求古音方面可以按照它本身的結構來進行；同時又對何萱反切展開討論。反切就像是釘在古音系統中的楔子，讓我們可以從紛繁複雜的古音古義夾縫中尋找今音的蛛絲馬跡。通過反切比較，我們得出了《韻史》自注反切的聲、韻、調系統，發現聲母和聲調體現出一定的時音和方音色彩，韻母帶有上古音特徵。下文我們分別從聲、韻、調三方面，將何萱《韻史》的反切音系分別與早期通泰方言語音系統、近代共同語口語標準音的典範《中原音韻》和何萱自己的上古音聲、韻、調系統作對照，觀察《韻史》反切音系的特點，並通過這些特點，對《韻史》反切反映出的音系性質做出判斷。

（一）聲母方面

1、《韻史》反切聲母系統與早期通泰方言聲母的比較

表 4-1 　《韻史》反切聲母系統與早期通泰方言聲母比較表

《韻史》聲母系統 21 個					早期通泰方言聲母系統（顧黔 2001：66-67）：26 類					
幫系	p	pʻ	m	f	v	p	pʻ	m	f	v	幫非組
端泥組	t	tʻ	n		l	t	tʻ	n		l	端組
精組	ts	tsʻ		s		ts	tsʻ		s	z	知系、精組
知系	tʃ	tʃʻ		ʃ	ʑ	tʂ	tʂʻ		ʂ	ʐ	知系、精組（有的只來自知系）
						tɕ	tɕʻ	(ȵ)	ɕ		知系、精組、見系
見曉組	k	kʻ	ŋ	x		k	kʻ	ŋ	x		見系
影組	Ø					Ø					

　　與早期泰興方言相比，《韻史》反切聲母最大的不同在於精、見、曉三組聲母沒有腭化，知系爲一套聲母。

　　見曉組、精組聲母的腭化是近代漢語聲母演變的一個重要現象，這個現象發生的時代難以確定，17 世紀和 18 世紀的等韻音系都不反映這一現象，連析音甚細的《西儒耳目資》也沒有透出見系或精系腭化的痕跡，直到清代中葉的《圓音正考》（1743 年）對尖團音的分辨，才表明見系和精系的腭化已經完成。

「十七八世紀的韻書不反映這一現象，不表明那時的舌根音沒分化，而是因爲等韻作者習慣於運用音位學的原理審音，把[tɕ]（或者[c]）類與[k]類當成一套聲母來處理。」（耿振生 1992：148）

鮑明煒、王均二位先生沒有在《南通地區方言研究》中對泰興方言進行描寫，但有對與之相近的如皋方言的有關論述。他們認爲，精組從母清化變送氣清音；邪母清化，分別與心、清混。中古精組在如皋方言中分化成了兩組，在洪音前基本保持不變，讀 ts。在細音（或部分細音字）前讀 tɕ，與同樣腭化了的見組合流。知組澄母清化，分別與知、徹混。莊組崇母清化，分別與初、生混。章組船母清化，與書母合併；禪母清化，分別與昌、書混。知莊章不分，與精組洪音合流。沒有分化出 tʂ-組聲母。但日母讀 ʐ。（鮑明煒、王均 2002：120-121）

顧黔先生針對泰興方言的調查結果爲：精組分化出 ts 和 tɕ，日母讀 ʐ，這兩點是與鮑、王二位先生對如皋方言分析得出的結論相同的，但她認爲語言的演變有「對稱性」，不應當有 ʐ 而無 tʂ、tʂʻ、ʂ。她通過深入調查發現，「tʂ、tʂʻ、ʂ 在縣城已消失，而在鄉村卻有大量保存，如東縣一半以上地區知照系有 tʂ-組一讀，另有部分字讀 ts-組，其中莊組讀 ts-組者比知章組多。泰縣境內約三分之二地區精莊知章全有 tʂ、tʂʻ、ʐ 一讀，ʂ 母消失。可以假定，早期泰興話也是有ʂ 母的，即有 tʂ、tʂʻ、ʂ、ʐ 全套，只是由於周圍權威方言——揚州話、泰州話（都沒有 tʂ-組）的影響，縣城與鄉村分趨兩道，前者只剩 ʐ 母，後者保留住了 tʂ、tʂʻ、ʐ。」（顧黔 2001：42）

此外，她又進一步指出，泰興與其他地區的不同在於，泰興鄉村除了知照系有 tʂ-組一讀外，精組亦有 tʂ-組一讀，精組在泰興城和鄉村的變化是不同的。並且舉了泰興北新鄉的精組在有關韻攝的讀音，來證明精組也分化出了 tʂ-組聲母。（顧黔 2001：43）

泰興城	精組/今洪＞ts-組
	精組/今細＞tɕ-組
泰興鄉村	精組/今洪・蟹攝開三四・臻梗攝＞ts-組
	精組/今洪・其餘韻攝＞tʂ-組
	精組/今細＞tɕ-組

知莊章不分，與精組合流。通泰區的城關話均為 ts-一組，但在鄉村，也有大大的區域有 tʂ-組。在如東縣，知章讀 tʂ-組者較多，莊組讀 ts-者較多，並且使用範圍也不同。綜合起來看，就是——莊組：城市、年輕人讀 ts-者多；知章組：鄉村、年齡大文化程度低的人讀 tʂ-組者多。結論為古知系聲母也有 tʂ-組一讀。

綜合以上顧先生的說法，我們可以作如下表示（主要以泰興話為例）：

				備註
	所有城關話都有	ts-組	多為莊組，年輕人	
知莊章合流	鄉村大片區域還有	tʂ-組	多為知章組，老年人，文化程度低者。	如皋無
	泰興市還有	tɕ-組	蟹止流、咸山	如皋無
精 組	泰興城	ts-組	洪音	
		tɕ-組	細音	
	泰興鄉村	ts-組	洪音，臻梗、蟹開三四	
		tʂ-組	洪音，其餘韻攝	如皋無
		tɕ-組	細音	

鮑、王二位先生對如皋方言的分析沒有說明城鄉差異，也沒有變化過程的描述。單從現象上來看，最大的不同就在於如皋方言中沒有 tʂ-組聲母。而《韻史》反切反映出來的現象也是沒有 tʂ-組聲母，這一點與如皋方言相同。

見曉組在《韻史》中的變化是：群母清化，匣母清化，見溪曉母在洪音或細音前均保持大量的自注，見曉組聲母在《韻史》中仍然只有一套，並未顯示出腭化的跡象。雖然見曉組與精組有混注的例子，但數量很少，不夠支撐見系腭化的結論。

通常來說，見曉組的腭化要早於精組的腭化。《韻史》中見曉組為一套舌根音的讀音，精組聲母很可能也是一套。我們從微觀入手具體分析一下。

知系在通泰區的一個重要特點是，有 tɕ、tɕʻ、ɕ 聲母。並且流攝的知莊章變 tɕ、tɕʻ、ɕ 之後，與精組、腭化了的見組合流，所以晝＝皺＝就＝咒＝救＝tɕiɯ（去聲），這種歸併方式是罕見的。我們檢索以上諸字（咒字書中沒收）：

3661 就 從去開尤流三 疾僦：此 清開3 雌氏 究 見去開尤流三 居祐

5273 晝 知去開尤流三 陟救：掌 章開3 諸兩 遇 疑去合虞遇三 牛具

3606 救 見去開尤流三 居祐：几 見開重3 居履 宙 澄去開尤流三 直祐

5859　皺　莊去開尤流三　　　側救：酌　章開3　　之若　豆　定去開侯流一　　徒候

發現這些字在《韻史》中並不全部同音。知莊章混注，與精組、見組不同音。

精組、見曉組沒有腭化，沒有 tɕ-組和 tʂ-組聲母，這與現代泰興和如皋方言有別，但卻是《韻史》本身的反映。正如耿振生先生所言，實際語音中不一定沒有分化。從《韻史》成書到現代泰興方言的形成時間並不長，語音不應當有很大的變化。何氏作書的初衷是描寫古音，可能是刻意存古使然。

2、《韻史》反切聲母系統與《中原音韻》聲母系統的比較

表 4-2　《韻史》反切聲母系統與《中原音韻》聲母系統比較表

比較範圍〔註1〕	《韻史》	《中原音韻》
全濁聲母是否保留	已清化，塞音、塞擦音多與同部位送氣清音合併。	清化，以聲調不同分別與全清和次清合併
非敷奉的分合	已合流爲 f	已合流爲 f
知照組是否合流	已合流爲 ʧ 組聲母，部分字與精組相混。	合流爲 ʧ 組聲母（楊耐思 1981：25-27）
零聲母的範圍	影云以合流爲 Ø，微母獨立	影喻合流，变成了零聲母，微母獨立
泥娘是否合流	已合流爲 n	泥娘合流
見曉組和精組是否腭化	未腭化	尚未腭化
疑母獨立與否	疑母獨立爲 ŋ	一部分跟影喻合併，一部分跟泥、娘合併，還有一小部分獨立（楊耐思 1981：27）

通過以上比較可以看出，《韻史》在聲母方面除了濁音清化的歸併沒有按平仄分類外，其餘與《中原音韻》幾乎相同。

3、《韻史》反切聲母系統與何萱上古二十一聲母的比較

表 4-3　《韻母》反切聲母系統與何萱上古二十一聲母比較表

何萱二十一聲母	《韻史》反切聲母系統
見	几[k]
起	儉[kʻ]

〔註1〕　「比較範圍」以李無未先生主編的《漢語音韻學通論》之「由三十六字母到近代漢語聲母系統的演變大勢」、「由中古到近代漢語韻母系統的演變大勢」、「漢語聲調及其演變」所列出的幾項演變爲標準。

影	漾[Ø]
曉	戶[x]
短	帶[t]
透	代[t']
乃	念[n]
賚	亮[l]
照	掌[ʧ]
助	齒[ʧ']
耳	攘[ʌʒ]
審	始[ʃ]
井	紫[ts]
淨	此[ts']
我	仰[ŋ]
信	想[s]
幫	丙[p]
並	品[p']
命	莫[m]
匪	甫[f]
未	晚[v]

表面看來，從反切中得出來的聲母系統，與何萱自己的上古聲母系統幾乎完全相同，而實際上二者的性質是截然不同的。我們認為，何萱《韻史》自注反切的聲母系統承襲了元明以來北方共同語的聲系，至於其濁音清化後多讀送氣清音，則是受到了通泰方音的影響。

（二）韻母方面

1、《韻史》反切韻母系統與早期通泰方言韻母的比較

表 4-4　《韻史》反切韻母系統與早期通泰方言韻母比較表

《韻史》韻母系統（57 個）

早期通泰方言韻母系統（顧黔 2001：483）（56 個）

	開	齊	合	撮		開	齊	合	撮	
柯部	ɔ		uɔ			ʊ					果攝，無開合對立。
						ɑ	iɑ	uɑ	yɑ		假攝。yɑ 來自果攝。
姑部			u	y				u	y		遇攝，模獨立，魚虞合流。
該部	ai		uai			ɛ	iɛ	uɛ	yɛ		蟹攝開口一二等，合口二等

部				
幾部			ui	
		i		
高部	au	iau		
鳩部	əu			
干部	an		uon	
	an			
		iɛn		yɛn
甘部	ɑm			
	am			
		iɛm		
葛部	at		uat	
		iɛt		yɛt
頰部	ɑp			
	ap			
		iɛp		
金部		iˀm		
臤部	ən	iˀn	uˀn	yˀn
耕部	əŋ	iˀŋ	uˀŋ	yˀŋ
忩部		iˀp		
吉部	ət	iˀt	uˀt	yˀt
隔部	ək	iˀk	uˀk	yˀk
岡部	aŋ	iaŋ	uaŋ	
各部	ak	iak	uak	yak
江部	oŋ	ioŋ		yoŋ
欵部	ok	iok		yok

		ei	uei	yei	說明
		ei	uei	yei	蟹攝合口（二等除外）、止攝合口
	ï、ɚ	i			蟹止兩攝開口三四等
	ɔ			iɔ	效攝
	ɣɯ		u	y	流攝，待考
	õ			yõ	咸山攝一等（開口端系除外）
	ɛ̃		uɛ̃	yɛ̃	咸山攝二等及一等開口端系
	ɪ̃	iɪ̃		yɪ̃	咸山攝三四等
	oʔ			yoʔ	咸山入聲一等（開口端系除外）
	ɛʔ		uɛʔ	yɛʔ	咸山入聲二等及一等開口端系
	ɪʔ	iɪʔ		yɪʔ	咸山入聲三四等
	əŋ	iəŋ	uəŋ	yəŋ	深臻曾梗舒聲
	əʔ	iəʔ	uəʔ	yəʔ	深臻曾梗入聲
	aŋ	iaŋ	uaŋ	yaŋ	宕江舒聲
	aʔ	iaʔ	uaʔ	yaʔ	宕江入聲
	oŋ	ioŋ			通攝舒聲
	ɔʔ	iɔʔ			通攝入聲

　　通過對比我們發現，《韻史》反切的韻母系統與早期通泰方言韻系還是有一定差別的。二者最大的區別在於《韻史》中入聲韻尾、陽聲韻尾三分的格局在早期通泰方言中已被打破。入聲韻尾演變爲喉塞音尾，陽聲韻的深臻曾梗合流，-m、-n 尾併入-ŋ 尾。咸山攝合流，-n 尾弱化爲鼻化元音。支思部產生，並包含ʅ、ɿ、ɚ 三個韻母。《韻史》的韻母系統比較守舊，陽聲韻尾三分，咸山兩攝也呈現出三分的跡象。至於支思韻，因爲在《韻史》中不存在卷舌音聲母，還不具備支思韻產生的條件。與早期通泰方言相比，《韻史》韻母系統更爲保守。

2、《韻史》反切韻母系統與《中原音韻》韻母系統的比較

表 4-5　《韻史》反切韻母系統與《中原音韻》韻母系統比較表

比 較 範 圍	《韻史》	《中原音韻》
入聲韻尾	保持-p、-t、-k 三尾，但有個別相混或脫落的現象。	入派三聲
陽聲韻尾	保持-m、-n、-ŋ 三尾，但有部分-ŋ/-n 相混的現象。	三分
支思部	未分化	已產生
車遮部	未獨立	獨立
喉牙音開口二等字是否產生 i 介音	未產生，二等多數與一等合併	[i]介音已經產生，唯蕭豪部唇音還有二等韻

　　《韻史》韻系與《中原音韻》韻母系統相比，幾乎沒有一致性。《韻史》反切韻系更爲保守，所以其韻系不是時音韻系，而是古音系統。我們在分析韻母系統時，就發現大量的存古現象。可以說，韻母方面，何萱主要還是在整理上古韻部，但因爲時代所限，他所整理的上古韻部並不純粹，帶有時音現象；也不是完全正確，個別字的歸部和反切注音都有問題。

3、《韻史》反切韻母系統與何萱古韻十七部的比較

　　何萱的古韻分十七部，是因爲他沒有將入聲獨立，如果舒入分立的話，實際有 27 部。我們將何萱的自注反切體現出來的韻母情況與這 27 部作比較，具體情況見下表〔註2〕：

表 4-6　《韻史》反切韻母系統與何萱古韻十七部比較表

《韻史》反切 20 部	何萱古韻 17 部	他　攝　注
江部	東	江｜宕、通｜梗、通｜流、通｜蟹、通｜止、通入｜江
岡部	陽	宕｜果、宕｜流、宕｜止、宕｜曾、宕｜遇、宕｜梗
耕部	耕	梗｜山、梗｜咸、梗｜效、梗｜蟹、梗｜止
	蒸	曾｜臻、曾｜蟹、曾｜通、曾｜深、梗｜通
臤部	文	宕入｜臻、梗｜臻、梗入｜臻、通｜臻、咸｜山、臻｜山、臻｜蟹、臻｜遇、臻｜止
	眞	梗｜臻、梗｜止、山｜蟹、咸｜山、臻｜止

〔註 2〕　表中的「他攝注」一欄，與「何萱古韻 17 部」一一對應，表示那些被注字與切下字中古不同攝的例字，在何氏 17 部中的歸屬。

干部	元	山I蟹、山I止、深I山、咸入I山、曾入I山、臻I山、梗入I山、江I山、山I果、山I假、山I流、山I效、宕入I山、梗I山
金部	侵	梗I咸、梗入I咸、深I咸、通I深、咸I山、咸I遇、曾I深、曾I咸
甘部	談	宕I咸、梗I咸、江I咸、通I咸、曾I深
柯部	歌	梗入I果、果I止、假I果、假I蟹、假I止、山I果、咸I果、效I果、效I假、遇I果、臻I果
幾部	支	臻I止、通入I止、山I止、假I蟹
該部	脂、之	脂:臻入I止、臻入I蟹、臻I蟹、曾入I蟹、咸入I止、通入I蟹、通I止、山入I蟹、山入I止、山I止、山I蟹、假I蟹、果I止、梗入I止、梗入I蟹、梗I止
鳩部	之	之:通入I蟹、通I止、山I止、山I蟹、梗入I蟹、梗I蟹、效I止、遇I止、曾I蟹、曾入I止、臻I止、臻入I止
	幽	深入I流、山入I流、江I流、梗入I流、宕入I流、通入I流、通I流、效I流、遇I流、曾入I流、臻I流
姑部	侯	江I流、江I遇、江入I流、山I流、通I流、效I遇、遇I流、遇I蟹、臻入I流
高部	魚	宕I遇、宕入I遇、假I遇、通I遇、效I遇、遇I止
糓部	宵	宕I效、宕入I效、梗入I效、江入I效、通入I效、咸I效、效I假、效I遇
	覺	通入I梗入、通入I流、通入I曾入、通入I臻、通入I宕入
	屋	通入I宕入、通入I流、通入I山、通入I效、通入I遇、通入I止
各部	鐸	咸入I宕入、通入I宕入、宕入I曾入、宕入I遇、宕入I假、宕入I梗入
	藥	宕入I梗入、宕入I效、江入I梗入、通入I宕入
隔部	錫	梗入I宕、梗入I假、梗入I蟹、梗入I臻、江入I梗入、山入I梗入、臻入I梗入
	職	臻入I曾入、臻入I梗入、曾入I止、曾入I咸、曾入I山、咸入I曾入、通入I曾、山入I曾入、山I梗入、江入I曾入
吉部	物、質	物:臻入I通入、臻入I止、山入I通入、臻入I山入、臻入I流、咸入I山入、山入I止、山入I蟹
葛部		質:臻入I曾入、臻入I止、臻入I蟹、臻入I通入、臻入I山入、臻入I梗入、山入I蟹
忈部	緝	深入I臻入、深入I曾入、深入I通入、深入I梗入
頼部	盍	咸入I蟹、咸入I通入

從比較中可以發現，何氏反切的二十韻部與他的古韻十七部十分接近。所以說，何萱的本意是想表現古音而非時音或者通語，反切體現出來的二十部，是因爲他在注古音時不可避免地摻入了時音和方音造成的。比如，雖然何萱的古韻分部有耕部和蒸部，但他在反切注音上卻無法將蒸韻與青韻分辨清楚，所以我們以反切反映出的耕部對應他的上古蒸、耕兩部；又如，他將一系列字歸入侵部，但在對這些字注音時使用的切下字卻出現了分兩組的趨勢，這兩組切下字分別組成了金部和甘部。再比如，中古的假攝字在《韻史》中沒有本韻相注的情況，我們從「他攝注」一欄中可以看到，假攝字分屬於何萱的上古元、歌、支、脂、魚、宵、鐸、錫諸部中。具體例字可以根據他攝注的類型在正文中找到。

我們現在來看，何萱的注音抹殺了許多重要的古音現象，並不能眞正反映古音，比如，「丘」的古音讀「khʷɯ」，「起」讀「khɯʔ」，雖然同處於一個韻部中，但韻母不同，一合一開。在何氏的注音中「丘」爲「儉基切」，「起」爲「儉起切」，聲調不同，韻母相同，都是開口。再比如，「家、瓜、姑」古音分別讀「kraa、kʷraa、kaa」，中古的假攝字和遇攝字在上古時候都讀 a。何萱的反切注音爲「廣都切」，這三個字的讀音沒有區別並且都讀 u。從朱熹到陳第都是如此注音，這是清人對上古魚部讀音的普遍性的誤解。何萱把清人的古音概念用反切落實了下來，所以他的注音不是想反映當時的通語或是方言音系，而是他意識里的古音音系，但我們透過他的注音也可以一定程度上看出當時的通語或方音。早期通泰方言中「家、瓜、姑」分別讀爲「kɑ、kuɑ、ku」，「瓜、姑」的讀音與《韻史》反切不同；現代溫州話中分別讀「kɔ、kɔ、ku」，都是陰平聲，與《韻史》反切注音比較接近，大概何氏在注音時也參考了吳語語音。

（三）聲調方面

1、《韻史》反切聲調系統與早期通泰方言聲調的比較

顧黔先生在《通泰方言音韻研究》中，對通泰區的幾個方言點做了調類和調值的描寫，見下表：（顧黔 2001：486）

表 4-7　通泰部分方言點聲調格局表 [註3]

	陰平	陽平	上聲	去聲或陰去	陽去	陰入	陽入	
南通	21	35	55	42	213	4	5	七調區
如東	21	35	42	44	32	5	2	
興化	33	34	213	53	21	4	5	
如皋	21	35	213	33		4	5	六調區
泰興	21	45	213	44		4	5	
海安	21	35	213	44		4	5	
姜堰	21	45	213	44		4	5	
泰州	21	45	213	33		4	5	
東臺	31	35	212	44		4	5	
大豐	21	35	213	45		4	5	

　　她將通泰幾個方言點分為六調區和七調區，《韻史》作者何萱所在的泰興地區，劃歸到了六調區中。但是，《韻史》去聲也是分陰陽的，或者說，也是有陽去的，與七調區的格局相同。所以從《韻史》反映出的聲調特點來看，那一時期的泰興應歸入七調區。但畢竟何萱所處年代距現代已有 170 多年，《韻史》聲調與泰興方言聲調存在差別也是在情理之中的。同時，顧黔先生也指出，七調區的陽去自成一類，「而六調區在分布上出現了一個空格，可以斷定六調區原來也應該有陽去，只是別有原因使之分化罷了。」（顧黔 2001：498）所以，她將通泰方言早期的聲調系統定為四聲七調（顧黔 2001：505），即：

陰平	上聲	陰去	陰入
陽平		陽去	陽入

　　以說，《韻史》聲調系統與早期通泰方言在聲調上的表現是一致的。那么，新的問題又出現了，即陽去消變的時間和去向問題。詳下。

（1）全濁上和濁去的演變

　　顧黔先生指出，《中原音韻》的「濁音清化，濁上變去」規律，在現代通泰方言中有兩種變體：1、七調區濁上與濁去合流變陽去，陽去獨立，與陰去併列。2、六調區二者合流但無獨立地位，很多字有兩讀。白讀陰平，逢塞音、塞擦音聲母送氣；文讀歸去聲，逢塞音、塞擦音聲母不送氣。……一般說來，如皋、

〔註3〕表的名稱為筆者所加。

泰興、海安的白讀音較多,大豐、東臺其次,泰州、姜堰文讀音較多(顧黔2001:487)。也就是說,中古全濁上聲和去聲合流後,泰興地區送氣的塞音、塞擦音聲母與陰平合流,這些字音爲白讀音。不送氣的塞音、塞擦音演變爲去聲,這些字音爲文讀音。

上文提到,《韻史》已經發生了濁上變去,並且與濁去合流,獨立爲陽去調。但同時上聲、去聲和平聲之間也確實有很多混注。我們認爲是這些字的讀音發生了變化,是一種方音現象。現在可以根據現代泰興方言的聲調特點,對這些字進行進一步的考證,看一下《韻史》中全濁上和濁去與平聲混注的具體情況、與陰平調相混的聲母條件和變爲陽去的聲母條件。

在平上混注中,涉及到的全濁上聲有19例(詳見平上混注統計表),10次與清平相混,1次與次濁平相混,8次與全濁平相混。與清平相混的數量偏多,但優勢並不明顯。我們把全濁上與清平混注例列舉如下:

25446	舵	定上開歌果一	徒可:	坦	透開1	他但	羅	來平開歌果一	魯何
23678	提	禪上開支止三	承紙:	哂	書開3	式忍	奚	匣平開齊蟹四	胡雞
5633	鞛	並上開江江二	步項:	普	滂合1	滂古	雛	崇平合虞遇三	仕于
22418	惟*	昌平合脂止三	川佳:	狀	崇開3	鋤亮	偉	云上合微止三	于鬼
4346	鮑*	並上開肴效二	部巧:	普	滂合1	滂古	顟	來平開肴效二	力嘲
24907	羡*	崇上開麻假二	仕下:	粲	清開1	蒼案	河	匣平開歌果一	胡歌
24869	阤ɡ*	定上開歌果一	待可:	坦	透開1	他但	羅	來平開歌果一	魯何
19324	嘵	溪平開仙山重四	去乾:	舊	群開3	巨救	顯	曉上開先山四	呼典
9644	懍	見平開侵深重三	居吟:	舊	群開3	巨救	錦	見上開侵深重三	居飲
1951	薸	幫平開宵效重四	甫遙:	汴	並開重3	皮變	小	心上開宵效三	私兆

聲母方面,既有塞音和塞擦音聲母,也有擦音聲母;既有送氣聲母,也有不送氣聲母。另外,我們並沒有將《韻史》中的全部全濁上聲字看成去聲字,只是把上去混注中的全濁上看成了去聲,與平聲混注的上聲字依然爲上聲,所以現代泰興方言中全濁上聲變去聲後送氣塞音、塞擦音變入陰平的現象在《韻史》中還沒有特別體現。另一方面,還有不少中古全濁上聲字在聲母變爲送氣塞音或塞擦音後,並沒有與陰平合併,而是轉入到去聲後獨立爲陽去或是依然

爲上聲。

在平去混注中，涉及到濁去的有 66 例（詳見平去混注統計表），17 次與清平相混，37 次與次濁平相混，12 次與全濁平相混。與清平相混的數量不及與次濁平相混的數量。我們把濁去與清平混注例列舉如下：

6901	謼	曉平合模遇一	荒烏：	會	匣合 1	黃外	固	見去合模遇一	古暮
21003	數	見平合灰蟹一	公回：	戶	匣合 1	侯古	快	溪去合夬蟹二	苦夬
7703	瘳	澄去合魚遇三	遲倨：	蠢	昌合 3	尺尹	餘	以平合魚遇三	以諸
10355	鴆	澄去開侵深三	直禁：	齒	昌開 3	昌里	鯦	從平開侵深三	昨淫
12051	淙	崇去開江江二	士絳：	處	昌合 3	昌與	戎	日平合東通三	如融
2400	詨	匣去開肴效二	胡教：	古	見合 1	公戶	敲	溪平開肴效二	口交
17823	挶	禪去合仙山三	時釧：	翥	章合 3	章恕	幡	敷平合元山三	孚袁
18834	攢	從去合桓山一	在玩：	祖	精合 1	則古	關	見平合刪山二	古還
16482	穨*	奉去合微止三	父沸：	甫	非合 3	方矩	雲	云平合文臻三	王分
8405	蹬*	定去開登曾一	唐亘：	到	端開 1	都導	增	精平開登曾一	作滕
11287	戇*	澄去開江江二	文降：	齒	昌開 3	昌里	邕	影平合鍾通三	於容
21004	瓌*	書平合灰蟹一	始回：	戶	匣合 1	侯古	快	溪去合夬蟹二	苦夬
22890	曠*	敷平合微止三	芳微：	奉	奉合 3	扶隴	對	端去合灰蟹一	都隊
25992	髊	從去開支止三	疾智：	翠	清合 3	七醉	墮	曉平合支止重四	許規
17957	鑾	奉去合元山三	符万：	甫	非合 3	方矩	權	群平合仙山重三	巨員
2129	紗*	影平開宵效重三	於喬：	沔	明開重 4	彌兗	肖	心去開宵效三	私妙
24385	痺*	並去開脂止重四	毗至：	丙	幫開 3	兵永	谿	溪平開齊蟹四	苦奚

在這 17 例中，有 6 例是送氣音。可以說，濁去變陰平在《韻史》中也沒有特別體現。

現代六調區的*陽去之所以會歸陰平，據顧黔先生考察，應當是二者調值接近造成的。七調區的陽去的調值，興化 21，如東 32，南通 213，均爲低降調或低降升調。六調區*陽去的調值應與此相當，這就與通泰區陰平的總傾向 21 或 31 相同或相近了。調型相同，調值相近，*陽去與陰平合流就成了十分自然的事了。（顧黔 2001：499）《韻史》沒有這些變化，一方面是守舊，也可能二者的調值不同。對此，我們也只是推測，具體深層次原因待考。

另一個問題就是現代泰興方言中以上變化完成的時間問題。顧黔先生認為六調區原來也有陽去，全濁上歸入濁去，而後二者同歸陰平，即「濁上變去」和*陽去獨立的時間早於歸入陰平。根據魯國堯先生的研究，16、17 世紀，六調區的*陽去已歸入陰平。他發現康熙十二年（1673）修訂的《淮南中十場志》卷一「風俗附方言」有這樣的記載：「至於以稻爲滔，以豆爲偸，以咸爲寒，以學爲鶴，以地爲梯，以丈爲昌之類，則聲之轉也。」作者王大經，安豐鎮人，屬今東臺市。「淮南中十場」指當時東臺場、安豐場、富安場等，今分屬東臺、海安，其範圍不出今通泰區。其中稻=滔，豆=偸，地=梯，丈=昌，說明古全濁上、濁去已混入陰平，且聲母送氣的事實。至今六調區絕大部分市縣的白讀，此四對仍爲同音字。（顧黔 2001：498-499，魯國堯 2003a：69）

以上幾對字例，在《韻史》中卻是平上去分置，分得十分清楚的。包括顧黔先生所舉的來母去聲字「路」，在現代泰興方言中只有陰平一讀，而《韻史》是放在去聲中的。《韻史》成書於 19 世紀 30 年代左右，處在由近代到現代的過渡期，晚於魯先生所說的*陽去歸陰平的時間下限。書中應當體現這種變化卻沒有體現，恐怕只能歸因於《韻史》的存古特性了。

（2）入聲的演變

保留入聲，且分陰陽，是通泰方言的重要特點之一。古清入變陰入，古濁入變陽入。但是在中西部的泰興、如皋、東臺、大豐、海安、姜堰、泰州，濁入有些既有陽入（白）一讀，又有陰入（文）一讀，有些則只有陰入一讀。也就是說，陽入逐漸混同於陰入，向著統變爲一個入聲發展。（顧黔 2001：500-501）濁入遇塞音、塞擦音聲母，一律送氣，此爲白讀音，是通泰地區的原有形式。音變規律和條件如下：

七調區：濁入/塞音、塞擦音〉陽入・送氣/白讀

六調區：濁入/塞音、塞擦音〉陽入・送氣/白讀

由於受到普通話的影響，文讀音中又出現了這樣的演變規律及條件：

七調區：濁入/塞音、塞擦音〉陰入・不送氣/文讀

六調區：濁入/塞音、塞擦音〉陰入・不送氣/文讀

《韻史》的入聲按照聲母的清濁分爲兩類，清音爲陰入，濁音爲陽入。按照上述規律和條件，有部分濁入字受到文讀音的影響，沒有變陽入，而是變爲

陰入。

現代方言中很多語音現象都是文白異讀造成的。（顧黔 2001：497）張琨認為，「文白異讀這個問題是非常複雜的。文讀是外來的，白讀是本地的。文讀比較晚，白讀比較早。文讀和白讀沒有直接的歷史關係，並不是一個從另一個變出來的。文讀白讀代表兩種漢語方言的傳統。」通泰方言的文讀是讀書音，反映晚近的北方話特別是近年來普通話的影響，白讀是口語音，反映原有的或較早的層次，至遲是 16、17 世紀的語音情況。（顧黔 2001：497）

我們在討論《韻史》入聲的時候，認為來自濁音的歸陽入，來自清音的歸陰入，我們再按照塞音、塞擦音聲母的送氣與否對濁入進行重新認識。《韻史》中的濁入自注有 1352 條，其中聲母為塞音、塞擦音的 245 條，其中送氣音 242 條，這幾條歸陽入與上述規律相符。但同時也有 3 條不送氣音，按上述規律的話應當歸陰入。但是，上述規律是從中古，跨過近代，到現代的總規律，加之文讀系統的演變規律是代表未來的演變趨勢，所以《韻史》中還沒有表現出相應變化，或者說僅僅有一點點變化的苗頭是十分正常的。我們依然把這 3 條看作是陽入。

同時，清濁混注 794 次，其中塞音、塞擦音 564 條，那麼這部分字是陰入還是陽入，我們可以參考後來的演變規律做推斷，即送氣音歸陽入，認為是方言底層語音；不送氣音歸陰入，認為是受強勢語言的影響產生的文讀音。在 564 次塞音、塞擦音的混注中，送氣音有 562 條，不送氣音有 2 條。文讀音的影響在《韻史》時代還不算很大，但卻在逐步加強。泰興地區已經從《韻史》時代的七調區變為現在的六調區，不排除以後入聲陰陽調差別逐漸減小直至消失的可能。

顧黔先生認為，古聲母的清濁與今音的送氣與否對通泰方言的聲調演變都是至關重要的。她假定通泰區聲母系統曾經歷了兩個層次的變化。第一層是保持古音系統的清濁的區分，今通泰區由西到東六至七個聲調不等，古四聲各各分開，就是這一內容的表現形式。第二層是聲母的送氣與否規定了今聲調的格局（限塞音、塞擦音）。在六調區，若送氣（白），歸陰平；不送氣（文），歸去聲。在七調區，若送氣，歸陽去；不送氣，歸陰去。

從《韻史》本身來看，送氣與否對聲調的影響並不大，其聲調系統基本上還處於顧先生所說的第一層次上。

綜上，《韻史》聲調爲四聲七調系統，與早期通泰方言相同。從《韻史》反切歸納出這樣的聲調格局，說明在聲調方面《韻史》受到方音的影響很大。

2、《韻史》反切聲調系統與《中原音韻》聲調系統的比較

表 4-8　《韻史》反切聲調系統與《中原音韻》聲調系統比較表

比 較 範 圍	《韻史》	《中原音韻》
平聲是否分陰陽	平聲分陰陽	平聲分陰陽
全濁上聲是否變去	已出現濁上變去，但因其全濁聲母已清化，濁上變去沒有完成	全濁上聲變去聲
入聲是否獨立	入聲獨立且分陰陽	入派三聲
聲調類型	四聲七調	陰平、陽平、上聲、去聲

聲調方面與《中原音韻》差別較大，主要體現了方音特點。

3、《韻史》反切聲調系統與何萱上古聲調系統的比較

表 4-9　《韻史》反切聲調系統與何萱上古聲調系統比較表

《韻史》反切聲調系統	何氏上古聲調系統
陰平	陰平
陽平	陽平
上聲	上聲
陰去	去聲
陽去	
陰入	入聲
陽入	

從何萱的自述中我們提到，他其實是認爲入聲也分陰陽的，只不過礙於傳統韻書或是清代學人沒有提出過類似說法，他才沒有在《韻史》中打起入聲分陰陽的大旗。但是從反切上來看，何萱已經將他的看法融入到音注中去了。可以說，二者相較，主要的差別只在去聲是否分陰陽上。雖然差別不是很大，但我們從上古聲調的角度考慮，認爲是何萱的上古聲調帶有方音色彩，而不能說他的反切聲調系統反映了古音。

通過以上比較可以看出，《韻史》聲母方面除了濁音清化的歸併沒有按平仄分類外，其餘與《中原音韻》幾乎相同，帶有時音色彩；韻母方面表現出存古的特點；聲調方面反映了方音。

　　「張玉來先生（1998）曾在《論近代漢語官話韻書音系的複雜性成因分析》一文中談及近代漢語官話韻書音系結構形態複雜多樣，韻書很少以實際存活的某一語音系統作爲分析歸納的物件，而是將性質不同的多種語音系統的不同成分摻雜在一起，表現爲綜合古音和時音；綜合兩個或兩個以上的方音；人爲設置音類。」（轉引自孫俊濤 2007：69-71）我們通過對《韻史》的分析，發現它也綜合了古音、時音，又不自覺地融入了方音，充分體現出了「複雜性」的特點，這就要求我們在分析它的音系性質時一定要分清楚通語與方言，書面語與口語的關係。

　　漢語自古就有共同語標準音和方音的區別。共同語標準音有書面語標準音和口語標準音之別，口語標準音還有南支和北支之分；方音有官話音和非官話音之別，官話音還有南方系官話和北方系官話之分。

　　關於共同語標準音，李新魁先生認爲，口語音與書面語一直同時存在。書面語的標準音就是歷代相傳的讀書音，這種讀書音在南北朝以至唐代，大體上就是《切韻》和《廣韻》所反映的讀音系統。……而口語的標準音就一直以中原地區的河洛語音爲標準。兩者在語音系統上沒有大的出入，只是在某些具體的字音上，口語的說法與書面語的讀法不完全一致。……經籍的注音及韻書的反切一般反映了讀書音的讀法，這些讀法要比口語語音更接近於古，更具有保守性的特點。（李新魁 1993d：154～155）從元代，直至明清兩代，社會上流行的共同語，不論是書面上的，還是口語上的標準音，還是以中州音爲標準。需要注意的是，共同語標準音在南宋時就被廣泛傳播。「南宋時，金人南侵，宋室南渡。當時的中原共同語出現了兩種情況。一是江北的共同語跟隨著宋室的南遷傳入臨安（杭州），……另一種情況是：中原地區爲金人侵占之後，中原正音傳入朔北，爲金人所熟習。」（李新魁 1993c：288-289）所以，從宋代起，共同語標準音不僅在北方流行，在南方也逐漸傳播開來。口語標準音承襲了中州之音，書面語標準音由於文獻的傳承性以及作文時的有意仿古，更是沒有多大變化，它比口語音更爲保守，更爲存古。

　　何萱一生基本都在泰興、如皋等通泰方言區度過，他口裡說的應爲通泰方言。但是，歷來學者著書立說，都是希望可以傳世，所以他在編纂《韻史》時，應當是采用共同語標準音而不是方音。麥耘先生指出：「漢語通語音系的

基礎方音照例總是某個北方方音（譬如說洛陽音）；這一音系傳播到南方，很早就在長江下游地區（有很長時期是以金陵即南京爲主要支撐點）形成了獨特的『地域性分支』。這個地區一向是中國南方的（有時是全國的）政治、經濟、文化中心，這使得在這裡形成的通語音系的地域性分支具有相當的獨立性，以致於能同通語的基礎方音分庭抗禮；當通語的基礎方音已經發展，這個地域性分支仍保守舊音，從而往往被文人學者（在對待語言的態度上，他們有著保守的傳統）視爲正統的語音。……當然，通語音系的地域性分支既然沒有自己的基礎方音，那麼在發展方向上，就始終還是得跟著通語的基礎方音走，只是總要拖後一截子。……還有一點要強調的：這種通語的地域性分支或變體決不是方音，而是與方音併存的。當然，從它開始存在起，就有受方音影響的問題，但它本質上仍屬於通語（共同語），在總的發展規律和趨向上是與通語的基礎方音一致的。」（麥耘 1995：224～225）我們在上文的分析和對比中發現，《韻史》的聲母和聲調系統一定程度上反映了時音與方音的結合，何萱口中的語言可以認爲是明清以來流行於南方的共同語南支。但韻母系統卻是另一番景象。《韻史》本身就是一部復古作品，何氏是用他的語言去注音，不過所注爲他心目中的上古音。由於清人對古聲母和古聲調的研究不夠深入，何萱的可參照信息不多，所以他在用自己的語言套上古聲母和聲調時，較多地體現出了時音和方音色彩，甚至可以說基本上就是他的方音。但清代古韻部的研究成就斐然，何氏可借鑒的內容很多，他的古韻分部就主要參考了段玉裁的分部，所以《韻史》的韻部也就更接近於古韻。我們在文中一直強調是《韻史》反切的音系特點，或是《韻史》反切的音系性質，而不是何萱的語音系統，或者語音性質，是因爲作品所反映出的語音現象不能等同於實際語音。「韻書的音系是根據書中的材料歸納出來的，對它的論證只能取證於本身的材料，而實際語音則是當時使用的活的口頭用語，對它的研究要借助於其他材料和例證。絕大多數情況下，韻書音系與實際語音是不相符的，例如韻書音系常常要照顧其他方言而帶有綜合的性質，或出於存雅求正而帶有泥古的特徵，因此我們不能簡單地說某部韻書就代表了某時某地的實際語音，而要仔細辨別書中的異質成分，與其他外部材料作對比，然後才能得出較爲可靠的結論。」同時，「一部韻書在表現官話音的同時，必然會有

方音的表現」（孫俊濤 2007：69-71）。我們上文分析《韻史》聲、韻、調系統
之後會與早期通泰方言作比較，發現其中的濁音清化規律、入聲按送氣與否
分陰陽以及前後鼻音不分等語音現象與通泰方言相一致，再考慮到何萱本就
是泰興人，活動範圍也僅限於如皋、泰興一帶，我們認爲他的口語音也成形
於清代通泰地區，並且在他著《韻史》的時候也把自己的方音不自覺地帶到
了書中。《韻史》同時也帶有一定通泰方音色彩。

　　綜上，我們爲《韻史》性質做一個總的界定：《韻史》是清代泰興人何萱所
著的以正古音、釋古義爲目的古漢語字典，通過分析反切注音我們發現其音系
爲古今雜糅的系統。從主觀愿望來看，《韻史》聲母、韻母和聲調系統都是何萱
自己心目中的上古音；從客觀結果來看，《韻史》的聲母系統和聲調系統是清代
的泰興方音，韻母系統是上古音系統。

　　何萱的《韻史》對於我們研究清代古音學很有價值。朱熹以「叶音」解決
《詩經》押韻問題，清代的顧炎武、段玉裁偶爾也會隨文注音，但都是零星的。
何萱把這些字音以反切的形式固定了下來，是對上古韻部全面、系統的研究。
雖然由於時代所限，某些字的歸部不準確，某些反切注音帶上了時音或方音色
彩，但我們還是要肯定何萱《韻史》在清代古音學、清代泰興方音研究等方面
的價值。

第五章　結　語

一、本文的基本結論

我們是在全面考察何萱《韻史》反切的基礎上寫成這篇論文的。通過對語料庫的排序、查找、篩選等功能，全面比較了《韻史》反切與中古音的異同，並從古音和反切兩個角度分別考察《韻史》語音特征，得出了以下階段性成果：

（一）古音方面

1、全面考察《韻史》的古韻十七部收字，得出了何萱的古韻十七部內容。

2、將何萱的古韻分部與段玉裁、江有誥、王力先生、鄭張尙芳先生的分部相比較，發現他在幽侯配不同的入聲韻以及宵藥相配等方面比段氏進步，對中古韻類的離析也較爲靈活。何萱高度認可段玉裁的「同聲同部」說和「異平同入」說，並對此全面繼承並發揚。

3、我們又對何萱在古聲和古調方面所作的積極探索、他的古音學思想、研究成果及其學派性質進行了評說，認爲他是審音派的古音學家。

（二）反切方面

1、對反切進行全面分析，得出「反切上字表」和「反切下字表」。

2、得出了《韻史》的聲、韻、調系統。其聲母 21 個，與《中原音韻》類似，但在濁音清化的方式、保存疑母等方面體現出方音色彩；其韻部 20 部，陰

聲韻 6 部，陽聲韻和入聲韻各 7 部，含韻母 57 個。聲調爲陰平、陽平、上聲、陰去、陽去、陰入、陽入四聲七調系統。

（三）音系性質方面

通過對《韻史》反切聲、韻、調方面的考證，我們認爲《韻史》的語音系統實際上是非今非古的一個體系。何萱本意是想反映古音情況，其韻部爲古韻，注音上韻母、聲母和聲調又都體現出了時音和方音的特點。所以我們認爲《韻史》是清末泰興人何萱所作的一部上古音字典，所注音爲作者心目中的古音，但因時代和地域的限制，韻母大致以段玉裁的古音十七部爲主，聲母和聲調則以他自己的語音作參照，所以其語音系統帶有時音色彩並受到通泰方言影響。

二、本文的創新點

（一）新材料

何萱的《韻史》本身流傳就不是很廣，再加上其本身音系的混雜性，筆者所見對《韻史》的研究只限於「緒論」中提到的六家，而且這六家中也沒有對《韻史》音系進行全面系統的研究。從這個角度講，我們的研究材料可謂「新材料」。

（二）新方法

或者叫做新角度。我們從古音、反切兩方面分別入手的考證方法，可以使《韻史》這份融合古今、語音狀況十分複雜的材料變得條理清晰。十七部框架和反切，是我們考察其音系的兩個角度。

（三）新結論

我們通過對《韻史》的全面研究，得出了一些與之相關的新結論。主要表現在對其審定的二十一母性質的看法、對其文獻學上的定性和音系性質的考證上。

三、本文的不足之處

由於學識淺陋，加之時間匆促，這份材料還有很多值得研討的問題，比如古音通轉、異讀字等沒能系統展開研究。同時，就現有研究來說，肯定也會存在很多錯漏之處，敬請各位專家學者批評賜正。

附 論
何萱《韻史》第一部「形聲表」補缺

在何萱《韻史》中，除了第一部，其他十六部之前都有「形聲表」，我們不討論第一部爲何缺失，但鑒於諧聲偏旁在《韻史》中的重要性，我們還是要結合《韻史》其他幾部中的「形聲表」和段玉裁的《古十七部諧聲表》將其補全。

我們發現，何氏所列「形聲表」中包括了基本聲首和派生聲首。有些諧聲系列只列基本聲首，而有些諧聲系列基本聲首和派生聲首都同時列出。比如第三部「形聲表」中有「九聲」，也有「究聲」；有「秋聲」，也有「愁聲」。所以第一部的「形聲表」中基本聲首是要列的，而派生聲首我們則以段玉裁《六書音均表》表二《古十七部諧聲表》（下文簡稱《諧聲表》）中的聲首爲參照，因爲何氏自述他是按照段氏的古韻十七部排列增字的。如果段氏列了派生聲首，我們也列出，如果段氏沒有列，我們也不列。比如：諧聲系列「尋－得－得」，「得」作爲派生聲首，段氏列出了，那麼我們在推第一部「形聲表」時也包括進去。又如，「啬－意－億」，「意」作爲派生聲首段氏沒列，那麼我們也不列，只列「啬」這個基本聲首就可以了。遇到一個諧聲系列何氏有而段氏無，如果這個諧聲系列中有派生聲首，我們一律列出。根據以上原則，首先可以肯定《韻史》第一部「形聲表」包含的聲首有：

屮蚩寺時目台枲能矣絲其丌辺臣里狸才在弋茲來思不否丕龜某母尤丘牛止

齒喜已巳史吏耳子士宰釆又友有右久婦負司佩而畾巛嗇臺舊事疑辭亥抶瑬臿畀緋再乃市畐富戒異北戠意直弋式則賊革或彧息亟力防棘黑墨匿㚔色塞克伏牧畄苟嗇圣仄矢㐆服麥尋得嗇葡備食曷

以上 115 個聲首是與段玉裁一致的，但在《諧聲表》中，段氏列出了 118 個聲首，除了上文的這些外，還有「郵、音、茲」三個，下面我們分別分析這三個字在《韻史》中的位置。

1、郵。段玉裁列為一部聲首，何萱列為十七部聲首。

段氏認為是會意字，羽求切，古音在一部。也用作尤訧的假借字。何氏對此字的歸部有些混亂。第一部中沒有這個字，在第十七部「形聲表」中收有此聲首，何氏是將「郵」與「陲」看作一個字了，讀音為「是為切」。但同時，他又在第十七部「韻目表」中自注「郵或作卸」，這就又把「郵」字視為「羽求切」了，應當放在第一部。

2、茲。段玉裁列為一部聲首，何萱列為十二部聲首。

段氏在《說文解字注》（以下簡稱《段注》）正文中說「茲」本應在 12 部，之所以在《諧聲表》中將它列在第一部聲首的位置，只是為了說明今本將「茲」誤作「茲」。事實上，段氏在第十二部也收有「茲」聲首，再結合「茲」字頭下的解釋，第一部的「茲」應該看作是誤收。何氏一部未收，第十二部「形聲表」收有此字。

3、音。段玉裁列為一部聲首，何萱列為四部聲首。

段氏在《段注》「音」字頭下說，「音」字從、從否，、亦聲。天口切，四部。各本將「音」誤作「否」。實際上等於在強調「否」在一部，而「音」在四部，並舉了從音得聲的「蔀」字為例〔註1〕。這樣說來，其實段氏是主張將「音」歸於第四部而不是第一部的。此字何氏收於第四部「形聲表」。

需要注意的是，何萱將從「音」得聲的字全部歸入到了他的第四部中，但是段氏在具體字的歸類上卻是一部四部都有的，比如「部」歸四部，「菩」歸一部。這說明何萱對「同聲同部」的執行要較段氏嚴格。

除去上文所提到的聲首，以及聲首所引領的諧聲系列外，《韻史》第一部中

〔註1〕「蔀」字應為從部得聲，而不是從音。段氏《諧聲表》將「部」列四部，「音」列在一部。